CHRONIQUES DE DURDANE

*

L'HOMME SANS VISAGE

SCIENCE-FICTION
Collection dirigée par Jacques Goimard

JACK VANCE

CHRONIQUES DE DURDANE

*

L'HOMME SANS VISAGE

TRADUCTION DE BRUNO MARTIN
REVUE PAR ALAIN GARSAULT ET ARLETTE ROSENBLUM

PRESSES POCKET

Titre original :

THE ANOME
THE FACELESS MAN

ISBN : 2 - 266 - 00933 - 8

1

Mur avait neuf ans quand il entendit dans le cottage d'accueil de sa mère un visiteur jurer jovialement « par l'Homme Sans Visage ». Plus tard, après son départ, Mur posa une question à sa mère : « Est-ce que l'Homme Sans Visage existe vraiment ?

– Oui certes, il existe », répondit Eathre.

Mur réfléchit quelques instants, puis demanda : « Comment fait-il pour manger, pour sentir, pour parler ? »

De sa voix sereine, Eathre répondit : « Il a sûrement trouvé un moyen de se débrouiller.

– Ce doit être intéressant à regarder, dit Mur.

– Sans aucun doute.

– L'as-tu déjà vu ? »

Eathre secoua la tête. « L'Homme Sans Visage n'intervient jamais contre les Chilites, aussi n'as-tu pas à t'inquiéter. » Et elle compléta rêveusement : « Pour le meilleur ou pour le pire, c'est ainsi. »

Mur, un enfant mince à l'air grave, fronça les sourcils noirs hérités de l'inconnu qui était son père par le sang. « Pourquoi serait-ce meilleur ? Ou pire ?

– Que tu es agaçant ! » constata Eathre sans colère. Ses lèvres se plissèrent : peut-être sous l'effet du *chsein*[1]. Mais elle ajouta : « Quand une personne enfreint la loi chilite, ce sont les Ecclésiarques qui la punissent. Si elle s'enfuit, l'Homme Sans Visage lui fait sauter la tête. » Elle porta la main à son torque, habitude commune à tous les habitants du Shant. « Si tu respectes la loi chilite, tu n'auras jamais à craindre d'être décapité. Voilà pour le "meilleur". Toutefois dans ce cas tu es un Chilite et voilà pour le "pire". »

Mur ne dit plus rien. Ces paroles étaient troublantes. Si son père spirituel les avait entendues, Eathre se serait attiré pour le moins une réprimande. Elle risquait même d'être transférée à la tannerie et le monde de Mur en serait bouleversé. Le temps qui lui restait « au lait de sa mère » (pour employer l'expression chilite) était assez court de toute façon : trois ou quatre ans... Un voyageur entra dans le cottage. Eathre ceignit son front d'une guirlande de fleurs et lui versa un gobelet de vin.

Mur alla s'asseoir de l'autre côté de la Route, à l'ombre des grands rhododendrons. C'était à une visite de ce genre qu'il devait le jour, il le savait; un Péché Originel qu'il lui faudrait expier quand il deviendrait un Pur Enfant Chilite. Le processus dans son ensemble le dépassait. Eathre avait mis au monde quatre enfants. Delamber, jeune fille de seize ans, tenait déjà un cottage à l'extrémité ouest de la Route. Le deuxième, Blink, de trois ans plus âgé que Mur, avait déjà endossé la robe blanche des Purs et il avait adopté le nom de Chalres Gargamet. Ce nom combinait les vertus de Chalres, l'ascète chilite qui avait vécu et était mort dans les branches du Chêne Sacré, à six kilomètres dans la vallée de la Fimée, et celles de Bastin

1. *Chsein :* a) réflexe conditionné de recul devant une pensée défendue; b) aveuglement ou indifférence à l'égard de situations inhabituelles, prohibées ou échappant aux normes.

Gargamet, le maître tanneur qui avait découvert en traitant des peaux d'ahulph[1] les pouvoirs sacramentels du galga[2]. Le quatrième enfant, né deux ans après Mur, avait été jugé déficient et par conséquent noyé dans le puisard de la tannerie, ce qui avait été préjudiciable à Eathre, les défectuosités fœtales étant attribuées aux excentricités sexuelles.

Assis sous les rhododendrons, Mur se mit à dessiner dans le sable tout en observant les gens qui passaient : un négociant conduisant une charrette louée à la gare du chemin d'air du canton de Seamus, puis trois jeunes vagabonds, des ouvriers agricoles à en juger par les rayures verticales vertes et marron de leur torque.

Mur se secoua. Sa plantation d'arbres à fibre réclamait ses soins. Si on laissait du jeu dans les bobines, le fil devenait grossier et présentait des irrégularités... Un camion à vapeur, chargé de troncs de bois-noir longs et minces, survint. Oubliant ses arbres à fibre, Mur courut après le camion, agrippa le bout d'un tronc et resta suspendu jusqu'au pont de la Fimée, où il se laissa choir sur la chaussée et regarda le véhicule s'éloigner en brinquebalant sur le chemin qui menait vers les lointains sauvages de l'est. Pendant un moment, il jeta des cailloux dans la Fimée; juste au-dessus du pont tournait un moulin à eau qui broyait l'alun, les noix de galle, les pierres à tein-

1. *Ahulph :* bipède semi-intelligent originaire de Durdane. L'ahulph, qui se rencontre à l'état sauvage dans l'arrière-pays et les terres incultes, peut être apprivoisé, élevé et croisé pour obtenir des sujets servant à de multiples fins, depuis la bête de trait et de somme jusqu'à l'animal de compagnie. Lorsqu'il tombe malade, l'ahulph dégage une puanteur si épouvantable que lui-même s'en plaint.

2. *Galga :* feuilles de l'arbuste appelé *easil,* qui ont été séchées, broyées et mélangées à de la gomme d'easil et du sang d'ahulph, puissant adjuvant utilisé par les Chilites pour atteindre l'extase dans le culte de Galexis.

dre et toutes sortes d'herbes, de racines et de produits chimiques destinés à la tannerie.

Mur revint sans se presser par la Route des Rhododendrons. En arrivant au cottage, il constata que le voyageur était parti. Eathre lui servit pour déjeuner du pain et de la soupe. Tout en mangeant, Mur posa la question qui l'avait tourmenté une partie de la matinée. « Chalres ressemble à son père-par-l'âme et moi pas; n'est-ce pas bizarre? »

Eathre marqua un temps pour laisser remonter ses souvenirs à la surface de son esprit : merveilleux processus élémentaire comme la floraison des arbres ou le jus suintant d'un fruit meurtri. « Ni toi ni Chalres n'avez de liens de sang avec le Grand Mâle Osso ou un autre Chilite. Ils n'ont aucune connaissance charnelle des vraies femmes. Je ne sais rien du père de Chalres. Ton père naturel était un errant, un faiseur de musique, un de ceux qui voyagent en solitaires. J'ai été désolée quand il est parti.

– Il n'est jamais revenu?

– Jamais.

– Où est-il allé? »

Eathre secoua la tête. « Les hommes comme Dystar parcourent tous les cantons du Shant.

– Et tu n'as pas pu partir avec lui?

– Pas tant qu'Osso me tient sous indenture[1]. »

Mur mangea pensivement sa soupe en silence.

Delamber entra dans le cottage, un manteau passé par-dessus sa robe rayée de vert et de bleu. Comme Mur, elle était mince avec un air grave;

1. Sur Terre, le terme « indenture » s'applique à un contrat. Jack Vance l'étend sur Durdane à la notion de dette et à la contrainte par corps en cas d'insolvabilité : c'est-à-dire l'obligation pour le débiteur de travailler pour le créancier jusqu'à extinction de la dette. Ce qui revient presque partout dans le Shant et notamment chez les Chilites à une mise en esclavage. (Note d'Arlette Rosenblum.)

comme sa mère, elle était grande et aussi douce et sereine qu'une rivière qui coule à pleins bords. Elle se laissa tomber dans un fauteuil. « Je suis déjà fatiguée; j'ai eu trois musiciens du campement. Le dernier s'est montré exigeant au possible et en plus n'arrêtait pas de bavarder. Il voulait absolument me raconter ce qu'il savait de certains barbares, les Roguskhoïs : de grands buveurs et amateurs de femmes. En as-tu entendu parler ?

— Oui, dit Eathre. L'homme qui sort d'ici les considère avec un grand respect. Il prétend que leur appétit charnel sort de l'ordinaire et n'épargne aucune femme, il dit aussi qu'ils ne paient pas.

— Pourquoi l'Homme Sans Visage ne les chasse-t-il pas ? demanda Mur.

— Les sauvages ne portent pas de torque, aussi l'Homme Sans Visage ne peut-il rien contre eux. De toute façon, ils ont été vaincus et repoussés et ne paraissent plus dangereux. »

Eathre servit le thé; Mur prit deux gâteaux aux noix et sortit dans le jardin derrière la maison; il entendit alors la voix de Chalres, son frère par le sang.

Il tourna la tête sans enthousiasme. Chalres descendait la colline d'un pas nonchalant; il s'arrêta à la lisière du jardin, retenu par la crainte de la souillure. Chalres ne ressemblait pas à Mur. Il était grand et mince, avec un petit visage aigu en proie à une agitation constante. Ses yeux clignotaient, s'exorbitaient, se rapetissaient, riboulaient; son nez se plissait; il souriait, grimaçait, reniflait, découvrait ses dents, se passait la langue sur les lèvres, s'esclaffait quand un petit rire discret aurait suffi; il se grattait le nez, se frottait les oreilles, faisait de grands gestes maladroits. Mur s'était longtemps demandé pourquoi il y avait entre eux tant de différences. N'avaient-ils pas la même mère, le même père-par-l'âme ? Jusqu'à un certain point, Chalres ressemblait à leur commun père spirituel le Grand Mâle Osso, qui était de haute taille, blême, maigre comme un sonneur de cloches.

« Viens, intima Chalres. Tu vas cueillir des baies.

– Moi, cueillir des baies? Qui a dit que je devais le faire?

– Je le dis. Et pour éviter que les fruits ne soient contaminés par la souillure-féminine je t'ai apporté des gants sacramentels. Prends soin de respirer en tournant la tête de côté pour que ton souffle n'aille pas dessus et ça ira. Qu'est-ce que tu manges?

– Des gâteaux aux noix.

– Hum... je n'ai eu ce matin que du biscuit et de l'eau... Non, je n'ose pas. Osso le saurait. Il a un flair d'ahulph. Tiens, attrape ça. » Il lança à Mur un panier qui contenait des gants blancs : Mur pensa que c'étaient ceux de Chalres qui, bien que Pur, avait l'obligation de les porter quand il manipulait des aliments. Apparemment, Chalres tenait plus à ne pas se fatiguer qu'il ne redoutait de souiller la nourriture, destinée au demeurant à la table des Chilites.

Mur n'avait pas une affection débordante pour Chalres, mais il compatissait à son sort; dans bien peu de temps, il endurerait les mêmes privations. Il se chargea du panier sans protester : si la fraude était découverte, c'est Chalres qui serait puni. Il questionna d'un ton dépourvu de chaleur : « Tu veux un gâteau aux noix ou non? »

Chalres inspecta la colline, la masse blanche du Temple de Bashon, la rangée d'alcôves sombres au pied du mur où logeaient les Enfants Purs. « Viens derrière l'apar. »

A l'abri de l'arbre, Chalres enfila cérémonieusement les gants blancs. Saisissant le gâteau, il n'en fit qu'une bouchée. Puis tout en recueillant du bout de la langue les miettes restées sur ses joues, il se livra à une série de grimaces exprimant le malaise, toussant, plissant le nez, regardant vers le haut de la colline. Finalement, rassuré, il eut un grand geste pour chasser l'affaire de sa mémoire.

Ils s'en furent tous deux vers le verger aux baies qui se trouvait à l'extrémité ouest de la Route des Rhododendrons, Chalres se tenant avec affectation à distance de son frère qui était encore impur.

« Ce soir, les Ecclésiarques se réunissent en Conclave Doctrinal, dit Chalres à Mur avec l'air de quelqu'un qui annonce une nouvelle importante. Ils ont des baies comme dessert et il en faut un grand panier. N'est-ce pas incroyable ? Ils m'ont envoyé tout seul cueillir cette quantité énorme. Malgré l'élévation de leur idéal et la rigueur de leur détermination, ils dévorent jusqu'à la dernière miette ce qu'on leur sert.

– Oh, dit Mur d'un ton de sombre désapprobation. C'est dans combien de temps ton Assomption à toi ?

– Un an. J'ai déjà des poils.

– Tu te rends compte que lorsqu'on aura bouclé un torque autour de ton cou, tu ne pourras plus jamais aller et venir comme tu veux ? »

Chalres renifla. « C'est comme de dire : quand l'arbre a poussé, il ne peut plus redevenir graine.

– Alors ça ne t'ennuie pas de ne plus vagabonder à ta guise ? »

Chalres grommela une réplique elliptique. « Les vagabonds aussi portent un torque. Montre-moi un vagabond sans torque et je te montrerai un étranger. »

Mur ne sut quoi répondre. Peu après, il demanda : « Les Roguskhoïs, est-ce que ce sont des étrangers ?

– Les quoi ? Je n'ai jamais entendu parler de ces gens-là. »

Mur, qui n'en savait guère plus que Chalres, garda judicieusement le silence. Ils passèrent devant la plantation d'arbres à soie, où Mur entretenait une planche de deux cents bobines, et descendirent jusqu'au verger aux baies. Chalres s'arrêta et jeta un coup d'œil derrière lui en direction du temple. « Écoute donc, tu vas aller là-bas de l'autre côté, aux buissons du bas. Moi, je cueillerai en haut, où ceux du temple peuvent me voir et apprécier s'ils en ont envie. Attention, mets les gants ! C'est le minimum de précaution que je peux me permettre.

– Et Osso, quel est son minimum ?

– Bien malin qui pourrait le dire. Il me faut au moins deux paniers, alors dépêche-toi. N'oublie pas les gants ! Les Chilites détectent la souillure-féminine plus vite qu'un homme ordinaire la fumée. »

Mur descendit vers la lisière inférieure du verger où il fit un nouveau détour pour voir le campement des musiciens. La troupe était plus importante qu'à l'ordinaire, avec sept voitures, chacune décorée de dessins aux couleurs symboliques : le bleu clair pour l'allégresse, le rose pour l'innocence, le jaune foncé pour la *sunuschein*[1], le brun grisé pour proclamer la compétence technique.

Les membres de la troupe s'affairaient aux travaux habituels du camp : les uns soignaient les animaux de trait, les autres coupaient les légumes dans les marmites, d'autres encore secouaient châles et couvertures. Dans l'ensemble, ils étaient infiniment plus vifs et plus démonstratifs que les Chilites; leurs gestes étaient brusques et avaient souvent quelque chose de théâtral; quand ils riaient, ils rejetaient la tête en arrière; même les atrabilaires chroniques révélaient l'acariâtre de

1. *Sunuschein :* folle et futile gaieté teintée de fatalisme et de désespoir total.

leur nature par des postures caractéristiques. Un vieil homme était assis sur les marches d'une roulotte, en train de poser de nouvelles chevilles à un petit khitan au manche recourbé. Près de lui, un garçon de l'âge de Mur s'exerçait à jouer traits et arpèges au gastaing et le vieil homme lui donnait des conseils d'une voix bourrue.

Mur soupira et, se détournant, monta la pente pour entrer dans le verger. Devant lui quelque chose de brun pâle bougea et vacilla; il y eut un bruissement de feuilles. Mur s'arrêta net, puis reprit sa marche lentement. En scrutant le feuillage, il aperçut une jeune fille, d'un an ou deux plus âgée que lui, qui cueillait des baies avec une grande dextérité et en remplissait le panier accroché à son bras.

Indigné par cette violation de territoire, Mur s'élança, buta sur une branche morte et s'effondra à grand fracas dans un buisson d'épine-vieille. La jeune fille jeta un coup d'œil surpris par-dessus son épaule, laissa choir son panier et détala à travers les buissons, la jupe troussée jusqu'aux cuisses. Penaud, Mur se remit debout. Il regarda dans la direction prise par la jeune fille. Il n'avait pas eu l'intention de l'effrayer mais, puisqu'elle avait eu peur, tant pis! Qu'elle se soit égratignée les jambes ou pas, elle n'avait rien à faire dans le verger des Chilites. Il ramassa le panier qu'elle avait abandonné et, avec malice, en transvasa soigneusement le contenu dans son propre panier. Voilà des baies pour le Conclave!

Il fourra les gants dans sa poche et se mit à cueillir pendant un moment en remontant la pente. Bientôt Chalres l'interpella. « Eh, petit! Où sont les baies? Tu t'es donné du mal ou du bon temps?

— Vois toi-même », dit Mur.

Chalres examina le contenu du panier en feignant de ne pas remarquer que Mur ne portait pas de gants. « Hum. Tu en as une quantité. Étonnant. Bon, alors verse-les là-dedans. Je dirai que c'est tout ce qu'il y avait de cueillable... Parfait, Ah, oui, les gants. Tu es d'un soigneux excessif. » Chalres écrasa une baie entre les doigts d'un gant. « Et maintenant bouche cousue. » Il fourra farouchement son mince visage sous le nez de son frère. « Rappelle-toi que, lorsque tu seras Pur, moi je serai devenu Chilite et je me montrerai beaucoup plus sévère qu'à présent, car je vois bien qu'ainsi va la vie ! » Il remonta la colline en direction du temple.

N'ayant rien de mieux à faire, Mur se remit à cueillir des baies pour sa mère, mangeant autant de fruits qu'il en mettait dans le panier. Bientôt, comme il s'y attendait à demi, le sarrau marron clair de la jeune vagabonde apparut un peu plus bas sur la pente. Il s'approcha lentement, en s'arrangeant pour qu'elle l'entende et cette fois, loin de fuir, la jeune fille se précipita à sa rencontre, le visage rouge de fureur.

« Espèce de petit démon, tu m'as fait peur; tu as pris mes baies ! Où sont-elles ? Rends-les-moi ou je te tire tes affreuses oreilles ! »

Mur, quelque peu décontenancé, s'efforça de garder une imperturbable dignité chilite. « Inutile de m'insulter.

– Ah, non ? Tu n'es pas un voleur peut-être ?

– La voleuse, c'est toi; ce verger appartient aux Chilites ! »

La jeune fille abandonna la discussion avec une exclamation irritée. « Voleur ou pas voleur, peu importe, du moment que j'ai mes baies. » Elle s'empara du panier de Mur, regarda d'un air contrarié la poignée de fruits qu'elle trouva dedans. « C'est tout ce que j'avais ramassé ?

– Il y en avait plus, répliqua Mur avec une franchise pleine de majesté. Je les ai données à mon frère-par-l'âme. Ne sois pas fâchée; elles seront servies au Conclave chilite. C'est une bonne blague, non ? Une femme a souillé la nourriture ! »

La jeune fille se remit en colère. « Je n'ai rien souillé du tout. Pour qui me prends-tu ?

— Peut-être ne comprends-tu pas que...

— Certes non et jamais je ne le comprendrai ! Jamais je ne comprendrai les Chilites ! Je connais vos sales habitudes ! Vous vous droguez avec de la fumée et vous rêvez des rêves dégoûtants; il n'y a jamais eu de secte si bizarre !

— Les Chilites ne sont pas une secte, énonça Mur, récitant ce qu'il avait entendu dire par Chalres. Je ne peux pas t'expliquer mieux parce que je ne suis même pas encore un « Enfant Pur » et que je n'aurai pas le parfait controle de mon âme avant trois ou quatre ans. Les Chilites sont les seules personnes émancipées et cultivées de Durdane. Tous les autres sont esclaves de leurs sentiments; les Chilites mènent une existence toute d'intellectualité. »

La jeune fille poussa un éclat de rire insultant. « Bébé ! Qu'est-ce que tu connais des autres ? Tu n'as jamais fait plus de cent mètres hors de chez toi en suivant la route dans un sens ou dans l'autre. »

Mur ne pouvait nier la justesse du sarcasme. « Eh bien, je le sais par les hommes qui viennent au cottage de ma mère. Et, ne l'oublie pas, mon père par le sang était musicien !

— Ah oui ? Comment s'appelait-il ?

— Dystar.

— Dystar... Viens aux roulottes. On me dira la vérité sur ton père, quel genre de musicien c'était. »

Le cœur de Mur se mit à battre plus fort; il recula. « Je ne tiens pas trop à le savoir.

— Pourquoi ? De quoi as-tu peur ?

— Je n'ai peur de rien. Je suis un Chilite et par conséquent...

— Oui, oui; alors, viens. »

Mur suivit avec des jambes de plomb, cherchant une bonne excuse pour ne pas aller au camp des musiciens. La jeune fille se retourna avec un franc sourire moqueur et finalement Mur fut piqué au vif. Elle le prenait pour un menteur et un phénomène, vraiment ? Rien n'aurait pu le retenir à présent... Ils pénétrèrent dans le camp des musiciens. « Azouk, Azouk ! cria une femme. Y a-t-il des baies ? Apporte-les-moi.

— Pas de baies, réliqua Azouk avec dégoût. Ce petit voleur me les a prises. Je l'ai amené pour qu'on lui donne une raclée.

— Alors, reprit la femme. As-tu des baies, oui ou non ? »

La jeune fille lui tendit avec un grand geste le panier pratiquement vide. « C'est comme je te dis. Ce petit phénomène les a prises et prétend pardessus le marché que son père était un musicien... un certain Dystar.

— Eh bien, pourquoi pas ? Les musiciens sont-ils différents des autres hommes ? Ils font des enfants et s'en vont, c'est la vie. » Et elle ajouta : « Sa mère doit être une femme méthodique. »

Mur risqua timidement une question. « Avez-vous connu mon père Dystar ? »

La femme eut un geste vif du doigt. « Interroge le vieil homme au khitan cassé. Il connaît tous ces ivrognes de musiciens du Shant. Toi, Azouk, viens. Faut-il donc que tu passes ta vie à paresser, jeune péronnelle ? Ramasse du petit bois et ranime le feu ! » La femme partit touiller un chaudron; avec un hochement de tête impertinent, la jeune fille disparut derrière une roulotte. Mur resta seul. Personne n'avait besoin de lui. Tous les membres de la troupe se concentraient sur leurs occupations comme s'ils accomplissaient la tâche la plus importante de leur vie. Dans tout le camp, le vieil homme semblait le plus détendu, mais même lui travaillait avec de grands mouvements du coude pleins d'entrain et des pauses de temps à autre pour contempler son œuvre d'un œil critique. Mur s'approcha pas à pas. Le vieil homme lui jeta un coup d'œil détaché et entreprit de fixer une corde au khitan à manche courbe.

Mur l'observait dans un silence respectueux. Tout en travaillant, le vieil homme sifflait un air entre ses dents. Il laissa tomber son alène; Mur la ramassa et la lui tendit, recevant en retour un autre coup d'œil en coin. Mur avança d'un pas.

« Eh bien, demanda le vieil homme d'un ton qui exigeait une réponse, estimes-tu le travail bien fait ? »

Après une brève hésitation, Mur dit : « Il me semble. Toutefois, à Bashon, nous ne voyons pas beaucoup d'instruments de musique. Les Chilites préfèrent ce qu'ils appellent "un pur et froid silence". Mon père-par-l'âme, Osso Higajou, ne supporte pas d'entendre tinter une puce de cloche. »

Le vieil homme interrompit son travail. « Cela ne doit pas se produire souvent. Et toi ? Tu es Chilite ?

– Non, pas encore. Je vis avec ma mère Eathre, un peu plus loin sur la Route. Je n'ai pas grande envie de devenir Chilite.

– Pourquoi pas ? Ils ont la belle vie dans leur "pur et froid silence", avec toutes leurs femmes qui triment pour eux. »

Mur hocha la tête d'un air judicieux. « Oui, c'est sans doute vrai... mais d'abord il me faut devenir Pur et je ne tiens pas à quitter ma mère. Et aussi mon père par le sang était musicien. Son nom était Dystar.

– Dystar. » Le vieil homme tendit la corde neuve et la fit vibrer. « Oui, j'ai entendu parler de Dystar. Un druithine. »

Mur se rapprocha. « Qu'est-ce que c'est, un druithine ?

– C'est quelqu'un qui ne va pas avec une troupe. Il erre seul; il a un khitan, comme celui-ci, ou peut-être un gastaing; ainsi peut-il transmettre sa sagesse et les expériences qu'il a vécues.

– Il chante ?

– Oh que non ! Pas de chant. C'est bon pour les ménestrels et les baladins. Nous n'estimons pas que le chant soit de la musique; c'est tout autre chose. Ah, ah, qu'est-ce que Dystar aurait dit de ça !

– Quel genre de personne est Dystar ? »

Le vieil homme avança la tête d'un mouvement brusque; Mur sauta en arrière. Le vieil homme questionna : « Pourquoi demandes-tu cela, toi qui dois devenir Pur ?

– Je m'interroge souvent au sujet de mon père.

– Très bien, je vais te répondre. C'était un homme fort aux traits rudes. Il jouait avec passion et sa musique traduisait parfaitement ses sentiments. Et sais-tu comment il est mort ?

– Je ne savais pas qu'il était mort.

– Voilà ce qu'on raconte : un soir, il s'est terriblement enivré. Il a joué[1] du gastaing de telle manière que tous ceux qui l'entendaient en étaient bouleversés. Ensuite, à ce qu'on dit, il s'est précipité dans la rue en criant que son torque l'étouffait et des gens l'ont vu tirer dessus. L'a-t-il rompu et s'est-il ainsi fait sauter la tête ou l'Homme Sans Visage est-il venu à passer et l'a-t-il désapprouvé, on l'ignore, mais son cadavre a été découvert le lendemain matin et sa tête merveilleuse, si pleine de musique, avait disparu. »

1. « Jouer » est une faible traduction du verbe shantien *zuweshekar* : qui signifie se servir d'un instrument avec tant de passion que la musique se met à vivre.

Le vieil homme tira nerveusement sur son torque. Mur en nota les couleurs : le rose et le pourpre en bandes horizontales indiquant que celui qui le portait n'appartenait à aucun canton; les verticales gris et marron disant qu'il était musicien; le bleu, le vert foncé, le jaune foncé, l'écarlate, le bleu et le violet formant son code personnel. Mur tâta son cou encore nu. Quel effet cela faisait-il d'avoir le cou enserré dans un torque? Certains disaient que pendant des mois ou même des années, on avait la sensation d'étouffer, d'être sous une menace permanente; Mur avait entendu parler de cas où la personne était devenue enragée et avait brisé le torque, se décapitant du coup. Mur s'humecta les lèvres. Les torques étaient une nécessité mais, parfois, il souhaitait ne jamais grandir et vivre avec sa mère dans quelque maisonnette agréable loin de Bashon et ne jamais avoir à se préoccuper de torque, de Chilite ou d'Homme Sans Visage.

Le vieil homme toucha le khitan, produisant une suite d'accords mélancoliques. Mur regarda avec fascination ses doigts agiles. Le rythme s'accéléra, la mélodie se fit bondissante... Le vieil homme cessa de jouer. « C'était une gigue de la Barbade, un port de mer au sud du Canton d'Entreterre. Elle t'a plu?

— Beaucoup. »

Le vieil homme fit « hum ». « Tiens, garde ce khitan. Demain, tu voleras pour moi une bonne peau solide, ou ramasse-moi un panier de baies ou simplement souhaite-moi bonne chance... peu m'importe.

— Je ferai les trois! s'écria Mur. Et plus encore, si vous le demandez! Mais comment apprendrai-je à en jouer?

— Tu y arriveras si tu t'appliques. Pour changer de clé, courbe le manche; tu n'as besoin de connaître qu'une suite d'accords; la tablature complète est gravée au dos de l'instrument. En ce qui concerne l'utilisation de ces accords, c'est différent, il faut du talent et une grande expérience de la vie et de la musique. » Il leva haut le doigt dans un geste solennel. « Quand tu seras devenu un grand druithine, rappelle-toi que ton premier khitan t'a été donné par Feld Maijesto. »

Mur tenait l'instrument avec gaucherie. « Je ne connais aucun air; à Bashon il n'y a pas de musique.

— Invente tes propres airs! rétorqua le vieil homme. De plus, ne laisse pas ton père-par-l'âme Osso t'entendre; ne lui demande pas de chanter au son de ta musique sinon tu apprendras ce qu'avoir des ennuis veut dire! »

Mur quitta le camp des musiciens la tête bourdonnante de joie, d'étonnement et d'incrédulité devant l'aventure merveilleuse qui lui était arrivée.

En mettant le pied sur la Route, il retrouva son bon sens et s'arrêta net. S'il rentrait chez lui le khitan bien visible à la main, la rumeur publique aurait vite fait d'atteindre son père spirituel. Osso ordonnerait aussitôt la destruction de l'instrument comme étant un objet incompatible avec l'austère doctrine chilite.

Mur revint au cottage de sa mère par une voie détournée derrière les rhododendrons. Elle ne marqua pas de surprise à la vue du khitan et Mur ne s'y attendait d'ailleurs pas. Il lui raconta tout ce qui était arrivé et annonça la mort de Dystar. Le regard de sa mère se perdit dans le crépuscule, car les soleils s'étaient couchés et le ciel avait viré à l'incarnat. « C'était bien ainsi que devait mourir Dystar; et en somme ce n'était pas si mal. » Elle porta la main à son torque puis, se détournant, se mit à préparer le dîner de Mur, s'appliquant à faire ce qu'il aimait.

Néanmoins, Mur était bouleversé. « Devons-nous toujours porter le torque? Ne pourrait-on promettre de bien se conduire pour qu'il n'y en ait plus besoin? »

Eathre secoua tristement la tête. « J'ai entendu dire que seuls ceux qui veulent transgresser la loi s'insurgent contre le torque; sur ce point je ne suis pas en mesure de juger. Du jour où le torque m'a enserré le cou, je me suis sentie prise au piège, mal à l'aise. Peut-être existe-t-il des solutions meilleures; je ne sais. Bientôt tu me quitteras; je ne te retiendrai pas quelle que soit la voie que tu choisiras, mais pour bénir Saccard je dois maudire Saccume[1]. Que te répondre d'autre? »

Voyant l'expression déconcertée de Mur, Eathre reprit : « Très bien, écoute donc. Je te conseille d'user d'esprit de ressource : lutte contre l'adversité plutôt que de la subir! Cherche la perfection! Essaie de surpasser les meilleurs même si tes échecs te valent une vie entière d'insatisfaction!

Mur chercha des exemples. « Je dois apprendre les rites et les litanies mieux que les autres? Mieux que Chalres? Mieux que Neech quand il est devenu Pur? Pour être plus tard Ecclésiarque? »

Eathre tarda longtemps à répondre. « Si tu désires vivement devenir Ecclésiarque, c'est ce que tu dois faire. »

Mur, qui connaissait toutes les nuances subtiles de la voix de sa mère, hocha lentement la tête.

« Mais maintenant tu dois aller te coucher, dit Eathre. Fais attention quand tu joueras du khitan! Étouffe le son des cordes, écarte les crins de la caisse. Sinon Osso m'enverra à la tannerie avant mon temps. »

Dans l'obscurité, Mur effleura les cordes, fré-

1. Saccard et Saccume sont les héros d'un millier de fables du pays de Shant. Que ce soit volontairement ou par suite des circonstances où ils sont placés, ils s'affrontent perpétuellement.

missant aux douces sonorités. Jamais il ne sera un Pur; lui et sa mère s'enfuiront, ils deviendront musiciens! Ah, mais non, Eathre ne pouvait pas fuir! Elle était indenturée. Partir sans elle? Jamais! Alors... quoi? Il serra le khitan contre sa poitrine.

Le matin apporta la nouvelle d'un terrible événement. Le cadavre de Chalres Gargamet avait été découvert, à plat ventre dans les eaux d'égout de la tannerie. Comment il était mort, cela ne se voyait pas, bien que ses bras et ses jambes fussent bizarrement repliés, comme ceux d'un danseur antique.

Peu après, des rumeurs filtrèrent d'un cottage à l'autre. La veille, Chalres avait cueilli des baies pour le Conclave. Après en avoir mangé, le Grand Mâle Osso avait découvert parmi les baies un long cheveu noir de femme. Et ceux qui se chuchotaient la nouvelle frissonnaient sous l'effet de cette étrange émotion qui procède d'un mélange d'horreur et d'ironie devant une absurdité flagrante. Quant à Mur, il devint pâle comme un mort et se blottit dans le coin le plus sombre du cottage où il resta affaissé, seuls les sursauts de ses omoplates étroites indiquant qu'il était encore en vie.

Au crépuscule, Eathre le recouvrit d'un édredon et le laissa reposer en paix, mais tous deux passèrent la nuit sans dormir. Au matin, elle lui apporta du gruau. Il leva vers elle son mince visage; ses lèvres tremblaient, ses cheveux étaient collés. Eathre refoula ses larmes et le serra dans ses bras. Mur se mit à gémir : une lamentation sourde jaillie du fond de sa gorge qui se fit lentement plus haute. Eathre le secoua avec douceur. « Mur, Mur, Mur! »

Plus tard dans la journée, Mur toucha le

khitan : ses doigts jouèrent sans s'attacher à ce qu'ils faisaient. Il était incapable de se faufiler dans l'entrepôt de la tannerie pour chercher une peau ou de cueillir des baies; il tenta de transmettre un flot de pensées affectueuses, mais elles lui parurent faibles et inconsistantes.

Au coucher du soleil, Eathre lui apporta des fruits en compote et du thé; Mur commença par refuser d'un signe de tête, puis mangea machinalement. Eathre resta debout à le regarder – si longuement que Mur leva les yeux. Elle déclara : « Si tu quittes Bashon avant d'accéder à l'Ame, ils ne peuvent pas te dénoncer à l'Homme Sans Visage. Si cela te dit, je trouverai un brave homme qui te prendra comme apprenti.

– Ils lanceraient des ahulphs à nos trousses.

– Cela peut s'arranger. »

Mur secoua la tête. « Je ne veux pas te quitter.

– Quand tu deviendras Chilite, tu me quitteras et pire.

– Même à ce moment-là je ne te quitterai pas! Ils peuvent me tuer, je ne te quitterai pas. »

Eathre lui caressa la tête. « Chilite ou mort, nous serons toujours séparés. N'est-ce pas vrai?

– Je te verrai en cachette. Je m'arrangerai pour que tu ne sois pas obligée de travailler tellement dur.

– Le travail n'est pas si terrible, dit Eathre doucement. Partout les femmes doivent travailler.

– L'Homme Sans Visage doit être un monstre! s'écria Mur d'une voix rauque.

– Non! » s'exclama Eathre avec toute l'agitation que son tempérament lui permettait. Elle réfléchit un instant, mettant en ordre ses pensées limpides. « Comment t'expliquer? Tu es si jeune! Les êtres humains changent d'une minute à l'autre! Celui qui loue Saccard écumera de rage comme un ahulph malade contre Saccume. Comprends-tu? Les hommes sont mauvais et leur conduite imprévisible. Pour vivre sans désaccord, ils s'imposent des lois. Chacun des soixante-deux cantons possède un ensemble de lois différentes. Lesquelles sont les meilleures, lesquelles sont les pires ? Personne ne le sait et peut-être cela n'a-t-il pas d'importance du moment que les gens obéissent à l'un de ces ensembles de lois. S'ils ne le font pas, les autres signalent leurs couleurs à l'Homme Sans Visage. Ou peut-être un moniteur demande une dérogation. Ou parfois l'Homme Sans Visage vient ou il envoie ses Bénévoles, qui sont aussi discrets que l'Homme Sans Visage lui-même. Comprends-tu maintenant ? L'Homme Sans Visage fait simplement respecter les lois des habitants du Shant : celles qu'ils ont édictées pour eux-mêmes.

– Je veux bien l'admettre, dit Mur. N'empêche, si j'étais l'Homme Sans Visage, j'abolirais la peur et tout ce qui est pénible et tu ne travaillerais pas à la tannerie. »

Eathre lui caressa la tête. « Oui, Mur chéri, je sais. Tu forcerais les hommes à être doux et bons et tu provoquerais une catastrophe. Dors maintenant; demain, le monde n'aura pas beaucoup changé. »

2

Par un clair matin d'automne, un Enfant Pur vint à la limite et appela Mur. « Ton père-par-l'âme te verra à midi, à l'entrée du sous-sol. Lave-toi bien. »

Les mouvements lents et lourds, Mur se baigna et revêtit une blouse propre; Eathre l'observait, de l'autre côté de la pièce, évitant d'ajouter la souillure-féminine à l'inquiétude de Mur.

Pour finir, elle ne put se retenir d'aller lui brosser ses cheveux noirs rebelles. « Rappelle-toi, il souhaite seulement juger de ta croissance et te parler de la doctrine des Chilites. Tu n'as rien à craindre.

– C'est possible, dit Mur, mais j'ai quand même peur.

– Ridicule ! fit Eathre d'un ton assuré. Tu n'as pas peur; tu es Mur le brave. Écoute bien, obéis en tous points, réponds avec prudence à ses questions, ne fais rien d'excentrique. »

Elle alla jusqu'à la porte du cottage, munie d'un brandon pris au foyer et en souffla la fumée sur les vêtements de Mur et sur ses cheveux afin qu'Osso n'eût pas un préjugé défavorable en respirant l'odeur féminine.

Dix minutes avant midi, Mur se dirigea vers le temple, contracté de pressentiments. La route lui paraissait bien solitaire; une poussière blanche s'élevait sous ses pas et tournoyait dans la clarté lavande du jour. Plus haut se dressait la masse du temple, un ensemble de cylindres trapus, qui peu à peu envahissaient le ciel. Porté par l'air frais qui descendait de la colline, lui venait le relent du galga refroidi.

Mur contourna la base du temple jusqu'à une demi-pièce, une sorte de stalle, à ciel ouvert, un endroit qu'on appelait la salle basse, déserte pour le moment. Mur s'installa, plutôt guindé, près du mur et attendit.

Le temps passait. Les soleils escaladaient le ciel, l'éclat de Sasetta passant en travers de l'arc bleu d'Etta et le rose Zaël le blanc menant sa ronde : trois étoiles naines qui dansaient dans l'espace comme des lucioles.

Le regard de Mur se promenait sur le paysage; il pouvait voir loin, très loin, dans toutes les directions : à l'ouest jusqu'au canton de Seamus, au nord jusqu'à la Forêt de Shimrod, et plus loin encore jusqu'au Canton de Ferriy où les gens fabriquaient des treillages de fer sur leurs collines rouges...

Un bruit le fit sursauter. Il pivota brusquement et vit Osso qui fronçait les sourcils, derrière un haut pupitre. Mur commençait mal; au lieu d'attendre, prosterné sous un sentiment de tremblant respect, il était planté là à contempler le panorama.

Durant une minute ou plus, Osso regarda d'en haut Mur qui le fixait également de ses yeux fascinés. Osso prit la parole, d'une voix grave, sépulcrale : « Les filles se sont-elles livrées à des jeux ignobles avec toi ? »

La phrase était ambiguë; Mur en comprit la signification sémantique. Il avala sa salive, se rappelant des incidents qu'on aurait pu interpréter comme des jeux ignobles. Il répondit : « Non, jamais.

— As-tu fait des propositions aux filles ou entretenu avec elles de vils rapports ?

— Non, chevrota Mur. Jamais. »

Osso fit un sec signe de tête. « Dès maintenant et désormais, tu devras faire attention. Tu deviendras bientôt un Enfant Pur et par la suite un Chilite. Ne complique pas le rituel déjà bien assez rigoureux.

Mur marmonna un acquiescement.

« Tu peux hâter ton entrée dans le temple », poursuivit Osso. « Ne mange pas de nourritures grasses, ne bois pas de sirops ni de baklavy. Les liens entre l'enfant et la mère sont forts; le temps est à présent venu de commencer le processus de dissolution. Dégage-toi avec douceur. Quand ta mère te propose des sucreries ou cherche à te couvrir de caresses aimantes, il faut lui dire : "Madame, je suis à la veille de la purification; je vous en prie, n'ajoutez pas aux rigueurs que je devrai supporter." Est-ce clair ?

— Oui, père-par-l'âme.

— Tu dois commencer à forger ton lien le plus fort, ton saint attachement au temple. Galexis, l'essence vitale, est aux femmes adultes ce que le sucre de l'*unmel* est aux résidus boueux de la tannerie; tu en apprendras davantage sur ce point. En attendant, sois ferme envers toi-même. »

Mur risqua une question :

« Comment ferai-je ? »

En réponse, Osso laissa tomber sur l'adolescent un regard terrifiant qui le fit se recroqueviller.

« Tu connais la nature des désirs animaux. Dans une perspective philosophique, perspective que tu n'es pas encore prêt à adopter, ce sont là des gratifications du Premier Ordre. Tu te sens le ventre vide, tu le remplis de pain : réponse grossière à une sensation grossière. Si tu prends un repas composé de plats différents, tu atteins le Deuxième Ordre. Au Troisième, les mets sont préparés d'une manière aussi experte que subtile selon des critères très rigoureux. Au Quatrième Ordre, l'esprit ignore les exigences de l'estomac; les nerfs gustatifs sont directement stimulés par des essences et des extraits. Au Cinquième Ordre, les organes gustatifs et olfactifs sont oubliés, les sensations se produisent directement dans le cerveau. Au Sixième enfin le Chilite atteint l'inconscience que procure l'extase et le sublime Galexis Achiliadnid entre en rapport avec l'âme même. Me comprends-tu ? J'emploie les exemples les plus simples et les plus clairs possible pour faciliter une discussion.

— Je comprends parfaitement, répondit Mur. Mais je ne peux m'empêcher de m'étonner : comment la Doctrine explique-t-elle que les Chilites portent de la nourriture à leur bouche ?

— Nous alimentons simplement notre corps en énergie, psalmodia Osso. Que la nourriture soit grossière ou raffinée importe peu en la circonstance. Détourne ton esprit des assauts des appétits brutaux; trouve quelque occupation abstraite sur laquelle concentrer ton esprit. En mon temps, je nouais des nœuds héraldiques avec des cordons imaginaires; un autre Ecclésiarque, Six Spasmes, retenait les nombres premiers. Il y a une quantité d'occupations de cet ordre auxquelles tu peux t'appliquer.

– Je sais bien ce que je vais faire, dit Mur, avec une pointe d'enthousiasme. Je vais étudier les sons musicaux.

– Emploie tous les moyens que tu jugeras utiles, dit Osso. En conséquence, sois bien inspiré. Je peux te conseiller, mais c'est toi qui pourras progresser. As-tu réfléchi à ton nom de Mâle ?

– Pas encore, père-par-l'âme.

– Il n'est pas trop tôt pour t'y mettre. D'un nom bien choisi peuvent découler l'inspiration et l'exaltation. En temps opportun, je te soumettrai une liste de propositions, mais ce sera tout pour aujourd'hui. »

⁂

Mur descendit la colline. Trouvant sa mère occupée à l'intérieur de la maison, il prit la direction de l'ouest et suivit la Route des Rhododendrons jusqu'au campement abandonné depuis longtemps maintenant par les musiciens. Comme il avait faim, il s'enfonça dans les buissons où, sans plus se soucier des recommandations formulées par Osso sur la nécessité de s'abstraire, il se gava de baies. Puis, levant les yeux vers le temple, il resta cinq bonnes minutes à le contempler. Une pensée naquit dans son cerveau, à laquelle il ne parvint pas à donner forme; il se contenta d'émettre un bruit de gorge qui tenait à la fois du rire et du reniflement de mépris.

Quand Mur rentra au cottage, Eathre buvait le

thé. Mur trouva qu'elle paraissait fatiguée et distraite. Elle lui demanda pourtant : « Comment s'est passée l'entrevue avec ton père-par-l'âme, Osso ? »

Mur fit la grimace. « Il m'a dit de m'exercer à la pureté. Je ne dois pas jouer avec les filles. »

Eathre but son thé en silence.

« Il m'a dit de dominer mes appétits. Et de plus, il faut que je prenne un nom. »

Eathre acquiesça. « Tu es assez grand pour choisir ton propre nom. Quel sera-t-il ? »

Mur haussa tristement les épaules. « Père-par-l'âme m'en fera parvenir une liste.

— Il a fait de même pour Neech, le fils de Glynet.

— Et Neech a choisi ?

— Oui, il s'appelle Geacles Vonoble.

— Hum... Et qui étaient-ils ? »

Eathre répondit d'une voix sans timbre : « Geacles était l'architecte du temple, et c'est Vonoble qui a composé les Dithyrambes Achiliadnides.

— Ah ? Je dois donc maintenant appeler le gros Neech *Geacles ?*

— C'est désormais son nom. »

⁂

Quatre jours après, un Pur poussa par-dessus la limite un long bâton, dont l'extrémité fendue maintenait un morceau de papier. « Une missive du Grand Mâle Osso. »

Mur emporta le feuillet dans le cottage et déchiffra le sens des caractères, aidé de temps à autre par Eathre. Son visage s'allongeait de plus en plus au fur et à mesure qu'il lisait : « Bougozonie, l'Ecclésiarque aux Sept Spasmes. Narth Homank, qui ne mangeait qu'une noix et un fruit par jour. Higajou, qui réorganisa la formation des Garçons Purs. Farman Cocile, qui se laissa châtrer par les bandits de la Forêt de Shimrod plutôt que de renier sa foi en la non-violence et en la paix. Borgad Polveitch qui dénonça l'Hérésie Ambisexuelle... » Mur reposa enfin le papier.

« Quel est ton choix ? lui demanda Eathre.

– Je ne peux pas me décider. »

***

Trois mois plus tard, Mur fut convoqué à une deuxième conférence avec son père-par-l'âme dans la pièce d'en bas. Osso mit de nouveau Mur en garde contre les écarts de conduite. « Il n'est pas trop tôt pour commencer à te comporter à la manière d'un Garçon Pur. Rejette chaque jour un des éléments de ton ancienne existence enfantine. Étudie le Principaire de l'enfant qu'on te remettra. As-tu choisi un nom ?

– Oui, répondit Mur.

– Et quel sera donc ton nom de Mâle ?

– Je m'appelle maintenant Gastel Etzwane.

– Gastel Etzwane ! Au nom de toutes les fantasmagories, où as-tu donc pêché cette appellation ? »

Mur parla d'un ton conciliant : « Eh bien... j'ai naturellement étudié tes propositions, mais j'ai pensé que j'aimerais être quelqu'un de différent. Un homme qui passait sur la Route des Rhododendrons m'a donné un livre intitulé *les Héros de l'Ancien Shant,* et c'est là que j'ai trouvé mes noms.

– Et qui donc est Gastel ? Qui donc est Etzwane ? »

Mur, ou Gastel Etzwane comme il s'appelait maintenant, leva un regard mal assuré sur son père-par-l'âme, duquel il attendait une certaine connaissance de ces personnalités magiques. « Gastel a construit un grand planeur d'osier et de toile et s'est lancé du haut du Mont Tête Vieille dans l'intention de survoler toute la largeur du Shant, mais quand il est parvenu au Cap Merse, au lieu de se poser, il a continué au-dessus de l'Océan Pourpre en direction du Caraz[1], et on ne l'a plus jamais revu... Etzwane était le plus grand musicien qui ait jamais parcouru le Shant. »

Osso resta silencieux pendant une demi-minute, cherchant ses mots. Il exprima enfin son lourd opprobre : « Un aéronaute fou et un faiseur d'airs : voilà les exemples que tu choisis. Je n'ai pas réussi à t'inculquer les idéaux convenables. J'ai fait preuve de négligence et il est évident que je dois dans ton cas me donner plus de mal. Ton nom ne sera pas Gaswane Etzel, ou je ne sais quoi. Ce sera Faman Bougozonie, dont les vertus sont beaucoup plus appropriées et inspiratrices. Ce sera tout pour aujourd'hui. »

Mur – il se refusait à se dénommer Faman Bougozonie – redescendit la pente, devant la tannerie, où il s'attarda à regarder les vieilles femmes vaquer à leurs occupations, puis retourna lentement à la maison.

Eathre lui demanda : « Alors, comment cela s'est-il passé aujourd'hui ? »

Mur répondit : « Je lui ai dit que mon nom était Gastel Etzwane; il m'a dit que non, que c'était Faman Bougozonie. »

Eathre éclata de rire et Mur lui lança un coup d'œil tristement accusateur.

Eathre se domina et reprit : « Un nom, cela ne veut rien dire; laisse-le t'appeler comme il veut. Tu t'y habitueras vite. De même qu'à ta vie de Chilite. »

Mur se détourna. Il prit le khitan et en pinça les

1. *Caraz :* a) une couleur, mêlée de noir, de bordeaux et de violâtre, saupoudrée d'un revêtement gris argent, symbolique du chaos et de la douleur et en général d'événements macabres; b) le plus vaste des trois continents de Durdane.

cordes. Après quelques instants, il s'essaya à une mélodie, soulignée des accents de la caisse de résonance. Eathre l'écoutait, l'air approbateur, mais Mur s'arrêta bientôt en examinant l'instrument avec mépris. « Je sais si peu de choses, si peu de chansons. Je ne peux pas toucher les cordes latérales ni me servir des boutons de sonorité ni des glissés.

— Le talent ne vient pas facilement », dit Eathre. « Patience, patience... »

3

A l'âge de douze ans, Mur, Faman Bougozonie, Gastel Etzwane — tous ses noms s'emmêlaient dans son esprit — subit la Purification. En compagnie de trois autres gars, Geacles, Morlark et Illan, on lui rasa le crâne, puis on le lava dans l'eau terriblement froide du cours d'eau sacré qui prenait sa source au pied du temple. Après la première immersion, les garçons se savonnèrent à l'aide de produits aromatiques et puis se soumirent une nouvelle fois dans cette eau à glacer les os. Nus, mouillés, tremblants, ils pénétrèrent dans une salle où planait lourdement la fumée des agapanthes odoriférantes. Par des trous ménagés dans le sol de pierre, une vapeur montait; dans ce mélange de vapeur et de fumée, les enfants étouffaient, suaient et toussaient; ils ne tardèrent pas à chanceler. Un à un, ils s'écroulèrent au sol; quand les portes se rouvrirent, ils eurent à peine la force de relever la tête.

La voix du Chilite préposé à la purification tonna dans l'air : « Debout, retournez à l'eau lustrale! Êtes-vous si mollassons? Voyons donc lequel d'entre vous a envie de devenir Chilite! »

Mur se redressa péniblement. Un autre garçon, Geacles Vonoble, fit de même, mais, déséquilibré, se raccrocha à Mur. Ils retombèrent tous les deux. Mur se releva une seconde fois et aida Geacles à se mettre debout. Geacles repoussa Mur de côté et partit au trot de ses pieds plats jusqu'à la mare. Mur resta à contempler, horrifié, les deux autres garçons. Morlark gisait, les yeux désorbités, un filet de sang lui coulant de la bouche. Illan semblait dans l'incapacité de coordonner ses mouvements. Mur se pencha en avant, mais la voix neutre de l'instructeur l'arrêta. « A la mare, et le plus vite possible! On t'observe et on te juge. »

Mur alla en chancelant jusqu'à la mare et s'abandonna au froid de l'eau. Sa peau lui paraissait morte; ses bras et ses jambes étaient raides et lourds comme des barres de fer. Pied à pied, il se traîna sur la pierre et finit sans savoir comment par déboucher dans un passage carrelé de blanc qui menait à une chambre garnie de bancs. Là siégeait déjà Geacles, enveloppé d'une robe blanche, très satisfait de lui-même.

L'instructeur jeta une robe semblable à Mur. « Vos peaux sont lavées de la souillure; pour la première fois depuis l'inévitable ignominie de la naissance, vous voici propres. Alors attention à l'Argument Un du cours de formation chilite! L'homme entre dans le monde par le passage génital; d'où la tache originelle que le Chilite rejette grâce à des lavages et à des attitudes, comme le serpent change de peau, mais que les hommes ordinaires continuent de porter comme un incube puant tout au long de la vie jusqu'à la tombe. Buvez! » Il tendit à chacun des enfants un bol de liquide épais; ils burent. « Votre première purge... »

Mur passa trois jours dans une cellule, avec pour tout potage l'eau froide et sacrée. Au bout de ce temps, il dut entrer dans le puits sacré, se frotter avec un onguent et se rincer. Plus mort que vif, il ressortit Pur sous la lumière des soleils.

L'instructeur lui donna des instructions succinctes : « Inutile de t'exposer en détail les obligations; tu les connais bien. Si tu te souilles, tu devras subir à nouveau la purification. Je ne te le conseille pas. Osso Higajou est ton père-par-l'âme et ce n'est pas le moins rigoriste des Chilites. Il déplore le moindre contact avec le Principe Femelle. Je l'ai vu tancer un Garçon Pur rien que pour avoir joui du parfum d'une fleur. "La fleur est un organe procréateur femelle", – ainsi s'écria le Grand Mâle Osso – "et te voilà le nez plongé dedans !" Tu peux faire confiance à Osso pour te guider selon les Routines. Pense pureté, vis pureté, et fais en sorte que le Grand Mâle Osso reconnaisse ta pureté ! Et maintenant... retourne à ta place, dans les logements inférieurs. Tu y trouveras des biscuits et du porridge. Mange avec modération, et ce soir, médite. »

Mur gagna sa place : une alcôve ménagée dans une salle ouverte sous les murs du temple, et engloutit la nourriture. Les soleils quittèrent l'horizon en dansant, le ciel vira au pourpre, puis se cacha derrière un voile noir piqueté de diamants. Allongé sur le dos, Mur songeait à son avenir. Tous ses sens étaient en éveil; par suite de quelque faculté indicible, il lui semblait connaître la situation exacte de tous les habitants de Bashon.

Geacles Vonoble qui était assis dans son alcôve, de l'autre côté de la salle, feignait d'ignorer Mur. Les deux adolescents étaient seuls : Morlark et Illan n'avaient pas encore terminé les épreuves de purification; quant aux Purs qui avaient atteint un niveau supérieur dans l'initiation, ils célébraient les Béatitudes Vespérales. Mur fut tenté d'aller converser avec Geacles, mais l'attitude de ce dernier qui semblait plongé dans une pieuse méditation le retint. Geacles paraissait en même temps fragile et hypocrite, affable et absorbé. Des joues rebondies, un torse rondouillard perché sur des jambes grêles ne lui donnaient pas belle allure. Ses yeux ronds comme ceux d'un oiseau et de couleur jaune-marron étaient toujours grands ouverts comme si l'adolescent ne parvenait pas à voir tout ce qu'il voulait. Mur décida de ne pas rechercher sa compagnie.

Il quitta son alcôve, et alla s'asseoir dehors, au pied du mur du temple. Une grande nébuleuse de lumière aux contours irréguliers scintillait au milieu des cieux, et dans sa masse ressortaient cinquante étoiles de première grandeur, objet d'attraction de tous les regards. Cette galaxie projetait une clarté livide et créait des ténèbres plus noires que la nuit : c'était la Schiafarilla, célèbre dans l'histoire de Durdane. L'on disait que la Terre, le foyer légendaire des hommes, se trouvait de l'autre côté.

Mur écouta un moment la voix de Geacles qui psalmodiait à voix haute un hymne achiliadnide. Malgré la fatigue, malgré les recommandations de l'instructeur, malgré le Grand Mâle Osso, Mur aurait dévalé la colline pour aller retrouver sa mère, sans Geacles; mais Geacles était là, Geacles qui voyait tout, qui savait tout. Enfin, il n'y avait aucun mal à se détendre un peu les jambes, non? Mur se mit à flâner sur la colline déserte à cette heure et plongée dans l'ombre. La tannerie dégageait encore mille odeurs désagréables. Il venait de la dépasser lorsqu'il entendit derrière lui un faible bruit; il jeta un coup d'œil par-dessus son épaule, s'enfonça derrière le conduit d'une cheminée et attendit. Un glissement furtif. Des pas : une course, un arrêt, une course. Un visage apparut; des yeux mauvais fouillèrent les ténèbres. Geacles.

Mur le regarda contourner l'angle de la tannerie. Le malheur des autres faisait le bonheur de Geacles. Il espérait toujours tirer profit de ses activités d'espion, c'était on ne peut plus évident. Mur ne bougea pas; il n'éprouvait ni surprise ni colère, il n'attendait pas autre chose de ce garçon-là... Il se trouvait assez proche de la salle de méditation où se rassemblaient les jeunes Chilites avant d'entrer dans le temple pour la communion nocturne avec Galexis. Il se faufila dans une cuve humide et bloqua sa respiration pour éviter la puanteur; fouillant avec une fourche, il parvint à soulever une peau qu'il promena le plus vite possible autour de la salle. Le murmure des voix filtrait par les fenêtres :

« Galexis aux mille formes bienheureuses, individuel et universel, pour tous et pour chacun, soumis et magnifique dans ta quête; nous détournons nos âmes des matières sordides, des graisses et des teintures, Palpabilités du Premier Ordre! »

Suivit un répons, une demi-octave au-dessus :

« Cette nuit tout sera bien, cette nuit tout sera bien. »

Une nouvelle litanie commença :

« Galexis aux mille couleurs, grâces infinies... »

Mur lança la peau par la fenêtre ouverte. Une exclamation de surprise interrompit la récitation. Mur regagna en toute hâte son alcôve. Quand de jeunes Chilites vinrent inspecter la salle quelques minutes plus tard, il feignit de dormir selon la position d'invocation recommandée. Un Chilite lâcha un cri rauque devant l'alcôve de Geacles :

L'un d'eux est parti. Cherchez-le, cherchez-le! Geacles! le Pur! »

Ils se précipitèrent en chœur sous la pâle clarté des étoiles et découvrirent Geacles qui traînait encore près de la tannerie. L'autre protesta de son innocence avec tous les degrés de ferveur; il excipa de la vertu de vigilance : il avait suivi Mur le Garçon Pur dont la conduite irrégulière avait attiré son attention. Les Chilites outragés ignorèrent ses protestations : un Garçon Pur apparemment coupable valait mieux qu'un Garçon Pur apparemment innocent. Après avoir reçu une copieuse raclée, Geacles fut condamné à enlever la peau et à procéder au nettoyage rituel de la salle de méditation; l'opération lui prit deux jours et trois nuits. Puis, il fut soumis à une investigation approfondie devant le Comité de Développement. Il venait de passer deux jours et trois nuits sans dormir; dans un état à demi hystérique, il marmonna les premiers mots qui lui vinrent à l'esprit. Cette manifestation incontrôlée, loin de lui aliéner le Comité, attira sur lui ses bonnes grâces. Le Garçon avait un bon fond, fut-il décidé; cette réaction surprenante relevait certainement d'une prédisposition à l'extase. Geacles reçut une semonce de principe, et on lui recommanda de dompter sa pétulance.

Durant l'interrogatoire, Geacles avait dénoncé Mur mais la dénonciation avait été accueillie avec scepticisme; néanmoins on avait enregistré le nom. Geacles fut réconforté par la réaction du Comité, bien qu'il détestât Mur de toutes ses forces. Il revint aux salles des Garçons Purs, partagé entre des gloussements de jubilation et des grognements de fureur. Les autres qui avaient envisagé le scandale sous tous ses aspects le reçurent en silence. Geacles gagna son alcôve où il s'allongea sur son grabat. Trop épuisé pour dormir, il remâcha sa haine sans cesser d'observer Mur à travers ses paupières mi-closes : il se vengerait, d'une manière ou d'une autre, un jour, il se vengerait... Il bouillonnait de rage. Sa haine qui croissait de minute en minute le fit frissonner et il ne put retenir un léger gémissement animal; il se tourna aussitôt pour éviter que les autres ne remarquent sa haine si précieuse et ne la tourne en dérision. Ils auraient risqué de tout gâcher... Geacles expérimenta alors un état étrange : son corps dormait mais son esprit n'était pas en repos. Il ne sentit pas le temps passer. Dix minutes plus tard, selon lui, il se retourna pour examiner la salle et il découvrit alors que les soleils étaient hauts à l'horizon, on avait largement dépassé midi. Nouvelle source d'angoisse : Geacles avait manqué le déjeuner. Il constata que Mur était assis sur un banc à l'extrémité ouverte de la salle. Il tenait un exemplaire du Catéchisme Analytique, mais son attention se portait sur le paysage. Il paraissait distrait. Geacles leva la tête, se demandant ce qui se passait sous le crâne de Mur. Pourquoi ses doigts frémissaient-ils, pourquoi son front était-il plissé à ce point ?... Mur eut un sursaut surprenant, comme s'il eût reçu un avertissement de son subconscient. Il se leva, et, indifférent comme un somnambule, il quitta la salle.

Ne sachant que penser ni que faire, Geacles poussa un grognement. Il ressentait encore la fatigue mais la conduite de Mur n'était pas celle d'un Garçon Pur. Il s'arracha lourdement de son siège pour suivre et observer Mur. Était-il parti s'occuper de sa soie ? Et pourtant... l'allure de Mur n'était pas celle d'un Garçon Pur vraiment consacré. Geacles poussa un profond soupir. Dans des circonstances rigoureusement identiques, sa curiosité lui avait joué un vilain tour. Il se traîna jusqu'à son alcôve et se plongea dans le Catéchisme Analytique.

Q. : Combien d'apparences différentes Galexis peut-il prendre ?

R. : Galexis est protéiforme comme la surface de l'océan...

Une semaine passa. Tandis que Geacles faisait montre d'une cordialité débonnaire envers tous, les Garçons Purs observaient une prudente réserve à son égard. Mur, lui, avait choisi de l'ignorer purement et simplement. Mais Geacles ne cessait d'épier son adversaire. Un jour où, installé près de sa fenêtre, il apprenait par cœur les Exclamations, Mur vint s'asseoir à l'extrémité opposée de la salle. Geacles se mit aussitôt à l'affût et il observa le moindre mouvement de Mur par-dessus le haut de son livre. Mur paraissait se parler à voix basse. « Phff, grogna Geacles intérieurement, il se récite une page des Exclamations ! » Mais, si c'était vrai, pourquoi battait-il la mesure avec son doigt ? Curieux ! L'attention de l'espion se concentra. Lorsque Mur regagna son alcôve, Geacles se replongea dans les Exclamations. Mur rangea son catéchisme sur une étagère et repartit vers l'entrée de la salle. Après avoir observé quelques instants l'intérieur de la pièce, il sortit en lançant un dernier regard en arrière, et il se mit à grimper le flanc de la colline. Geacles quitta immédiatement son alcôve et suivit Mur qui à présent prenait d'un pas décidé le sentier qui menait au nord. Vers sa plantation d'arbres à fibre, songea Geacles avec un reniflement de dédain. Mur, ou plutôt Faman Bougozonie, avait toujours pris grand soin de ses arbres. Pourtant, pourquoi ce coup d'œil en arrière, vers la chambre ? Geacles frottait ses joues pâles. Intéressant, intéressant. Pour savoir, il lui fallait guetter, de ses yeux ronds, d'un jaune-brun. Pour regarder, il lui fallait se porter dans le champ de vision. Après tout, rien ne s'opposait à ce qu'il aille lui-même s'occuper de sa propre soie; il l'avait tristement négligée depuis quelques semaines. Geacles n'aimait pas le travail incessant d'enrouler les bobines, d'arracher les mauvaises herbes, d'étayer les branches, d'amorcer de nouvelles filières; mais voilà que son devoir lui fournissait prétexte à suivre Mur sans craindre de se faire rappeler à l'ordre.

Geacles s'engagea sur un des sentiers qui s'enroulaient autour de la colline brûlée de soleil. Il s'efforçait d'adopter une allure posée et laborieuse en même temps que de rester furtif, ce qui n'était pas une mince affaire; si Mur n'avait pas été aussi perdu dans ses pensées, Geacles aurait été dans l'obligation d'abandonner l'une ou l'autre de ses attitudes.

Mais Mur allait toujours sans méfiance vers la plantation d'arbres à soie, et Geacles le suivait.

Depuis l'âge de huit ans, Mur soignait dix-huit arbres en pleine taille, qui alimentaient plus de cent bobines. Il connaissait l'inclinaison de la moindre brindille, la position de chaque feuille, la quantité de sève qu'il pouvait attendre de telle ou telle branche. Chacune des bobines avait ses particularités; sur certaines, si le ressort de verre était trop tendu, le rochet se coinçait; d'autres refusaient de tourner si elles n'étaient inclinées; quelques-unes travaillaient sans défaut et Mur utilisait ces dernières pour les fils les plus élevés.

Geacles, dissimulé, observait Mur qui faisait le tour des bobines, remontait les mécanismes, remplaçait les rouleaux remplis, écrasait les insectes déprédateurs sur les troncs. Une douzaine de branches s'étaient desséchées; Mur entailla de nouvelles pousses. Les larmes de sève coulèrent lentement; Mur en tira des filaments qui se solidifièrent immédiatement en brins de soie. Il en fixa l'extrémité aux bobines, s'assura que les axes tournaient bien régulièrement, avec la tension appropriée sur les brins. Geacles l'espionnait, déçu et assombri; la conduite de Mur était bien celle d'un Garçon Pur, industrieux, innocent, et conscient de ses responsabilités.

Mur se mit à travailler plus rapidement, comme s'il eût eu hâte d'en finir. Geacles plongea hors de vue quand Mur s'approcha pour scruter longuement le flanc de la colline. Geacles sourit : la conduite de Mur n'était plus celle d'un garçon Pur et innocent.

Mur descendit la pente, si rapidement que Geacles avait du mal à le suivre. Mur parvint au sentier qui contournait la limite derrière la Route des Rhododendrons et partit à l'est. Geacles était maintenant un peu désavantagé. S'il voulait prendre le sentier, il lui fallait se découvrir. Il fonça à travers le taillis, s'empêtrant dans un fouillis d'orties. En marmonnant des jurons et des imprécations, il se réfugia parmi les rhododendrons. Mur était déjà loin sur le sentier, presque hors de vue. Geacles le poursuivait, plié en deux, décrivant des lacets, prenant parfois le pas de course. Il parvint à un endroit d'où il pouvait surveiller le sentier. Mur n'était nulle part en vue. Geacles réfléchit un moment, puis il redescendit sur la Route des Rhododendrons, un territoire plutôt douteux pour un Garçon Pur, non pas précisément souillé, mais quand même un sol à ne fouler qu'avec circonspection. Pas de Mur. Intrigué cette fois, Geacles regagna le sentier. Où était donc Mur ? Était-il entré dans l'un des cottages ? Geacles se lécha les lèvres d'horreur, mais il se mit à trotter dans la direction du cottage d'Eathre. Il s'immobilisa pour tendre l'oreille : Eathre recevait un musicien. Mais où était Mur ? Geacles regardait de tous côtés. Sûrement pas dans le cottage avec sa mère et le musicien. Geacles passa devant la maison, en colère et mal à l'aise. D'une façon incompréhensible, Mur lui avait échappé... La musique cessa, puis, après quelques gammes et arpèges, elle reprit. Elle paraissait provenir non du cottage, mais du jardin. Geacles s'en approcha et regarda à travers le feuillage... Il pivota. Rapide, silencieux, bondissant comme un lièvre, il remonta la colline en courant pour regagner le temple. Eathre, qui regardait par la fenêtre du cottage, le vit s'en aller.

*
**

Un quart d'heure s'écoula. Dévalant la colline à longues enjambées, sur les pointes, venait le Grand Mâle Osso, suivi de deux autres Chilites; tous les trois avaient les yeux rougis de leurs spasmes déclenchés par le galga. Derrière venait Geacles. Le groupe s'engagea sur la Route des Rhododendrons.

Devant le cottage d'Eathre, le groupe fit halte. L'air était chaud, en ce milieu de la journée; les trois soleils roulaient au-dessus d'eux, projetant des ombres triples sur la poussière de la route. On n'entendait pas un bruit sinon le bourdonnement des insectes dans le feuillage et un sourd battement qui provenait de la lointaine tannerie.

Tout en restant loin de la porte, Osso fit signe à un enfant qui se tenait à proximité. « Va chercher la femme Eathre. »

L'enfant, intimidé, fit le tour par l'arrière du cottage. Un instant après la porte s'ouvrit; Eathre jeta un coup d'œil au-dehors. Elle était calme, passive, mais sur ses gardes.

Le Grand Mâle Osso lui demanda d'un ton impérieux : « Le Garçon Pur Faman Bougozonie... est-il ici ?

– Il n'est pas ici.

– Où est-il ?

– Eh bien, ailleurs, j'imagine.

– On l'a vu ici il y a moins d'un quart d'heure. »

Eathre n'avait rien à dire. Elle attendait sur le pas de la porte.

« Femme, reprit Osso d'une voix pondérée, il serait prudent de ne pas faire d'obstruction. »

Eathre eut un sourire.

« Qui fait de l'obstruction ? Cherchez si vous voulez. Le garçon n'est pas ici; il n'a pas mis les pieds ici depuis le rite. »

Geacles fonça derrière le cottage d'où il fit signe. Les Chilites, ramassant leurs robes autour d'eux, allèrent voir. Geacles pointait l'index avec impatience. « Il était assis sur ce banc-là. La femme ment. »

Osso adopta un ton menaçant. « Femme, est-ce vrai ?

— Pourquoi n'aurait-il pas été assis là ? Ce banc ne peut le souiller.

— En es-tu bon juge ? Où est le garçon ?

— Je ne sais pas. »

Osso se tourna vers Geacles. « Va voir dans les quartiers des Garçons Purs. Ramène-le ici. »

Animé d'un grand zèle, Geacles partit en bondissant, battant des bras et des jambes. Il revint au bout de cinq minutes, haletant comme un chien, mais souriant. « Il va venir. Il vient. »

Mur approchait lentement sur la route.

Osso recula. Mur, les yeux écarquillés et un peu pâle, s'enquit : « Pourquoi désires-tu me voir, père-par-l'âme ?

— J'attire ton attention, dit Osso, sur le triste fait que tu es venu ici chercher le lait de ta mère et jouer de l'inutile musique.

— Avec tout mon respect, père-par-l'âme, on t'a induit en erreur.

— Voici le témoin ! »

Mur regarda Geacles. « Il n'a pas dit la vérité.

— Ne t'es-tu pas assis sur ce petit banc, un objet appartenant à une femme ? N'as-tu pas accepté un instrument de la main de cette femme ? Tu es souillé de femelle et en mauvaise voie.

— Père-par-l'âme, le banc provient de l'extérieur de la crypte. Remarque qu'il est loin du cottage, derrière la limite du jardin. Le khitan m'appartient personnellement. Avant mon initiation, je l'ai emporté au temple et l'ai passé dans la fumée d'agapanthe; tu peux encore en sentir le relent.

Depuis lors, il est resté dans la hutte-jouet que je me suis construite là, de mes propres mains; il y est même en ce moment. Je ne suis coupable d'aucun péché. »

Osso regardait le ciel en clignant les paupières tandis qu'il regroupait ses pensées. Ces deux Garçons Purs le rendaient ridicule. Avec une grande habileté, Faman Bougozonie avait évité tout acte flagrant de souillure, mais cette habileté même trahissait sa corruption... Geacles Vonoble, tout en portant des accusations inexactes, avait diagnostiqué de façon certaine l'impureté. Une chose était sûre, il ne fallait pas que les sophismes de Faman Bougozonie mettent en déroute la vérité de l'orthodoxie. Osso reprit : « Ceci me semble une étrange retraite pour un Garçon Pur, la cour de derrière de la maison de sa mère!

— Elle me paraît tout aussi bonne qu'une autre, père-par-l'âme, et au moins, ici, je ne dérange personne pendant que je médite.

— Tu méditais? gronda Osso. A jouer des gigues et des ballades pendant que les autres Garçons Purs accomplissaient leurs dévotions?

— Non, père-par-l'âme, la musique m'aidait à fixer ma pensée, exactement comme tu me l'as recommandé.

— Comment? Tu prétends que je t'ai recommandé une telle occupation?

— Oui, père-par-l'âme, tu m'as déclaré que tu avais trouvé l'invention de nœuds imaginaires propice à tes austérités, et tu m'as permis d'étudier les sonorités musicales dans le même but. »

Osso recula. Les deux autres Chilites et Geacles le regardaient, dans l'expectative. Osso dit : « J'envisageais de tout autres sonorités, dans un milieu différent. Ta conduite sent le siècle à plein nez! Et toi femme? As-tu l'esprit ramolli? Tu dois sûrement te rendre compte qu'une telle conduite est incorrecte?

— Grand Mâle, j'espérais que la musique lui serait utile pour le reste de son existence. »

Osso émit un rire sec. « La mère d'un monstre et du Garçon Pur Faman. Belle progéniture! Tu n'engendreras plus d'autres prodiges du même genre. A la tannerie! » Osso pivota, l'index pointé sur Mur. « Quant à toi, nous allons mettre à l'épreuve l'érudition que tu te vantes d'avoir acquise.

— Père-par-l'âme, s'il vous plaît, je ne fais encore qu'y aspirer! » s'écria Mur, mais Osso s'était déjà détourné. Mur lança un coup d'œil à Eathre, qui haussa les épaules en souriant et rentra dans le cottage. Mur pivota vers Geacles, mais les Chilites étaient en travers de son chemin. « Va au temple, toi! N'as-tu pas entendu ton père-par-l'âme? »

Mur remonta le sentier du temple. Il se retira dans sa niche; Geacles le suivit et gagna sa propre alcôve où il resta assis, le regard fixé sur Mur, de l'autre côté de la salle.

Une heure s'écoula, un carillon sonna. La troupe des Garçons Purs passa au réfectoire. Mur hésita, se tourna vers le paysage, par-delà la route et les cottages, vers les lointains violets.

Geacles l'observait. Mur poussa un soupir et prit le passage qui menait au réfectoire.

A l'entrée, il rencontra l'instructeur Chilite. Celui-ci fit signe à Mur de s'écarter des autres. « Par ici. »

Il emmena Mur à l'extérieur, le long du temple, jusqu'à une crypte inutilisée. Il ouvrit la vieille porte de bois et fit signe à l'enfant d'entrer. Tenant haut une ampoule lumineuse, l'instructeur prit les devants dans un couloir où régnait un relent de fumée de galga refroidie, jusque dans une vaste chambre circulaire au cœur même du temple. Les murs en pierre de taille étaient humides et répandaient une odeur de moisissure; le sol était de brique sombre. Du plafond pendait un unique globe lumineux. « Qu'est-ce que cet endroit ? » s'enquit Mur, la voix chevrotante.

« C'est un lieu d'études solitaires où tu resteras en attendant ta repurification.

– Ma repurification ! s'écria l'enfant. Mais je ne suis nullement souillé !

– Allons, allons, fit l'instructeur. A quoi bon ces faux-fuyants ? Tu crois donc pouvoir tromper ton père-par-l'âme, Osso ? Ou moi-même, d'ailleurs ? Si tu ne t'es pas souillé physiquement, tu as commis cent actes de souillure de l'esprit. » Il attendait mais Mur resta silencieux. « Remarque », poursuivit l'instructeur, « qu'il y a des livres sur cette table. Les Doctrines et Exclamations, un Catéchisme Analytique. Ils t'apporteront le réconfort et de sages conseils. »

Mur lança un regard sombre autour de la pièce. « Combien de temps devrai-je rester ici ?

– Le temps approprié. Il y a à boire et à manger dans ce placard; et tu as un évier contre le mur. Et maintenant, un dernier mot : sois soumis et tout ira bien. Tu m'as compris ?

– J'ai compris, Instructeur.

– La vie c'est le choix d'une voie. Fais en sorte de bien choisir parce qu'il ne te sera peut-être plus donné de choisir. Invoque Galexis ! »

L'instructeur se retira dans le couloir. Mur gardait les yeux tournés de ce côté, ayant à moitié envie de le suivre... Mais on l'avait amené en ce lieu pour méditer; s'il s'en allait, il encourrait une peine plus sévère que la repurification.

Il écoutait. Rien que le murmure secret des lieux souterrains. Il alla se planter sur le seuil pour scruter le couloir. Quelqu'un devait sûrement veiller. Ou bien on lui avait tendu un piège, installé un système avertisseur. S'il tentait de suivre l'instructeur, il pourrait se heurter à quelque chose de désagréable... « Sois soumis », lui avait dit l'instructeur. « Sois soumis et tout ira bien. »

Il se pouvait en effet que la soumission fût le parti le plus sage.

Sagement, Mur se détourna de l'ouverture. Il alla jeter un coup d'œil sur la table et s'assit pour feuilleter les livres. Les Doctrines étaient imprimées à la main, à l'encre violette, sur des feuillets de papier alternativement rouges et verts; elles étaient d'une lecture extraordinairement difficile et renfermaient des quantités d'expressions bizarres. Néanmoins, songeait Mur, il serait bon de les étudier avec soin. Les Exclamations, à lancer pendant l'adoration nocturne, n'étaient pas tout à fait aussi importantes, n'ajoutant aux spasmes qu'un peu d'élégance.

Mur se rappela qu'il n'avait pas déjeuné et bondit pour ouvrir le placard. Il y trouva une douzaine de paquets de fruits séchés, de quoi le nourrir douze jours ou même davantage, à condition de se montrer frugal comme le lui imposait le bon sens. Trois cruches de verre vert foncé contenaient de l'eau en abondance. Il n'y avait ni couchette ni lit de camp; il devrait dormir sur le banc.

Il revint à la table, prit le Catéchisme Analytique et se mit à lire :

Q : Depuis combien de temps les Chilites connaissent-ils Galexis ?

R : Il y a quatre mille ans, Hakcil, contraint de recourir au galga pour supporter une épouse acariâtre et malodorante, instaura le Grand Système.

Q : Combien d'apparences différentes Galexis peut-il prendre ?

R : Galexis est protéiforme comme la surface de l'océan et il est à la fois particulier pour chacun et universel pour tous.

Q : Où était Galexis avant que les Chilites ne découvrent l'herbe sacrée ?

R : Galexis est éternel et immanent. Il s'est révélé secrètement à tous les âges mais seuls les

Chilites, en accomplissant la Dichotomie Absolue, ont actualisé sa présence.

Q : Qu'est-ce que la Dichotomie Absolue ?

R : C'est la perception par laquelle, en considérant la corporéité féminine comme une abominable souillure, on célèbre les Béatitudes de Galexis.

Q : Quel est le but du Réceptacle sacré ?

R : Quand les temps seront venus, Perfection, le fruit de Galexis et des mâles, apparaîtra.

Q : Quels seront le Rôle et la Destinée de Perfection ?

R : Il répandra le message de Galexis dans tout l'univers et, à son passage, les femmes gémiront sur leur infortune.

Mur posa le Catéchisme dont la lecture lui paraissait proprement assommante. C'est alors qu'il remarqua que la table était couverte de dizaines de graffiti. On y avait gravé des noms; le temps en avait érodé certains; d'autres, par comparaison, semblaient récents... Que disait celui-là ? Chalres Gargamet ! Une main glacée lui tordit les entrailles. Ils avaient donc amené Chalres ici. Comment était-il mort ?

Mur se leva lentement et examina les murs suintants. Y avait-il d'autres issues ? Il fit le tour de la pièce en tâtant la pierre de taille, qui lui parut solide en tous points. Il revint lentement à la table, se tenant sous la lampe. Sa peau se hérissait à l'idée de la vie qui l'attendait. Il se pourrait bien que les rites de repurification fussent plus pénibles que les premiers... La porte ouverte exerçait sur lui une atroce fascination. Elle indiquait le chemin du dehors où Mur avait tant envie de se trouver. Cependant elle symbolisait aussi la menace d'un châtiment terrible. Il songea à son frère, mort, le corps brisé, face contre terre dans le puisard de la tannerie.

Une vague de désespoir envahit son esprit. La lumière projetait un éclat, éclairant les pitoyables graffiti et la table. Il devait se soumettre.

Une heure s'écoula. Mur psalmodiait sans se lasser des passages du Catéchisme, des mots dépourvus de sens. Il étudia la Doctrine : les Élucidations Originales d'Hakcil. Le vieux livre aux pages cornées faisait partie du décor. La moisissure avait rongé les lettres, certains feuillets étaient collés ensemble et le papier rouge et vert avait bu l'encre violette. Il reposa le livre et scruta la porte. Quelle terrible tentation ! Il réfléchit : en admettant qu'il remonte le couloir à une vitesse telle que ses pieds n'effleureraient pas le sol, ce coup d'audace lui permettrait-il de gagner l'extérieur ? Non. Ce serait trop facile. Quelque piège l'attendait sans doute. La porte de bois serait verrouillée, et son insubordination lui vaudrait de connaître le même sort que Chalres. C'était ainsi que procédaient les Chilites. Au contraire, s'il acceptait l'infamie de la soumission totale, s'il s'humiliait devant son père-par-l'âme Osso, s'il renouvelait ses vœux de pureté, sa promesse de renoncer aux caresses maternelles passées, présentes et à venir, il préserverait son statut de Garçon Pur.

Mur s'humecta les lèvres. Cela valait mieux que le puisard. Il étudia la Doctrine, en retenant par cœur des passages entiers, faisant des efforts jusqu'à en avoir la tête perdue, les yeux douloureux. A la quatrième page, la moisissure brouillait les caractères sur une demi-page : la cinquième et la sixième pages étaient entièrement illisibles. Mur les examinait, atterré. Comment pouvait-il apprendre les Élucidations alors qu'elles étaient indéchiffrables ? Osso n'accepterait jamais une excuse aussi facile. « Pourquoi ne t'étais-tu pas muni de ton propre exemplaire de Hakcil ? Quand j'étais Garçon Pur, il ne me quittait pas ! » Ou bien : « Ces pages sont élémentaires; il y a longtemps que tu devrais les savoir. » D'autre part, réfléchit Mur, le volume abîmé lui fournissait un prétexte valable pour essayer le couloir. S'il y avait un surveillant, il pourrait lui montrer les pages illisibles et réclamer un exemplaire des Élucidations en meilleur état... Mur se leva à demi. Le couloir dessinait un rectangle d'un noir sinistre.

Mur se rassit. La nuit devait déjà être très avancée; il n'y avait sûrement pas de Chilite de garde! Ni de Garçon Pur. Y avait-il un quelconque système d'alarme? Mur se dit que c'était improbable. Les Chilites ne tenaient pas à être dérangés pendant leurs spasmes.

La porte extérieure n'était pas fermée à clé; peut-être le passage était-il libre? Mur se lécha les lèvres. Selon toute probabilité, ce passage recélait un moyen de défense : un puits, une trappe, un piège quelconque : un filet ou une cage l'emprisonneraient dans leur chute; le passage se terminerait par un cul-de-sac, ou il formerait un bouc dont le sol, recouvert de sable ou de boue, garderait l'empreinte de ses pas, ou encore il aboutirait à un précipice mortel.

Mur observait à la dérobée la porte qui semblait maintenant lui rendre ses regards. Avec un soupir, il revint aux livres moisis; mais, incapable de se concentrer, il écrivit machinalement, avec un éclat de pierre, un nom à côté des autres sur le dessus de la table, et c'est avec consternation qu'il découvrit ce qu'il avait gravé : Gastel Etzwane. Une nouvelle preuve de révolte pour qui lirait ce nom. Il s'apprêtait à l'effacer quand une bouffée de colère lui fit jeter l'éclat de pierre dans un coin de la cellule. Il avait bel et bien écrit son nom! Il était Gastel Etzwane. Les autres pourraient le tuer mille fois, il n'en changerait pas! Ce bref éclair de défi s'évanouit et Mur se retrouva placé devant la même alternative : ou il attendait dans cette cellule un laps de temps indéterminé avant d'affronter la Repurification ou il se risquait dans le passage malgré les frissons glacés qui lui parcouraient le dos. Il se leva et traversa la pièce, à pas comptés et furtifs. Il examina le couloir aussi loin que portait la faible lueur de son ampoule... soit trois ou quatre mètres. Puis il regarda la lumière; elle était suspendue à trois mètres au-dessus de la table. Il posa le banc sur la table et y grimpa; l'ampoule était encore à trois pieds de sa main. Mur redescendit, maladroit et lourd comme un vieillard. Une fois encore il alla jeter un coup d'œil dans le couloir sombre. Sans aucun doute, il était fermé... ou il recélait un piège... Mur s'efforçait de se rappeler le parcours du passage. L'instructeur l'avait précédé, tenant haut son globe lumineux, qui avait révélé une voûte de pierre humide. Mur n'avait aperçu ni cages ni filets accrochés, bien qu'on ait pu facilement en disposer après son passage. Dans un tel cas, la détente serait probablement un fil tendu en travers du corridor, ou peut-être un petit contact électrique, bien que les Chilites ne fussent guère experts en électricité et d'ailleurs ne lui accordassent pas davantage confiance qu'aux biomécanismes. Le piège, s'il y en avait un, serait simple et très vraisemblablement actionné par une détente au ras du sol.

Le cœur de Mur lui remontait dans la bouche tandis qu'il contemplait le sombre tunnel. C'était l'instant le plus important de sa vie. En tant que Faman Bougozonie, il pouvait rester courbé sur la table à étudier le catéchisme et les Élucidations incomplètes; en tant que Gastel Etzwane, il devait tâtonner au long du couloir avec l'espoir de s'échapper dans la liberté de la nuit.

Le pauvre corps souillé de Chalres se dressa devant ses yeux. Sous le coup du désespoir, Mur laissa échapper un gémissement aigu. Une seconde vision succéda à la première; le visage de son père-par-l'âme Osso lui apparut; il reconnut le haut front fuyant, les mèches de cheveux épars, les paupières bordées de rouge. Fouaillé par le regard intense, il poussa de nouveau un faible gémissement; puis, à quatre pattes, il se mit à avancer dans le noir. La lumière faiblissait derrière lui. Il entama une exploration prudente dans l'obscurité, cherchant à gestes délicats un fil, une ficelle, une tige ou une planchette d'amorçage. Il se rappelait que le couloir tournait d'abord à gauche, puis à droite; il restait contre le mur de gauche.

Les ténèbres étaient maintenant totales. Mur tâtonna dans l'air comme s'il eût voulu décrocher des toiles d'araignée. Comme il ne découvrait rien de particulier, il fouilla le sol avec le même soin, sondant centimètre après centimètre tandis qu'il avançait.

Péniblement, peu à peu, il progressait et les ténèbres pesaient sur lui comme une matière palpable. Il était trop contracté pour avoir peur; le passé et le futur lui étaient sortis de l'esprit; il n'y avait plus que *maintenant,* avec le danger pressant, imminent. Les doigts légers comme des antennes de papillon, il fouillait dans le noir : c'était de ses doigts que dépendait sa vie. A sa gauche, il perdit contact avec la paroi; le premier angle. Il se figea, tâtant le mur des deux côtés, sondant les joints entre les pierres. Il franchit le coin, impatient d'avancer, mais répugnant à quitter le territoire connu, sûr. Il avait encore la possibilité de regagner la chambre d'étude... Devant lui s'étendait la zone où il devait escompter le plus de dangers. Avec les précautions les plus minutieuses, il scrutait les ténèbres, touchant l'air, les parois, le sol. Pouce à pouce, pied à pied, il allait de l'avant... Ses doigts sentirent une texture différente sous lui : cela grattait, cela avait du grain, ce n'était pas aussi froid que la pierre. Du bois. Du bois posé sur le sol. Mur chercha le joint entre le bois et la pierre. Il courait d'un mur à l'autre, à angle droit. Gardant les genoux sur la pierre, Mur tendit les mains, à la recherche d'un fil, puis il pressa sur le sol devenu de bois. Il ne trouva pas de ficelle et le plancher lui parut ferme. Il n'y découvrait ni solution de continuité ni manque de solidité. Étendu à plat ventre, Mur tendit les bras le plus loin possible. Il ne toucha que du bois. Il s'avança encore de quelques centimètres en se tortillant comme un ver et tâtonna de nouveau. Du bois. Il y frappa du poing et crut entendre une creuse résonance plutôt que le son mat d'une planche posée sur la terre ou sur le mortier. Danger, danger! Il se traîna encore de quelques centimètres. Le plancher commença à s'incliner, lui élevant les pieds. Il se replia en hâte. Le plancher retomba en place. La partie de bois était montée sur un axe en sa partie centrale. S'il avait marché, les bras tendus de côté pour toucher les parois, il n'aurait pas pu se rattraper. Une fois franchi le point central, la partie arrière du panneau s'élevant dans les airs, il aurait été perdu, il serait tombé dans le noir, vers ce qui l'attendait au fond du gouffre, quoi que ce fût. Mur resta immobile, les lèvres retroussées en un rictus de loup. Il mesura la distance entre la pierre et le point de bascule : la longueur de son corps, soit un mètre cinquante. Plus loin, après l'axe, il devait y avoir encore un mètre cinquante de surface au-dessus du vide. Avec une lumière, il aurait pu tenter de sauter en prenant son élan. Mais pas dans l'obscurité. En supposant qu'il ait mal calculé son coup et ait sauté trop court... Son sourire devint si contracté qu'il en eut mal aux muscles de la face. Il lui fallait une planche, une échelle, n'importe quoi de ce genre... Il songea au banc resté dans la salle, qui mesurait six pieds de long. Il se redressa, et, sans cesser de toucher le mur, repartit beaucoup plus vite qu'à l'aller. La chambre était silencieuse, presque somnolente. Mur prit le banc et l'emporta dans le passage sombre qu'il connaissait à présent si bien. Il parvint au coude du couloir et, redevenu prudent, il se mit à quatre pattes et tira le banc renversé à son côté. Il parvint à la section de bois. Il fit alors passer le banc devant lui et le poussa jusqu'au moment où il estima que l'extrémité la plus proche de lui reposait sur l'axe de la trappe et l'autre bout – espérait-il – sur la pierre ferme. Avec la plus grande circonspection et le plus de précision possible, il se laissa peser sur le banc, tout prêt à bondir en arrière au premier frisson de la mécanique.

Le banc tenait bon. Mur traversa et, de l'autre bord, sentit la pierre sous ses doigts. Il sourit, mais cette fois de soulagement et de plaisir.

Toutefois il n'était pas encore sorti du couloir. Il repartit avec la même prudence et ne tarda pas à arriver au second coude. A quelques mètres devant lui luisait une pâle ampoule. Sa lumière révélait une porte, la vieille porte de bois qui donnait sur la chambre basse. Le cœur de nouveau dans la gorge, Mur avança. La porte était fermée à clé, non pas tant pour le garder, soupçonna-t-il, que pour empêcher quelque Chilite négligent ou quelque Garçon Pur imprudent de tomber dans la trappe.

Mur émit un soupir de tristesse et alla examiner la porte. Elle était faite de planches épaisses, chevillées et collées, avec des gonds de fer aggloméré. L'encadrement était de bois, assez mou, un peu pourri, constata Mur. Il poussa contre le battant de tout le poids négligeable de son corps insuffisamment développé. La porte tint bon. Ensuite, il se précipita dessus. Il crut entendre grincer légèrement le pène. Il redoubla de coups, mais en dehors des craquements du vieux bois, il n'obtint pas de résultat concret. Mur en avait des bleus et des douleurs, mais la souffrance était sans importance à ses yeux. Il recula, haletant. Il se rappela le banc et repartit en courant dans le couloir, contourna l'angle et avança alors avec prudence jusqu'à toucher le bout du banc. Il le traîna d'abord, puis le porta jusqu'à la porte. Après avoir visé avec soin, il s'élança pour heurter la serrure. Le cadre se fracassa, le battant s'ouvrit en arrière et Mur se trouva dans la chambre basse, remplie d'échos, mais déserte.

Il posa le banc contre un des murs, où on ne le remarquerait pas. Il repoussa le battant et remit en place les éclats de bois. On ne s'apercevrait peut-être d'abord de rien, ce qui causerait chez les Chilites une certaine perplexité !

Un instant après, il sortait dans la nuit et contemplait les étoiles éclatantes de la Schiafarilla. « Je suis Gastel Etzwane », murmura-t-il, exultant. « En tant que Gastel Etzwane, j'ai échappé aux Chilites; en tant que Gastel Etzwane, j'ai beaucoup à faire. »

Il n'était pas encore libre, ni loin. On finirait bien par découvrir son évasion, peut-être dans la matinée, et en tout cas dans les deux ou trois jours. Osso ne pourrait pas en appeler à l'Homme Sans Visage, mais il pourrait bien envoyer quelqu'un dans les Terres Sauvages pour ramener des traqueurs ahulphs. Il n'existait pas de piste trop ancienne ou trop vague pour les ahulphs; ils suivraient la piste jusqu'à ce que leur proie monte à bord d'un véhicule à roues ou d'un ballon. Gastel Etzwane devait une fois de plus faire appel à son ingéniosité. Osso s'attendrait qu'il s'enfuie, qu'il mette le plus de distance possible entre lui-même et Bashon. En conséquence, s'il restait une journée dans les parages, jusqu'à ce que les ahulphs aient été renvoyés chez eux avec une malédiction après avoir tourné en rond, il serait peut-être en mesure de poursuivre sa route sans encombre... quelle que soit cette route.

Cent mètres au-dessous, et derrière la colline, c'était la tannerie, avec ses hangars et ses appentis, avec des douzaines de cachettes sûres. Gastel Etzwane se tassa sur le côté du portail, dans l'ombre, à écouter les bruits de la nuit. Il se sentait aussi détaché et impalpable qu'un fantôme. Là-haut, dans le temple, les Chilites gisaient parmi la fumée de galga, en train d'adorer Galexis; leurs soupirs d'adoration étaient étouffés par les profondes ténèbres.

Gastel Etzwane resta un moment dans l'ombre. Il n'éprouvait aucune impatience, nul besoin de se hâter. Sa principale inquiétude, c'étaient les ahulphs, qu'on appellerait sûrement pour le traquer grâce à des indices imperceptibles aux sens des humains. Il se glissa de nouveau dans le temple où il ne tarda pas à trouver une vieille cape jetée dans un coin. Il revint au portail et déchira le vêtement en deux. Après avoir jeté sur le sol de pierre les deux moitiés, l'une derrière l'autre, il fit deux bonds en avant et s'éloigna du temple en descendant la colline, ne laissant ainsi ni piste ni odeur pour les ahulphs. Gastel Etzwane exultait doucement et riait quand il parvint aux premiers hangars de la tannerie.

Il trouva refuge sous un appentis. La tête posée sur les deux moitiés de cape roulées ensemble, il s'endormit.

⁂

Sasetta, Etta et Zaël jaillirent en dansant au-dessus de l'horizon pour jeter de l'est leurs rayons mouvants de lumière colorée. Dans le temple un carillon sonna pour convoquer les Garçons Purs aux cuisines où ils avaient la charge de préparer le gruau du petit déjeuner pour les Chilites. Dans la cour de l'est apparurent les Chilites eux-mêmes, hagards, les yeux rouges, la barbe puant la fumée de galga. Ils allèrent en titubant s'asseoir sur les bancs pour contempler dans leur hébétude prolongée le pâle lever des soleils. Les femmes de la tannerie avaient déjà bu leur thé et mangé leur pain; elles partirent à pas lourds vers leurs tâches, les unes taciturnes, les autres volubiles. A l'appel de leur nom par les contremaîtresses, les femmes chargées de tâches particulières se dispersèrent. Quelques matriarches de la Sororité[1] gagnèrent le laboratoire où elles composeraient les herbes, les poudres, les teintures, les astringents. D'autres s'en allèrent gratter, frotter, savonner, vidanger et laver les réservoirs. D'autres encore partirent traiter les dépouilles apportées par les ahulphs du Désert, parmi lesquelles on trouvait pêle-mêle les peaux d'ahulphs et celles d'autres animaux sauvages. Après les avoir triées, on les nettoyait grossièrement sur des tables en bois rondes, on les taillait et on les préparait avant de les jeter dans des bacs à lessive. Eathre avait été affectée au nettoyage des tables; on lui avait remis une brosse, un couteau de verre et un petit grattoir. Jatalie, préposée à la direction des travaux, lui donnait des instructions par-dessus son épaule. Eathre travaillait calmement sans presque jamais lever les yeux, comme si elle dormait. Elle s'affairait à cent pieds à peine de l'endroit où se cachait Mur. Le garçon se tortilla pour trouver une fissure dans le mur de l'appentis et, apercevant sa mère, il faillit pousser un cri. Sa mère, sa douce et tendre mère, dans une situation aussi triviale! Il cligna les yeux et se mordit les lèvres; il ne pouvait pas même la consoler!

De la direction du temple monta une petite cla-

1. Le *Zoriani nac Thair nac Thairi :* Agents Femelles pour les Causes Désespérées (traduction approximative).

meur. Des Garçons Purs sortirent en courant pour scruter la vallée; des Chilites apparurent sur la terrasse supérieure, causant entre eux avec agitation, pointant l'index de divers côtés. Etzwane devina qu'on s'était aperçu de son absence... un peu plus tôt qu'il ne l'avait pensé. Il observait la scène avec un sentiment mêlé de peur et d'amusement. C'était amusant de voir les Chilites affolés à ce point, et c'était en même temps terrifiant! Si on le pistait et qu'on le capture... Sa chair se hérissait à cette idée.

Les ahulphs arrivèrent peu avant midi : deux jeunes chasseurs portant autour de leurs jambes torses au grossier poil noir le ruban rouge des spécialistes. Le Grand Mâle Osso, dressé avec gravité sur un piédestal, leur expliqua en dadu[1] ce dont il avait besoin. Les ahulphs l'écoutaient, criant comme de fins renards. Osso lâcha une chemise que Mur présuma être une des siennes. Les ahulphs saisirent le vêtement entre leurs mains semblables à celles des hommes, le pressèrent contre les détecteurs d'odeur de leurs pieds, puis la jetèrent en l'air avec leur ostentation habituelle et ridicule qui paraissait si répugnante aux Chilites. Ils allèrent ensuite devant Osso pour lui donner des assurances, à grand renfort de hochements de tête. Osso finit par esquisser un geste d'agacement. Les ahulphs, après avoir jeté de-ci de-là des regards furtifs pour voir s'il n'y avait rien qui valût la peine d'être volé, se rendirent dans la salle basse des Garçons Purs. Là, ayant détecté l'odeur d'Etzwane, ils se mirent à sauter en l'air et lancèrent à l'adresse d'Osso des cris d'enthousiasme.

Les Garçons Purs les observaient avec une attention horrifiée, tout comme Etzwane lui-

1. *Dadu :* un langage de signes digitaux accompagnés des syllabes *da, de, di, do, du.*

même qui craignait tout de même qu'une trace de son odeur ne parvînt aux ahulphs.

Les deux créatures fouillèrent le temple et Etzwane se sentit soulagé quand ils eurent croisé sa piste sans rien découvrir. Un tant soit peu abattus, les oreilles tombant lamentablement bas, ils allèrent tourner autour de l'ancien cottage d'Eathre, sans plus de succès. Furieux l'un contre l'autre à la façon des ahulphs, ils s'envoyaient des coups de dents, ils se décochaient des coups à l'aide des éperons blancs dissimulés dans leurs souples pieds noirs, ils avaient le poil dressé en spirales; ils revinrent à l'endroit où les attendait Osso et lui expliquèrent en dadu que leur proie était partie sur des roues. Osso pivota et rentra dignement dans le temple. Les ahulphs partirent au sud en courant, pour regagner la vallée de la Fimée, dans les Terres Sauvages du Howan.

L'œil collé à une fissure, Etzwane regardait la communauté reprendre ses occupations coutumières. Les Garçons Purs, déçus d'être privés d'un horrible spectacle, se remettaient à leurs tâches, les femmes de la tannerie peinaient patiemment aux cuves, aux baquets et aux tables. Les Chilites étaient juchés comme de minces oiseaux blancs sur les bancs qui bordaient la terrasse supérieure du temple. La lumière du soleil, qui avait pris sa teinte lavande de midi, se réverbérait sur la poussière blanche du sol desséché.

Les ouvrières de la tannerie se rendirent au réfectoire. Etzwane envoyait des ondes pressantes vers sa mère : *Viens par ici, viens plus près !* Mais Eathre s'éloigna sans même tourner la tête. Au bout d'une heure, elle revint à sa table. Etzwane rampa sous le plancher puis se hissa dans l'appentis proprement dit : c'était un magasin pour les barils de produits chimiques, pour les outils et autres nécessités.

Etzwane trouva un bloc de sel de soude et,

après s'être prudemment approché de la porte, le lança dans la direction de sa mère. Le bloc tomba presque à ses pieds. Elle ne parut pas s'en apercevoir. Puis, comme si le fil de ses pensées eût soudain été tranché, elle baissa les yeux sur le sol.

Etzwane lança un second morceau de sel. Eathre releva la tête, examina vaguement le paysage, puis se tourna enfin vers l'appentis. De l'ombre, Etzwane lui adressa un signe. Elle fronça les sourcils et détourna le regard. Etzwane la fixait, intrigué. L'avait-elle vu ? Pourquoi plissait-elle le front ?

De derrière l'appentis, et dans le champ de vision d'Etzwane, le Grand Mâle Osso approchait à pas compassés. Il s'immobilisa à mi-chemin entre l'appentis et la table où travaillait Eathre. Elle semblait perdue dans une autre dimension de son esprit.

Osso fit un geste à l'adresse de la contremaîtresse et marmonna quelques paroles. La femme alla trouver Eathre qui, sans rien dire et sans manifester la moindre surprise, quitta son travail pour aller rejoindre Osso. Il lui fit un signe péremptoire pour qu'elle s'arrête à cinq mètres de lui et lui parla d'un ton bas mais furieux. Etzwane ne pouvait saisir les paroles ni les calmes réponses d'Eathre. Osso se redressa et pivota brusquement sur les talons. Il repassa devant l'appentis, si près qu'Etzwane aurait pu toucher son visage glacial rien qu'en tendant le bras.

Eathre ne se remit pas immédiatement au travail. Comme si elle eût réfléchi à ce que lui avait dit Osso, elle s'approcha de l'abri et se planta près de la porte.

« Mur, es-tu là ?

– Oui, Mère, j'y suis.

– Il faut que tu quittes Bashon. Pars ce soir dès que les soleils seront couchés.

— Pourrais-tu venir avec moi ? Je t'en prie, Mère, viens.

— Non. Osso détient mon indenture. L'Homme Sans Visage me décapiterait.

— Je trouverai l'Homme Sans Visage », affirma Etzwane d'un ton fervent. « Je lui dirai les vilaines choses qui se font ici. Il décapitera Osso. »

Eathre sourit. « N'en sois pas trop certain. Osso observe la loi du canton... trop bien, même.

— Si je m'en vais, Osso te fera subir de mauvais traitements ! Il te donnera les tâches les plus pénibles !

— Peu importe. Les jours passent. Je suis heureuse que tu t'en ailles. C'est ce que je souhaitais pour toi. Moi, je reste pour aider Delamber pendant ses couches.

— Mais, Osso, mon père spirituel, peut te punir, et ce sera ma faute !

— Non. Il n'osera pas. Les femmes savent se protéger comme je viens de le lui faire remarquer[1]. Maintenant, je dois retourner à mon travail. Pars quand la nuit sera tombée. Comme tu ne portes pas de torque, fais attention aux esclavageurs. Surtout dans les cantons de Durrume, du Cansume et du Seamus, ils t'incorporeraient dans

1. Eathre faisait allusion au *Zoriani nac Thair nac Thairi*. Cette association tirait son pouvoir du fait qu'une femme pouvait souiller un temple ou un Chilite. Il existait six degrés de souillure, du simple attouchement du doigt à la douche de substances innommables. La souillure était effectuée par des volontaires, des Sœurs, d'un âge avancé en général, et malades, et qui désiraient achever leur vie dans des conditions dramatiques; en effet, elles avalaient des boulettes de poison sitôt leur mission accomplie.

La souillure condamnait le Chilite à un mois de purification drastique au cours duquel le galga lui était interdit. S'il tentait de connaître une transe extatique avant le terme de la Purification, Galexis Achiliadnid lui apparaissait sous des aspects hideux. Durant cette épreuve, le caractère des Chilites s'aigrissait et leur mauvaise humeur retombait d'une façon ou d'une autre sur les Enfants Purs.

une équipe qui travaille aux chemins d'air. Quand tu auras l'âge, procure-toi un torque de musicien, alors tu pourras voyager sans encombre. Ne retourne pas à notre ancienne maison, ni chez Delamber. Ne va pas chercher ton khitan. J'ai mis de côté quelques sous, mais je ne peux pas aller les chercher maintenant pour te les donner. Je ne te reverrai plus.

– Si, tu me reverras, tu me reverras ! s'écria Etzwane. J'adresserai une pétition à l'Homme Sans Visage et il te permettra de m'accompagner. »

Eathre sourit tristement. « Pas tant qu'Osso me tient sous indenture. Adieu, Mur. » Elle retourna à sa table de travail. Etzwane se retira dans l'appentis. Il ne suivit pas sa mère du regard.

Le jour s'achevait; les femmes partirent en troupe vers les dortoirs. Quand la nuit vint, Etzwane quitta l'appentis et descendit furtivement la pente de la colline.

Malgré l'avertissement d'Eathre, il se rendit à l'ancien cottage de la Route des Rhododendrons, déjà occupé par une autre femme. Il se glissa derrière, récupéra son khitan et regagna la route dans l'ombre. Il alla vers l'ouest, où vivait l'Homme Sans Visage... du moins la rumeur le prétendait.

4

Le Shant, un rectangle irrégulier de deux mille kilomètres de long sur neuf cents de large, était séparé de la masse sombre du Caraz par cent cinquante kilomètres d'eau, le Détroit de Pagane, qui unissait l'Océan Vert à l'Océan Pourpre. Au sud, de l'autre côté du Grand Marécage Salé, le Palasedra était suspendu entre l'Océan Pourpre et l'Océan Bleu comme une main à trois doigts, ou une mamelle à trois pis.

A quinze cents kilomètres à l'est du pays de Shant, apparaissaient les premières îles de l'archipel très étendu de la Beljamar, séparant l'Océan Vert de l'Océan Bleu. La population du Caraz était inconnue; les Palasedrans étaient relativement peu nombreux; La Beljamar faisait vivre quelques nomades des mers; la plus grande partie de la population de Durdane habitait les soixante-deux cantons du Shant, unis en une confédération assez souple sous le gouvernement de l'Homme Sans Visage.

Les cantons du Shant n'avaient en commun que leur mutuelle méfiance. Chacun d'eux considérait comme Principe Universel ses propres coutumes, costumes, dialectes et manières; tout le reste n'était qu'excentricité.

Le gouvernement détaché et incontesté de l'Anome – plus connu sous le nom de l'Homme Sans Visage – convenait parfaitement aux habitants xénophobes des cantons. L'organisation gouvernementale était simple; l'Anome n'avait que peu d'exigences fiscales; les lois en vigueur étaient pour la plupart celles promulguées par les cantons mêmes. La justice de l'Anome était peut-être impitoyable et brutale, mais elle était équitable et s'en tenait à un principe unique, compris de tous : *Celui qui viole la loi meurt.* L'autorité de l'Homme Sans Visage lui venait du torque, un cordon de flexite, avec un code de couleurs, en diverses nuances de violet, d'écarlate foncé ou de bordeaux, de bleu, de vert, de gris, et plus rarement, de brun[1].

1. Selon la symbologie du Shant, le bleu, le vert, le pourpre et le gris ont des significations heureuses. Le marron est une couleur défavorable, tragique, élégante ou autoritaire, selon le contexte. Le parme annonce la mort. On peignait en rouge,

Le torque renfermait un cordon d'explosif, le desax, que, si nécessaire, l'Homme Sans Visage pouvait faire sauter au moyen d'une onde codée. Toute tentative pour se débarrasser du torque avait le même résultat. En général, quand un individu perdait sa tête, la cause en était bien connue : il avait enfreint la loi de son propre canton. En de rares occasions, l'explosion pouvait emporter une tête pour des raisons mystérieuses, insondables; sur quoi les gens n'agissaient plus qu'avec soin et prudence, de peur d'éveiller à leur tour l'imprévisible courroux de l'Homme Sans Visage.

Aucune des régions du Shant n'était trop éloignée; les explosions se produisaient n'importe où, d'Ilwiy au Détroit de Pagane, et les coupables perdaient leur tête. On savait que l'Anome avait des adjoints, assez ironiquement appelés les Bénévoles, qui exécutaient la volonté de l'Homme Sans Visage.

Garwiy, où résidait l'Homme Sans Visage, était la cité la plus grande de Shant, le centre industriel de toute la planète Durdane. Le long de la rivière Jardine et dans le quartier connu sous le nom de Shranke, sur l'estuaire de la Jardine[1] étaient installées une centaine de verreries, de fonderies et

symbole de l'invisibilité, les objets que l'on voulait dissimuler; les voleurs portaient des casquettes rouges. Le blanc, selon les circonstances, indiquait le mystère, la chasteté, la pauvreté ou la colère. La combinaison des couleurs modifiait leur signification.

Avec le symbolisme des couleurs, il faut mentionner les idéogrammes du canton de Durrume. A l'origine, chaque mot était figuré par des touches de couleur disposées selon leur signification symbolique; le scribe écrivait parfois en tenant sept pinceaux d'une seule main. Plus tard, un deuxième système remplaça le premier : des points situés à des hauteurs différentes indiquèrent les couleurs. A son tour le système évolua; les points formèrent des lignes qui désignaient, selon leur position, les couleurs et, enfin, chaque mot fut représenté par un idéogramme dépourvu de toute référence aux couleurs.

1. En fait, elle s'appelle alors la Sualle.

de fabriques de machines, des usines de produits biomécaniques, des usines bioélectriques où les monomolécules du Canton de Fenesq étaient étirées en conducteurs à ohm-zéro, qui reliaient des filtres semi-vivants, des soupapes et des commutateurs, pour la fabrication d'un matériel électronique fragile, incertain et très onéreux. Les bioingénieurs jouissaient d'un grand prestige; à l'autre bout de l'échelle sociale se situaient les musiciens qui n'en excitaient pas moins une forme d'envie romantique chez les gens terre à terre du Shant. La musique, comme la symbologie du langage et des couleurs, aplanissait les frontières entre cantons et affectait toute la population[1].

Dans le canton d'Amaze, mille à deux mille musiciens participaient au *seiach* annuel : une immense vague de sons s'enflant et s'apaisant comme le vent ou la mer, avec des marées de temps à autre, vagues et indistinctes, ponctuées de clochettes de bouffon. La musique jouée par les troupes errantes était d'ordre plus accessible : gigues et galops; morceaux et sonates, shararas, sarabandes, ballades, caprices, pas redoublés. Il arrivait qu'un druithine accompagne une de ces troupes; mais le plus souvent, il allait seul, jouant à sa fantaisie. Les exécutants inférieurs pouvaient chanter des paroles ou de la poésie; le druithine ne jouait que de la musique, pour exprimer la totalité de son expérience, toutes ses joies et toutes ses peines. Tel avait été le père naturel d'Etzwane, le grand Dystar. Etzwane n'avait jamais cru le récit de la mort de Dystar qu'avait fait Feld Maijesto.

Dans les rêveries de son enfance, Etzwane s'était vu parcourant les route du Shant, emportant son khitan aux fêtes et aux réunions jusqu'au jour où enfin ils se rencontreraient tous les deux.

1. Exception notable : les Chilites du canton de Bastern.

Parfois Dystar pleurait en entendant une musique si belle; quand Etzwane se faisait reconnaître, l'émerveillement de Dystar dépassait toutes les bornes. D'autres fois Dystar et l'indomptable jeune garçon se trouvaient opposés en un duel musical; Etzwane entendait par l'esprit les chants glorieux, les rythmes et les contre-rythmes, le cliquetis de la barre de touche, le plaisant raclement du boîtier de résonance.

Ces rêveries prenaient enfin une ombre de substance. Le khitan en travers de son dos étroit, Etzwane arpentait les routes du Shant et l'avenir s'ouvrait devant lui.

⁂

A moins d'être capturé et ramené à Bastern.

Il n'était pas impossible qu'Osso, soupçonnant la vérité, ait fait de nouveau appel aux ahulphs. Cette pensée donna des ailes au fuyard. Il se lança dans une course éperdue et ne s'arrêta qu'au moment où il sentit ses poumons le brûler. Il avait quitté depuis longtemps la Route des Rhododendrons. Conservant la grande masse sombre du Howan sur sa gauche, il marchait maintenant sous la voûte étoilée.

La nuit passa. Etzwane avait renoncé à courir; il avançait aussi vite que le lui permettaient ses jambes douloureuses. La route grimpa une colline, contourna un éperon. A la lumière des étoiles, le fuyard découvrit un paysage gris et noir piqueté de rares lumières lointaines qu'il ne put identifier.

Il s'assit sur une pierre pour se reposer et regarda vers l'ouest. Il n'avait encore jamais vu le canton du Seamus, mais les voyageurs qui empruntaient la Route des Rhododendrons lui avaient parlé des mœurs de ses habitants. C'étaient de grands gaillards aux cheveux blonds et au teint rubicond. Ils brassaient de la bière et distillaient du whisky et tous, hommes, femmes et enfants, consommaient ces boissons sans effet apparent. Les hommes portaient des costumes taillés dans de bonnes étoffes, ils se coiffaient de canotiers et arboraient des anneaux d'or aux oreilles. Les femmes, aussi énormes que bruyantes, s'habillaient de longues robes plissées de couleur marron et noire et ornaient leur chevelure de peigne d'aventurine. Elles n'épousaient jamais des hommes plus corpulents qu'elles, et, en cas de bagarre, après une soirée à la taverne, les maris n'avaient pas l'avantage physique.

Le tronçon nord du chemin d'air reliait Oswiy, sur la côte nord, à la Grand-Route transversale, via le canton de Seamus; la route qu'Etzwane avait prise croisait la ligne à Carbade. Au moment où, tourné vers l'ouest, il contemplait le pays qu'il allait traverser, il lui sembla apercevoir au loin une lueur rouge qui se déplaçait dans le ciel. Si ses yeux ne l'abusaient pas, il s'agissait d'un ballon; il était tard pourtant, et le vent ne soufflait pas. Les avertissements de sa mère à propos des esclavageurs lui revinrent alors en mémoire; seul, sans torque, il était dépourvu d'identité, il ne pouvait se réclamer de personne et il constituait donc une proie rêvée. Les esclavageurs lui colleraient un torque et une indenture et l'expédieraient dans une équipe de chemin d'air. Au matin, il se fabriquerait un torque en osier, écorce ou cuir pour tâcher d'éviter d'attirer l'attention.

Il était tard. La nuit était calme, si calme qu'il crut entendre un faible hululement lointain venu des Terres Sauvages. Transi et moite en même temps, il s'aplatit sur son rocher. Les ahulphs se livraient à l'une de ces macabres orgies auxquelles ils s'abandonnaient comme sous l'emprise de la folie. En ce moment même, ils devaient danser et hurler autour d'un feu dans quelque vallée encaissée du Houan.

Le souvenir des ahulphs le remit debout. Une fois la piste trouvée, les ahulphs allaient très vite; il n'était pas encore hors de leur atteinte.

Il constata qu'il avait les jambes raides et les pieds douloureux. Il n'aurait jamais dû s'asseoir pour se reposer. Il reprit le chemin du Seamus en boitillant.

⁂

Une heure avant l'aube, il arriva dans un village, une douzaine de cottages disposés autour d'un petit square bien tenu, pavé de dalles d'ardoise. En arrière se dressaient les silos, un magasin, et les réservoirs arrondis d'une brasserie. Un bâtiment à un étage, au bord de la route, était de toute évidence l'auberge du lieu. Des gens s'affairaient déjà dans la cuisine, au fond. Etzwane perçut l'éclat d'un feu. Près de l'auberge attendaient trois vastes fourgons chargés de troncs blancs et de baquets pleins de menus morceaux de mélèzes de la Forêt de Shimrod, destinés à l'une ou l'autre des distilleries. Un groom amenait de l'étable, derrière le bâtiment, les attelages des fourgons : des bœufs, descendants d'une race terrestre, placides et sûrs, mais lents[1]. Etzwane passa furtivement dans l'espoir qu'on ne l'apercevrait pas dans la pénombre préalable à l'aube.

Devant lui, la route traversait un terrain plat et désertique parsemé de roches. Pas d'abri en vue ni de plantation dans laquelle il aurait pu trouver de quoi manger une bouchée. Son courage tomba à son niveau le plus bas; il avait l'impression de ne plus pouvoir avancer; il avait la gorge desséchée et la faim lui causait des douleurs d'estomac. Seule

1. On peut attribuer la division du Shant en cantons à deux causes : la qualité des premiers colons et l'absence de métal nécessaire à la construction de machines.

la peur des ahulphs le retint de chercher une retraite cachée parmi les rocs pour s'y faire un lit de feuilles sèches. Pour finir, la fatigue prit le dessus. Impossible de marcher plus longtemps. Il se traîna derrière un monticule de schiste pourri, s'enveloppa dans sa robe et s'étendit pour se reposer. Il sombra dans un engourdissement brumeux qui n'avait rien de commun avec le sommeil. Des frottements et des grognements le rappelèrent à la réalité : c'étaient les fourgons qui passaient. Il y avait une heure que les soleils étaient apparus dans le ciel; bien qu'il n'eût pas dormi, ou plutôt qu'il crût n'avoir pas dormi, le jour était venu sans qu'il s'en aperçût.

Les fourgons passèrent et s'éloignèrent à l'ouest dans un sourd roulement. Etzwane se redressa d'un bond pour les suivre des yeux, songeant qu'il avait là une occasion de mettre les ahulphs en défaut. Les bouviers se tenaient sur les bancs à l'avant des véhicules et ne pouvaient pas en voir l'arrière. Etzwane courut pour les rattraper. Il sauta à bord de la dernière voiture et resta assis sur le plancher, les jambes pendantes. Au bout de quelques instants, il se retira dans un creux du chargement qui lui parut favorable. Il avait l'intention de ne parcourir ainsi que deux ou trois kilomètres, puis de sauter à terre, mais sa niche était si sûre et confortable, si reposante, lui semblait-il, qu'il ne tarda pas à somnoler puis à s'endormir.

⁂

Etzwane s'éveilla et cligna les paupières en voyant par la fente de son repaire deux rectangles mystérieux, l'un mordant sur l'autre. Le premier était d'un blanc lavande éclatant, le second était un panneau vert foncé coupé de stries. L'esprit d'Etzwane ne réagissait que mollement. Qu'était-ce donc que ce spectacle bizarre ? Il rampa lentement jusqu'à l'arrière du fourgon, le cerveau encore embrumé. Le blanc, c'était le mur d'un bâtiment passé à la chaux sous le plein éclat des soleils de midi. Le panneau vert foncé était le flanc d'un fourgon placé en travers de son champ visuel. Etzwane se rappela où il était. Il avait dormi, et c'était l'arrêt du mouvement qui l'avait éveillé. Jusqu'où était-il allé ? Sans doute jusqu'à Carbade dans le Canton de Seamus. Ce n'était pas le meilleur endroit où se trouver, s'il devait en croire les quelques renseignements qu'il avait pu recueillir sur la Route des Rhododendrons. Les gens du Seamus étaient réputés ne rien donner et prendre tout ce qu'ils pouvaient. Etzwane descendit de voiture, les membres gourds. Mieux valait se remettre en route avant qu'on le découvre. En tout cas, il n'avait plus peur des ahulphs.

D'un endroit peu éloigné lui parvenait un bruit de voix. Etzwane contourna le fourgon et se trouva face à face avec un homme à barbe noire, aux joues blanches et creuses, aux yeux ronds et bleus. Il portait un pantalon de toile noire de bouvier, un gilet blanc sale à boutons de bois; il se tenait, jambes écartées, les mains levées sous l'effet de la surprise. Il paraissait satisfait plutôt qu'en colère... « Et qu'est-ce que c'est donc que ce jeune bandit ? Voilà comment on les dresse, à piller le chargement avant même que les roues aient fini de tourner. Et ça n'a même pas de torque autour du cou ! »

Etzwane répondit d'une voix tremblante, qu'il s'efforçait de maintenir dans les tons graves et sincères : « Je n'ai rien volé, monsieur; je n'ai fait que rester un moment dans le fourgon.

– C'est un vol de transport », déclara le bouvier. « Tu le reconnais toi-même. Eh bien, dans ce cas, suis-moi. »

Etzwane recula, craintif. « Vous suivre où cela ?

— Là où on t'enseignera un bon métier. C'est une faveur que je te fais.

— Mais j'ai un métier! » s'écria Etzwane. « Je suis musicien! Regardez! Voici mon khitan!

— Tu n'es rien du tout sans ton torque. Viens. »

Etzwane tenta de s'esquiver; le bouvier l'attrapa par sa robe. Etzwane décochait des coups de pied et se débattait; l'autre le frappa, puis le tint à distance. « Tu veux connaître pire? Surveille tes manières! » Il tira sur le khitan; l'instrument tomba à terre et le manche se sépara de la caisse.

Etzwane poussa un cri étouffé en contemplant le mélange de bois et de cordes. Le bouvier le saisit par le bras et le poussa dans la salle, jusqu'à une table où quatre hommes étaient occupés à jouer. Trois d'entre eux étaient des bouviers, le quatrième était un Seam, et son chapeau de paille conique était repoussé en arrière de son visage rond et rouge.

« Un vagabond dans mon fourgon », déclara l'homme qui avait capturé Etzwane. « Il m'a l'air intelligent et vif; pas de torque, remarquez. Que dois-je faire pour lui venir en aide? »

Les quatre examinèrent Etzwane en silence.

Un des bouviers grogna et se remit aux dés. « Laisse le môme filer. Il n'a pas besoin de ton aide.

— Ah! mais tu te trompes! Tous les citoyens du royaume doivent peiner; demandons au fournisseur de main-d'œuvre que voici. Qu'en dis-tu, fournisseur? »

Le Seam se renversa sur sa chaise, repoussa son chapeau en arrière au risque de le faire tomber. « Il n'a pas la taille; il paraît indiscipliné. Je crois pourtant que je pourrais lui trouver un boulot, peut-être à Angwin. Vingt florins?

— Pour faire vite l'affaire... marché conclu!

Le Seam se leva lourdement et fit signe à Etzwane. « Suis-moi. »

⁂

Etzwane resta enfermé dans un cabinet durant la plus grande partie de la journée, puis on le mit dans un fourgon qui le mena à deux kilomètres au sud de Carbade, à la gare du chemin d'air. Une demi-heure après, le ballon *Misran,* en direction du sud, apparut, vent par le travers arrière, la roue du trolley chantant dans la glissière. Le machiniste, surveillant le sémaphore, relâcha les câbles de tension de l'avant, laissant ainsi le *Misran* offrir le flanc à la brise et perdre de sa vitesse. A cinq cents mètres de la gare, le machiniste le stoppa, fixant les chariots arrière avec une ancre. La barre de dégagement fut retirée; les câbles furent saisis par les crochets des trolleys avant; puis le judas fut tiré au sud le long de la glissière, amenant le ballon au sol.

On fit embarquer Etzwane dans la nacelle, où on le confia à la garde du machiniste. Le chariot roula de nouveau dans la glissière et engagea la barre: le ballon remonta à son altitude de croisière. L'ancre fut décrochée des chariots arrière. Les chariots avant, la barre de dégagement et les chariots arrière constituaient le trolley mobile. Une fois de plus le *Misran* évoluait librement. Le machiniste tendit les cordages avant, amenant le ballon au travers du vent; le trolley chantonnait dans la glissière, prenant de la vitesse, et Carbade s'éloignait derrière l'engin[1].

Les rêves d'Etzwane s'étaient évanouis et ils ne

1. Le ballon d'usage courant, qui transportait de six à huit passagers et un opérateur des vents, était une sorte de coussin semi-flexible, d'une unité de large, de huit unités de long et de quatre unités d'épaisseur. L'armature était faite de bambou, ou de tubes de verre trempé, ou de tiges de fibres de verre encollées. L'enveloppe était la peau dorsale d'un gigantesque coelentéré, gavé jusqu'à emplir complètement un vaste réser-

ressusciteraient pas plus qu'une fleur de l'année dernière. Il connaissait un peu la vie des équipes préposées au fonctionnement des ballons; elles étaient vouées uniquement aux corvées et aux gros travaux. Libres en théorie, les malheureux ouvriers, en pratique, parvenaient rarement à se libérer de leur indenture. La situation d'Etzwane était encore pire que la leur : sans torque, il n'avait aucun statut et il était abandonné à lui-même. Le contremaître pouvait fixer la somme qu'il voulait sur son indenture. Une fois le torque scellé autour de son cou, l'Homme Sans Visage se chargerait de l'obliger à respecter les termes du contrat. L'esprit paralysé par la confusion, Etzwane sentait peser l'avenir sur ses épaules comme une pierre sur son estomac.

Une voix se mit à hurler au tréfonds de son esprit. Il trouverait le moyen de s'enfuir; il avait

voir peu profond, après quoi on écorchait la peau et on la traitait. La gaz de sustentation était l'hydrogène.

Les glissières dans lesquelles couraient les roues des trolleys étaient des éléments préfabriqués en béton, renforcés de fibre de verre et ancrés sur des traverses enterrées. Le trolley courant se composait de deux jeux de chariots, séparés par une ferme de dix mètres de long, aux extrémités de laquelle on fixait les cordages. Le machiniste se servait de treuils pour raccourcir ou allonger les câbles de proue et de poupe, modifiant ainsi la présentation au vent, et d'un treuil d'inclinaison permettant de modifier la forme des brides d'avant et d'arrière pour choisir l'angle de montée.

Dans les meilleures circonstances, la vitesse pouvait atteindre cent à cent-dix kilomètres/heure. Les itinéraires étaient ceux des vents dominants. Si la route suivie rencontrait des vents obstinément contraires ou des calmes, le pouvoir moteur était assuré par les treuils au niveau du sol, entraînés par un câble sans fin mû par des roues à eau ou par une équipe manœuvrant un cabestan, ou encore par un chariot de glissière chargé de pierres, ou enfin par un attelage de trotteurs. Les ballons se croisaient grâce à des voies de garage, ou bien ils échangeaient leurs trolleys.

Lorsque l'itinéraire traversait des gorges, comme à la Bifurcation d'Angwin, ou rencontrait d'autres obstacles, la glissière était remplacée par un câble formé de filins de fer tressé.

échappé aux Chilites, il échapperait également aux équipes du chemin d'air. Quel était le principe de sa mère? : « Affronte l'adversité plutôt que de la subir ». Jamais il ne deviendrait une victime; même le cou emprisonné, il se frayerait un chemin jusqu'à Garwiy et il ferait appel à l'Homme Sans Visage, pour sa mère et pour lui-même. Il exigerait un châtiment terrible pour le bouvier qui avait brisé son khitan; il n'avait pas pensé à noter les couleurs de son torque, mais jamais il n'oublierait le visage blême et la barbe noire!

Stimulé par sa haine et par sa décision, il put s'intéresser au paysage qui défilait sous le ballon : longues ondulations des champs d'orge mûr, cylindre de pierre des fermes, hauts silos semblables à des tours, et, par intervalles, les curieux réservoirs pansus des brasseries.

Vers le milieu de l'après-midi, le vent passa sur l'avant. L'opérateur enroula son cordage avant pour rapprocher le ballon du sol. Ayant ainsi perdu de l'altitude, il inclina les brides pour braquer l'engin et remonter, conduisant le *Misran* vers un courant d'air bien défini.

Les champs ondulants d'orge firent place à des collines rocailleuses tachées de fourrés d'épineux bleus et orange foncé, qui avaient fourni aux anciens ahulphs leurs premières armes. Au sud s'élevait la chaîne du Houan, la longue crête centrale du Shant, à travers laquelle passait la Grand-Route Transversale. Tard dans l'après-midi, le *Misran* fonça à l'assaut du dernier tronçon abrupt de glissière, d'une quinzaine de kilomètres, et parvint à la Gare d'Angwin Nord, où des hommes d'équipe fixèrent les cordages sur le système de poulies d'une chaîne sans fin longue de deux kilomètres, tendue au-dessus d'un précipice. L'équipe actionnait un cabestan; le *Misran* fut guidé à une allure régulière jusqu'à la Bifurcation d'Angwin, où le tronçon nord rejoignait la Grand-Route Tranversale. Les cordages furent passés sur une autre boucle sans fin, qui traversait un abîme encore plus effarant, jusqu'à Angwin même, et là, le *Misran* redescendit. Le machiniste conduisit Etzwane au chef de gare d'Angwin, qui commença par grommeler : « Qu'est-ce que c'est que ces avortons qu'on m'envoie à présent ? A quoi puis-je l'employer ? Il ne fait pas le poids pour manœuvrer un cabestan; et de plus je n'aime guère l'expression de ses yeux. »

Le machiniste haussa les épaules et baissa le regard sur Etzwane. « Il est un peu au-dessous de la norme, mais cela ne me regarde pas. Si vous n'en voulez pas, je le ramènerai à Pertzel.

– Hum ! Pas si vite. Quel en est le prix ?

– Pertzel en veut deux cents.

– Pour une pareille créature ? Je donne cent.

– Mes instructions ne me permettent pas...

– Au diable les instructions. Pertzel nous prend tous les deux pour des imbéciles. Laisse cet être ici. Si Pertzel ne marche pas pour cent, tu le reprendras à ton prochain voyage. En attendant, je ne lui mettrai pas de torque.

– Cent, ce n'est pas cher. Il grandira; il est agile; il peut accrocher des poulies aussi bien que n'importe qui.

– Je m'en rends compte. Il ira à la Jonction, et je ferai venir le chef de là-bas pour le cabestan. »

Le machiniste éclata de rire. « Si bien que tu te procures un homme de cabestan pour le prix d'un gamin à cent florins ! »

Le chef de gare sourit : « Tu n'as pas besoin de le dire à Pertzel.

– Non. C'est affaire entre vous deux.

– Bon. Ramène-le à la Bifurcation. Je vais transmettre un message. » Il fronça les sourcils en regardant Etzwane. « Ce qu'on attend de toi, mon garçon, c'est du travail rapide et précis. Fais ton boulot et tu verras que le service des ballons n'est pas tellement moche. Mais si tu traînasses, si tu ne donnes pas satisfaction, tu verras que je peux être dur comme de l'acacia... »

Etzwane refranchit l'abîme jusqu'à Bifurcation d'Angwin. Le *Misran* fut amené au sol par un treuil à main actionné par un jeune homme blond et trapu guère plus âgé qu'Etzwane.

On fit descendre Etzwane; le *Misran* remonta dans le crépuscule commençant et fut halé par-dessus le précipice jusqu'à la Gare Nord, sur le Tronçon Nord.

Le jeune homme blond emmena Etzwane dans un petit abri de pierre où deux autres jeunes gens assis à une table mangeaient leur dîner de haricots et de thé. Le jeune homme blond annonça : « Voici le nouveau. Comment t'appelles-tu, mon gars ?

– Gastel Etzwane.

– Va pour Gastel Etzwane. Moi, c'est Finnerack, et voici Ishiel le Poète de la Montagne, et celui à la longue figure est Dickon. Tu veux manger ? Ce n'est pas bien fameux : des haricots, du pain et du thé, mais c'est mieux que de rester le ventre vide. »

Etzwane prit une assiettée de haricots, tout juste tièdes. Finnerack pointa le pouce en direction de l'est. « Le vieux Dagbolt nous rationne le combustible, sans parler de l'eau, des vivres et de tout ce qui vaudrait la peine. »

Dickon prit la parole, d'un ton maussade : « Maintenant, il va falloir que j'aille tourner la manivelle sous le nez même de Dagbolt. Ni bavardages ni plaisanteries, rien que le boulot en silence et en ordre, Dagbolt est comme ça. Ici au moins, on peut cracher dans le sens qu'on veut !

– Il en va de même pour nous tous », dit Ishiel. « Dans un ou deux ans, ils me transféreront de l'autre côté, puis ce sera le tour de Finnerack. Et dans cinq ou six, Etzwane en arrivera au même point et on sera tous réunis.

– Pas si je peux l'éviter », dit Dickon. « Je vais demander à être affecté au nettoyage de la glissière et enfin je pourrai bouger. Si Dagbolt me refuse, je deviendrai le plus fameux joueur de la Jonction. N'ayez crainte, les gars, j'aurai échappé à mon indenture avant dix ans.

– Tous mes vœux », observa Finnerack. « Tu m'as gagné tout mon argent; j'espère que tu en auras l'usage. »

Le lendemain matin, Finnerack montra à Etzwane ce qu'il avait à faire. Il assurerait le service à tour de rôle avec Finnerack et Ishiel. Quand un ballon passait par la Route Transversale, il devait relâcher le crampon et la manille autour de la poulie libre. Quand un ballon arrivait ou repartait sur le Tronçon Nord, l'opérateur, au moyen d'un levier à crochet enchaîné au sol, accrochait les cordages et faisait passer le ballon d'un câble à l'autre. Étant le plus jeune de l'équipe, Etzwane devait en outre huiler les poulies, balayer la cabane, préparer le gruau du matin. Le travail n'était ni ardu ni compliqué; l'équipe avait d'amples loisirs qu'elle passait à exécuter au crochet des gilets fantaisie à vendre dans le bourg, à jouer le gain hebdomadaire, à économiser suffisamment pour payer leur indenture. Finnerack dit à Etzwane : « A Angwin, Dagbolt interdit le jeu. Il dit que c'est pour mettre fin aux bagarres. Foutaises! De temps à autre, un type qui a de la veine gagne assez pour acheter sa liberté, et c'est la dernière chose que souhaite Dagbolt. »

Etzwane examinait la gare. Ils étaient perchés sur un entablement de cinquante mètres de large, juste au-dessous de la masse ahurissante du Mont Mish, entre deux précipices. Etzwane s'enquit : « Depuis combien de temps êtes-vous ici ? »

— « Deux ans », répondit Finnerack. « Dickon y est depuis huit. »

Etzwane regarda le Mont Mish et fut intimidé : impossible d'escalader les parois qui se dressaient derrière la gare. Les précipices des gorges n'étaient pas moins terrifiants. Finnerack émit un petit rire triste, appréciateur. « Tu voudrais bien trouver le moyen de descendre ? »

— « Oui. »

Finnerack ne manifesta ni surprise ni désapprobation. « C'est maintenant le moment, avant qu'ils t'aient accroché le torque autour du cou. Ne te figure pas que je n'aie pas tout calculé, torque et risques. »

Au bord du précipice, ils contemplaient le vaste golfe d'air. « J'ai passé ici des heures », dit sombrement Finnerack. « Pour repérer le trajet que je suivrais pour descendre dans la vallée. D'ici jusqu'à cette tête de granit rouge, il faudrait une corde, ou il faudrait se laisser glisser par cette fissure, si on en avait le courage. Ensuite il faudrait se risquer sur la face de cet escarpement... elle paraît pire qu'elle n'est en réalité, si j'ose dire. De là jusqu'à cet éboulis de pierres, ce ne devrait pas être impossible et ensuite, gagner le fond de la vallée n'est plus qu'affaire de ténacité. Mais après ? Le premier village est à cent cinquante kilomètres, et rien à manger, rien à boire. Et sais-tu ce que tu trouverais le long du chemin ?

— Des ahulphs sauvages.

— Ce n'est pas aux ahulphs que je pensais, mais tu en rencontrerais aussi... Cette maudite race des Phags ! » Finnerack scrutait le fond de la vallée. « J'en ai encore vu un l'autre jour... » Il pointa l'index. « Regarde ! Près de cette aiguille de roche noire. Je crois qu'il y a là une caverne ou une anfractuosité. C'est là que j'ai vu l'autre. »

Etzwane regardait et crut percevoir un mouvement. « Et qu'est-ce que c'est ?

— Un Roguskhoï... Sais-tu de quoi il s'agit ?

— D'une sorte de sauvage de la montagne qu'on ne peut dominer qu'en jouant de son besoin de boissons fortes.

— Et grands amateurs de femmes, en plus. Je n'en ai jamais vu un de près et j'espère ne jamais en voir. Et si jamais il leur prenait la fantaisie de grimper jusqu'ici ! Ils nous hacheraient en menus morceaux !

— A la grande horreur de Dagbolt, avança Etzwane.

— Très juste ! Il lui faudrait trois nouvelles indentures. Il préférerait que nous mourrions de surmenage, ou de vieillesse. »

Etzwane contemplait la vallée, l'air pensif. « J'avais envisagé de devenir musicien... Est-ce qu'on gagne quelquefois assez pour racheter son indenture ?

— Dagbolt fait de son mieux pour nous empêcher », répondit Finnerack. « Il a monté une cantine où il vend de la bière de Seam, des fruits, des sucreries et ainsi de suite. Quand les hommes jouent, on dirait que c'est régulièrement un des ouvriers libres qui gagne l'argent, et personne ne sait comment ils s'y prennent pour avoir autant de veine... De toute façon, ce n'est pas tellement terrible. Peut-être que j'y ferai moi-même carrière. Il y a toujours des postes qui se trouvent vacants en bas... au cabestan, au nettoyage de la glissière, ou comme homme-moteur. Si tu apprends l'électricité, tu peux entrer dans les transmissions. Quant à moi, j'aimerais être machiniste. Pense donc ! » Finnerack renversa la tête, regarda le ciel. « Là-haut, dans le ballon à manier les treuils, avec la roue qui file dans la glissière. Quel plaisir ! Et un jour c'est Pagane et Amaze, le lendemain Garwiy, puis la Grand-Route Transversale jusqu'à Pelmonte, Whearn et l'Océan Bleu.

— Sans doute n'est-ce pas une vie désagréable », fit Etzwane, dubitatif. « Pourtant... » Il ne put finir sa phrase.

Finnerack haussa les épaules. « Tant qu'ils ne t'ont pas passé le torque, tu peux t'enfuir. Sois certain que ce n'est pas moi qui te retiendrai, ni Ishiel. J'irai même jusqu'à t'aider à descendre la falaise. Mais c'est un pays terrifiant et tu courras à ta mort. Cependant... à ta place, sans torque je courrais peut-être ma chance. » Il leva la tête quand une corne retentit. « Arrive, il y a un ballon en provenance d'Angwin. »

Ils regagnèrent la gare. C'était théoriquement le tour d'Etzwane; Finnerack se tenait près de lui pour lui montrer la manœuvre. Le ballon qui approchait pendait de travers dans le ciel, tiraillé et dansant sous la traction du câble contre le vent. Les cordages, à l'avant et à l'arrière, étaient fixés à un anneau de fer, lequel à son tour était enchaîné à un crochet sur le fil d'entraînement. L'anneau portait une marque noire qui indiquait qu'il fallait le brancher sur le Tronçon Nord. Le crochet s'engagea sur la poulie et descendit à mi-chemin de la circonférence. Finnerack pressa un contact pour envoyer un signal électrique au chef de cabestan d'Angwin, puis serra le frein qui immobilisait le filin de traction. Il passa le levier courbe dans l'anneau et exerça une torsion qui abaissa l'anneau et libéra le crochet. Etzwane transféra le crochet sur le filin du Tronçon Nord. Finnerack dégagea son levier. Le ballon était maintenant fixé à la ligne du Tronçon Nord. Finnerack actionna le signal électrique du cabestan de la Station Nord; le filin de traction se tendit; le ballon partit en dérivant au vent du sud.

Une demi-heure après, un ballon arriva de l'est, ballotté et tiraillé par la brise qui soufflait du Mont Mish. Le crochet passa sur la poulie libre sans que Finnerack ou Etzwane eussent à s'en occuper; le ballon poursuivit sa route par-dessus le ravin vers Angwin, d'où il repartirait sur Garwiy.

Peu après, un troisième ballon arriva de l'ouest, à destination du Tronçon Nord également. Etzwane dit à Finnerack : « Cette fois, laisse-moi faire tout seul le transfert. Reste cependant à côté de moi pour t'assurer que je fais bien tout ce qu'il faut.

— Comme tu veux, dit Finnerack. Je dois reconnaître que tu y mets du cœur.

— Oui, dit Etzwane. J'y mets tout mon cœur. Et j'ai l'intention de suivre ton conseil.

— Vraiment? De faire carrière dans les ballons?

— Je compte y réfléchir sérieusement. Comme tu l'as observé, je ne suis pas encore prisonnier, pas encore engagé.

— Va le dire à Dagbolt! rétorqua Finnerack. Voici le crochet; n'oublie pas le signal et le frein. »

Le crochet s'engagea sur la poulie; quand il parvint à la circonférence, Etzwane déclencha le signal et freina la roue.

« Très bien », observa Finnerack.

Etzwane prit le levier, l'engagea dans l'anneau, détendit le câble et détacha le crochet.

« Parfait », constata Finnerack. « Pas de doute, tu as bien pris le coup. »

Etzwane attrapa le crochet au bord de la poulie, dégagea le levier, puis il se hissa dans l'anneau et d'un coup de pied libéra le crochet. Finnerack le regardait faire, ahuri. « Qu'est-ce que tu fabriques? » souffla-t-il. « Voilà que tu as détaché le ballon!

— Tout juste, cria Etzwane. Fais mes compliments à Dagbolt... Adieu, Finnerack! »

Le ballon emporta le jeune garçon, aspiré par le vent du Mont Mish, tandis que d'en bas Finnerack le contemplait bouche bée. Etzwane, perché d'un pied sur l'anneau, accroché aux cordages, agita la main. Finnerack, la tête renversée, leva le bras en un vague geste d'adieu. De regret, Etzwane eut un pincement au cœur : il n'avait jamais rencontré quelqu'un qui lui inspirait autant de sympathie que Finnerack. Un jour, peut-être, ils se rencontreraient de nouveau...

A bord du ballon, le machiniste se rendait compte qu'il se passait quelque chose d'anormal; mais il ne voyait aucun remède à la situation. « Attention à tous ! » cria-t-il aux passagers. « Les câbles ont glissé; nous flottons librement en direction du nord-ouest, ce qui nous permettra de franchir les Terres Sauvages en sécurité. Il n'y a aucun danger ! Que chacun reste calme. Quand nous approcherons d'une région habitée, je lâcherai du gaz pour nous poser au sol. Pour cette inévitable modification à l'horaire, je vous présente les excuses officielles de la société des chemins d'air. »

5

Le ballon descendait des hauteurs du Hovan dans le calme absolu des couches supérieures de l'air. Etzwane planait dans un rayonnement blanc lavande : son environnement était si irréel en même temps que paisible qu'il n'éprouvait pas la moindre crainte. Au-dessous de lui défilaient les grandes forêts du Canton de Trestevan : des darabas parasols, bordeaux sombre et violets, d'apparence douce comme des plumeaux, qui ondulaient en vagues bronzées sous le souffle du vent.

Dans les vallées profondément encaissées, se dressaient des géants chenus hauts de cent cinquante mètres, des séquoias qui avaient la moitié de l'âge de l'espèce humaine. En dessous, aux pieds des hauteurs, venaient arbres-aux-pendus, chênes noirs, ormes verts et arbres syndics; les graines de ces arbres uniques en leur genre engendraient des pattes et des pinces empoisonnées; après avoir déniché un lieu propice, les graines empoisonnaient toute végétation sur un rayon de dix pieds avant de s'enterrer dans le trou qu'elles avaient creusé à cet effet.

Les forêts s'étendaient jusque dans le Canton du Noir, puis faisaient place à une région de petites fermes, mouchetées d'un millier de petits étangs où des écrevisses, des anguilles, des vers blancs, une douzaine d'autres variétés aquatiques étaient préparées, empaquetées, gelées et expédiées aux marchés de Garwiy, Brasseï et Maschein. Les villages étaient de minuscules jouets d'où montaient d'infimes panaches de fumée. Les routes étaient parsemées de fourgons et de haquets en réduction, traînés par de tout petits bœufs, accompagnés des bouviers. Etzwane aurait savouré ces spectacles si sa position eût été plus confortable. Il mit d'abord un pied sur l'anneau, puis l'autre, et enfin il posa ses pieds l'un sur l'autre. Il tenta aussi de s'asseoir dans l'angle ménagé par les cordages, mais ils lui scièrent les hanches. Au fur et à mesure du voyage, son perchoir devint de moins en moins confortable. Ses pieds n'étaient plus que des moignons douloureux, l'effort qu'il faisait en se cramponnant aux cordages lui arrachait les bras et les épaules, mais sa bonne humeur ne se démentait pas : les circonstances lui restaient favorables.

Le vent s'était apaisé et ne faisait plus entendre qu'un murmure; le ballon avait dérivé très lentement vers le Canton de Frill, véritable échiquier de vert, de bleu foncé, de brun, de blanc et de violet; autant de champs et de vergers. Une rivière sinueuse, la Lurne, lançait l'insulte hautaine de la nature à la géométrie humaine des haies et des routes. A quinze kilomètres à l'ouest, la rivière coupait un bourg construit dans le style particulier à Frill : des maisons faites de panneaux de feuilles de gommier pressées, d'un brun tabac, pris entre des piliers d'iban poli, à un ou deux étages.

Le machiniste avait eu l'espoir de dériver dans le Canton de Cathriy d'où les vents réguliers en provenance de la Baie des Fleurs-de-Coquille l'auraient poussé au sud-ouest de façon à retrouver la Grand-Route Transversale quelque part dans le Canton de Maiv, mais il avait dû tenir compte de ses passagers. Ils étaient divisés en deux groupes. Le premier s'impatientait, de rester immobile dans l'air calme et exigeait que le ballon atterrisse. Le second au contraire craignait que le vent se lève et les emporte au-dessus de l'Océan Vert; il insistait encore plus fort pour que le ballon descende.

Le machiniste finit par lever les bras pour ouvrir la valve du gaz, dont il laissa fuser une quantité, et son altimètre lui annonça une descente progressive. Il ouvrit un panneau du plancher pour examiner le terrain au-dessous d'eux et ce fut alors qu'il aperçut Etzwane pour la première fois. Il le fixait des yeux, effaré et soupçonneux, mais il ne pouvait être sûr de rien. De toute façon il était dans l'impossibilité d'agir, à moins de se laisser lui-même glisser le long d'un des cordages pour aller s'expliquer avec ce passager clandestin, ce qu'il n'avait d'ailleurs nulle envie de faire.

Les cordages s'affaissèrent dans l'herbe bleue et épaisse d'une prairie. Etzwane sauta de son anneau avec un certain soulagement et le ballon libéré de son poids remonta un peu. Etzwane courut comme une bête sauvage jusqu'à la haie. Sans faire attention aux coupures et aux écorchures, il fonça dans le taillis et se retrouva dans un sentier où il galopa jusqu'à un bosquet de noyers-yap. Il s'enfonça dans l'ombre pour reprendre haleine.

Il ne voyait rien que des feuillages. Après avoir choisi l'arbre le plus haut à sa portée, il y grimpa de façon à voir par-dessus la haie, de l'autre coté de la prairie.

Le ballon était au sol, ancré à une souche. Les passagers avaient débarqué et discutaient avec le pilote, exigeant un remboursement partiel de leurs frais de transport ainsi que des indemnités pour dépenses imprévues. Naturellement, ce dernier refusait de payer, sachant très bien que les employés du bureau ne lui reverseraient pas ces sommes s'il ne leur montrait pas des factures et des reçus en bonne et due forme.

Les passagers commençaient à se montrer menaçants; le pilote trouva enfin une solution : il trancha l'amarre et bondit dans la nacelle. Soulagé de ses passagers, le ballon s'éleva rapidement et dériva, laissant à terre le groupe des passagers déconfits.

*
**

Trois semaines durant, Etzwane erra par le pays, décharné, les traits durcis, vêtu des haillons de sa robe de Pur Enfant chilite. Il s'était construit au cœur du bosquet de noyers-yap une petite retraite de brindilles et de feuilles où il entretenait un feu allumé grâce à un charbon qu'il avait dérobé dans l'âtre d'une ferme. Il vola aussi d'autres objets : une vieille veste verte, tissée main, un morceau de saucisse noire, un rouleau de corde grossière, une balle de foin avec laquelle se faire un lit. Il n'y en avait pas assez; il retourna en prendre une seconde et vola du même coup un vase en terre dans lequel le fermier donnait à manger à ses volailles. En cette dernière expédition, alors qu'il sautait par la fenêtre de derrière de la grange, les gars de la ferme l'aperçurent, lui donnèrent la chasse et le harcelèrent à travers bois, jusqu'à ce qu'enfin il eût trouvé refuge dans un épais fourré. Il les entendit qui détruisaient son abri et qui poussaient des exclamations en voyant les objets volés. Alors qu'ils passaient non loin de lui, il entendit : « ... les ahulphs de Yodel le retrouveront. Et pour leur peine, on leur permettra de l'emmener chez eux. » Des frissons glacés parcoururent l'échine de Etzwane. Quand les gars se furent éloignés, il escalada l'arbre le plus élevé et les suivit des yeux tandis qu'ils regagnaient la ferme. « Ils n'amèneront pas les ahulphs », se rassura-t-il d'une voix sans conviction. « Ils auront tout oublié de moi demain matin. Après tout, ce n'était jamais qu'un peu de foin... et une vieille veste... »

Le lendemain, Etzwane, inquiet, surveilla la ferme. Quand il vit que les gens vaquaient à leurs occupations ordinaires, ses craintes s'apaisèrent un peu.

Le jour suivant, à son réveil, quand il fut dans l'arbre, il constata avec horreur qu'il y avait trois ahulphs près de la grange. Ils étaient d'une espèce courte et trapue et ressemblaient aux chiens-gnomes poilus des Montagnes de Murtre. Pris de panique, Etzwane sauta de son perchoir et fila à travers bois vers la rivière Lurne. S'il avait de la chance, il trouverait un bateau ou un radeau, car il ne savait pas nager.

Sorti de la forêt, il traversa un champ de moy violet; d'un coup d'œil en arrière, il vit que ses pires frayeurs se confirmaient : les ahulphs le poursuivaient.

Ils ne l'avaient pas encore aperçu; ils couraient, les yeux et les pieds-flairants au sol. Les jambes frémissantes, le cœur battant, Etzwane quitta le champ pour prendre la route parallèle à la rive.

Un chariot à hautes roues arrivait, tiré par un bœuf de marche racé, résultat de neuf mille ans de croisements. Bien que capable de maintenir une très vive allure, la bête allait mollement, comme si le conducteur n'eût pas été très pressé de gagner sa destination. Etzwane remonta la vieille veste pour cacher son cou nu et s'adressa à l'homme qui menait le véhicule. « Je vous prie, monsieur, pourrais-je faire un bout de route avec vous ? »

L'homme tira sur les rênes pour arrêter la bête et jeta un regard sombre et scrutateur sur Etzwane. Celui-ci, de son côté, vit un homme maigre, d'âge incertain, à la peau pâle, avec un front haut et un nez austère, une chevelure blanche et souple coupée court, vêtu d'un complet de beau tissu gris. Les traits verticaux de son torque étaient violets et gris, les horizontaux blancs et noirs, mais Etzwane était incapable de reconnaître les uns ou les autres. L'homme paraissait très âgé, très sage et poli, et pourtant, par ailleurs, il ne faisait pas du tout vieux. Il s'exprima d'un ton neutre mais courtois : « Saute à bord. Tu vas loin ?

– Je ne sais pas, répondit Etzwane. Le plus loin possible. Pour vous parler franchement, les ahulphs sont à mes trousses.

– Vraiment ? Quel crime as-tu commis ?

– Rien de bien grave. Les gars du fermier me considèrent comme un vagabond et veulent me faire pourchasser.

– Il ne m'est guère possible de venir en aide à un fugitif, dit l'homme. Mais tu peux faire un bout de chemin avec moi.

– Je vous remercie.

Le chariot roulait, mais Etzwane surveillait les arrières. L'homme lui posa une question, d'un ton neutre : « Où est ta maison ? »

Etzwane ne pouvait confier son secret à personne. « Je n'ai pas de maison.

– Et où vas-tu ?

– A Garwiy. Je veux adresser une pétition à

l'Homme Sans Visage, pour qu'il vienne en aide à ma mère.

– Et comment s'y prendrait-il ? »

Etzwane jeta un coup d'œil par-dessus son épaule; les ahulphs n'étaient pas encore en vue. « Elle est soumise à une indenture injuste et doit maintenant travailler à la tannerie. L'Homme Sans Visage pourrait ordonner qu'on la libère de son indenture; je suis certain qu'elle l'a payée largement et même au-delà, mais ils ne tiennent pas de comptes.

– Il y a peu de chances que l'Homme Sans Visage intervienne dans une affaire qui relève de la justice du canton.

– C'est ce qu'on m'a dit. Mais peut-être m'écoutera-t-il. »

L'homme ébaucha un sourire. « Il suffit à l'Homme Sans Visage que les lois des cantons soient appliquées efficacement. Crois-tu donc qu'il bouleverserait les anciennes coutumes et tout le reste, même à Bashon ? »

Etzwane leva la tête, surpris. « Comment avez-vous deviné... ?

– Ta robe. Ta façon de parler. Le fait que tu as mentionné une tannerie. »

Etzwane ne trouva rien à répondre. Il regarda encore par-dessus son épaule, souhaitant que l'homme accélérât l'allure.

Il aperçut alors les ahulphs qui bondissaient sur la route. Tassé sur son siège, il les observait en transpirant d'angoisse. Ils avaient une certaine déficience du cerveau qui faisait que la perte de l'odeur les troublait, et que ni l'entraînement ni les exhortations ne pouvaient les inciter à chercher leur proie à vue. Etzwane se retourna vers l'homme qui paraissait plus distant et austère que jamais. L'homme lui déclara : « Je ne serai pas en mesure de te protéger. Il faut te débrouiller tout seul. »

Etzwane se remit à surveiller la route. Les fils du fermier bondissaient à leur tour par-dessus la haie. Les ahulphs leur faisaient des signes négatifs, en souriant largement; ils partaient au trot dans un sens, puis dans l'autre, pleins d'espoir. Les garçons finirent par pousser des cris de rage devant l'impuissance des ahulphs, puis l'un d'eux aperçut la charrette et la montra du doigt. Tous se mirent à courir, ardents à la poursuite.

Etzwane, apeuré, demanda : « Ne pourriez-vous aller un peu plus vite? Sinon, ils vont me tuer. »

L'homme gardait le visage fermé, les yeux sur la route, comme s'il n'avait pas entendu. Etzwane jeta derrière lui un coup d'œil désespéré et s'aperçut que ses ennemis gagnaient du terrain. C'en était fini de sa vie. Les ahulphs, qui avaient le droit de tuer, le déchireraient en quartiers qu'ils emballeraient avec soin pour les rapporter chez eux, en se querellant à leur habitude. Etzwane sauta du véhicule et tomba cul par-dessus tête sur la route. Cabossé et écorché, mais ne le sentant même pas, il se précipita sur la rive, passa à travers les aunes et se jeta dans le courant rapide de la jaune Lurne. Et maintenant? Il n'avait jamais fait une brasse de sa vie... Secoué de frissons incontrôlables, il se cramponna aux branches. La peur de l'eau le disputait en lui au désir de s'immerger totalement. Les ahulphs dévalèrent la berge d'un seul élan et tentèrent de glisser leurs faces velues à travers les fourrés. Etzwane progressa vers l'aval en se tenant aux branches, les jambes flottant dans l'eau. Comme la veste verte l'alourdissait, il s'en débarrassa. Le vêtement gonflé d'air dériva au fil de l'eau et attira l'attention des garçons de la ferme qui, gênés par l'épaisseur du taillis, ne distinguaient que des formes vagues. Ils se lancèrent à sa poursuite en criant. Etzwane attendit. Cinquante mètres plus loin, s'étant aperçu de leur erreur, les gamins s'arrêtèrent, tout déconfits : où était donc passée leur proie? Ils commandèrent à l'un des ahulphs de traverser la rivière et d'explorer la rive opposée; l'ordre fut accueillis par des gémissements de protestation. Les garçons durent se résigner à revenir vers l'amont. Etzwane, espérant qu'ils ne le verraient pas passer, continua à descendre vers l'aval; puis il remonta sur la terre ferme.

Silence sur la rive : une absence de bruit tout à fait sinistre. Les jambes d'Etzwane s'engourdissaient; il se faufila avec précaution dans le taillis. Son remue-ménage attira l'attention; un des garçons lança un appel. Etzwane se laissa retomber dans l'eau, mais n'arrivant pas à se raccrocher aux branches, il fut emporté au milieu du courant. Le cou tendu pour se maintenir la tête hors de l'eau, battant des bras, jouant des jambes, il se débattait dans le courant. Son souffle s'échappait en soupirs douloureux, l'eau lui entrait dans la bouche et l'étouffait. Il sentit qu'il allait couler. La rive opposée n'était plus loin. Il fit un dernier effort, poussé par le désespoir. Un de ses pieds toucha le fond. Il prit appui dessus pour se propulser vers le rivage. Agenouillé dans l'eau, accroché aux aunes, il baissa la tête et s'abandonna à ses pénibles quintes de toux. De l'autre rive, les garçons se moquaient de lui et les ahulphs s'engageaient déjà parmi les aunes. Etzwane, épuisé, tenta de se jeter dans le fourré, mais la rive était escarpée et haute devant lui. Il avança à gué dans le courant. Un des ahulphs s'élança dans l'eau et nagea droit vers Etzwane, mais il fut emporté plus loin par le flot. Etzwane lui envoya de toutes les forces qui lui restaient un morceau de bois trempé. Le projectile heurta la tête poilue, semblable à la fois à celle d'un chien et d'une araignée; la créature poussa un cri aigu, gémit et battit en retraite vers l'autre rive. Etzwane sautillait et se laissait porter par le courant, les gars et les ahulphs se maintenaient à sa hauteur sur le bord opposé. Ils se mirent soudain tous à courir. Etzwane leva les yeux et vit en aval un pont à cinq arches, et derrière, un bourg. Ses poursuivants avaient l'intention de traverser le pont et de redescendre à sa rencontre en suivant l'autre rive. Etzwane évalua la largeur de la rivière; jamais il ne pourrait nager jusqu'à l'autre berge. Il s'élança furieusement contre les aunes, sans prendre garde aux meurtrissures, aux écorchures, aux piqûres; il finit par se hisser sur la berge; un talus vertical de six pieds de haut, envahi de fougères et d'herbe tranchante, se dressa alors devant lui. Il se tira jusqu'à mi-hauteur, puis retomba en geignant parmi les aunes. Il fit une nouvelle tentative, s'accrochant des ongles, des coudes, du menton et des genoux. Il parvint de justesse à ramper par-dessus le sommet du talus et resta couché à plat ventre au bord du sentier qui suivait la rivière. Il ne devait cependant pas se reposer un seul instant. Les yeux vitreux, il se redressa d'abord sur les mains, puis sur les genoux et se mit enfin debout.

A cinquante mètres à peine, c'était le bourg. De l'autre côté du sentier, dans un parc touffu, il vit une demi-douzaine de charrettes ornées de gais symbole peints en rose pâle, en blanc, en violet, en vert éteint, en bleu.

Etzwane s'avança en titubant et en battant des bras. Il courut de son mieux jusqu'à un homme de petite taille, au visage amer, d'âge moyen, qui, assis sur un tabouret, buvait une tasse de brouet brûlant.

Etzwane s'efforça au calme, mais il avait la voix chevrotante et rauque. « Je suis Gastel Etzwane, prenez-moi dans votre troupe. Regardez, je ne porte pas de torque. Je suis musicien. »

Le petit homme se redressa, surpris et irrité. « File! Te figures-tu que nous accueillons parmi nous n'importe quel truand qui se présente? Nous sommes des professionnels; c'est là notre niveau de talent; va donc danser la gigue sur la place du marché! »

Sur la route accouraient les ahulphs suivis des garçons de ferme.

Etzwane s'écria : « Je ne suis pas un truand; mon père, c'était Dystar, le druithine; je sais jouer du khitan. » Il porta un regard éperdu autour de lui. Il aperçut un instrument non loin de lui et s'en empara. Il avait les doigts affaiblis et enflés par son bain forcé; il voulut jouer une succession d'accords, mais n'obtint qu'un bruit confus.

Une main couverte de poils noirs le saisit par l'épaule, le tirant en arrière; une autre lui prit le bras pour le tirailler dans la direction opposée; les ahulphs se mirent à débattre qui des deux l'avait touché le premier.

Le musicien se leva. Il s'arma d'un morceau de bois à brûler et en frappa à tour de bras les deux ahulphs. « Démons, allez-vous-en! Vous osez toucher à un musicien? »

Les jeunes paysans s'approchèrent. « Un musicien? Ce n'est qu'un simple voleur, un vagabond. Nous avons l'intention de le supprimer pour protéger nos biens durement acquis. »

Le musicien jeta par terre une poignée de pièces de monnaie. « Un musicien prend ce dont il a besoin; il ne vole jamais. Ramassez votre argent et partez. »

Les garçons de ferme émirent des grognements hargneux en regardant méchamment Etzwane. Puis, à regret, ils ramassèrent les pièces et s'en allèrent tandis que les ahulphs jappaient et faisaient des sauts de côté. Ils avaient travaillé pour rien; ils n'auraient ni argent ni chair humaine.

Le musicien se rassit sur son tabouret. « Le fils de Dystar, dis-tu? Triste rejeton! Bah! On n'y peut rien. Jette ces haillons; fais-toi donner des vêtements et un repas par les femmes. Ensuite, tu reviendras me voir pour qu'on réfléchisse à ce qu'il faut faire. »

6

Propre et réchauffé, bourré de pain et de soupe, Etzwane revint avec circonspection trouver Frolitz, assis à une table, un flacon d'alcool près du coude. Le jeune garçon s'assit sur un banc et attendit. Frolitz ajustait une nouvelle anche à l'embouchure d'un cor sylvestre. Etzwane patienta. Frolitz semblait décidé à ignorer sa présence.

Etzwane s'approcha un peu en traînant son siège. « Comptez-vous me permettre de rester avec la troupe, monsieur ? »

Frolitz tourna la tête. « Nous sommes musiciens, mon garçon. Nous attendons beaucoup les uns des autres.

– Je ferais de mon mieux.

– Ce ne serait peut-être pas suffisant. Accorde-moi donc l'instrument que voilà. »

Etzwane prit le khitan et fit ce qu'on lui demandait. Frolitz grogna. « Et maintenant, si tu me disais comment il se fait que le fils de Dystar court les champs en haillons ?

– Je suis né à Bashon dans le Canton de Bastern, répondit Etzwane. Un musicien, nommé Feld Maijesto, m'a donné un khitan et j'ai appris à m'en servir de mon mieux. Je ne voulais pas devenir Chilite et je me suis enfui.

– Voilà un exposé simple et clair », observa Frolitz. Il fronça les sourcils. « J'ai de lourdes exigences pour ma troupe; nous ne sommes pas des fainéants... Et si je te renvoyais ?

– J'irais à Garwiy demander à l'Homme Sans Visage de me donner un torque de musicien et aussi de venir en aide à ma mère. »

Frolitz leva les yeux au ciel. « Quelles illusions peuvent se faire les jeunes d'aujourd'hui ! Voilà maintenant que l'Homme Sans Visage accueillerait favorablement n'importe quel garnement venu à Garwiy lui présenter ses doléances !

– Il faut bien qu'il fasse attention aux doléances; autrement, comment gouvernerait-il ? Il doit sûrement désirer que les gens du Shant soient satisfaits !

– Difficile de savoir ce que désire l'Homme Sans Visage... Mais ce n'est pas très avisé d'en parler. Il pourrait être derrière ce fourgon, à écouter, et on dit qu'il a plutôt l'épiderme sensible. Regarde là-bas, sur cet arbre. C'est la nuit dernière même, alors que je dormais à cinquante pieds de distance, qu'a été apposé cet écriteau ! C'est à vous donner le frisson. »

Etzwane examina l'inscription qui disait :

L'ANOME est Le Shant !
Le Shant est l'ANOME !
Ce qui veut dire :
L'ANOME est partout !
Le sarcasme hypocrite est folie.
L'irrespect est sédition.
Avec une attention bienveillante !
Avec un zèle fervent !
Avec une puissante résolution !
L'ANOME travaille pour Le Shant !

Etzwane hocha sombrement la tête. « C'est tout à fait exact. Qui a affiché cela ?

– Comment le saurais-je ? dit sèchement Frolitz. Peut-être l'Homme Sans Visage lui-même. A sa place, cela m'amuserait de coller la frousse aux coupables. Cependant il n'est pas prudent d'éveiller son attention par des pétitions et des exigences. Si elles sont raisonnables et bien fondées... C'est encore pire !

— Que voulez-vous dire ?

— Sers-toi de tes méninges, mon garçon ! Imagine que tu sois en conflit avec le canton et que tu veuilles que les choses changent. Tu vas à Garwiy et tu soumets une pétition qui est fondée, appropriée et justifiée. L'Homme Sans Visage se trouve devant trois possibilités. Il peut te donner satisfaction et soulever tout le canton, avec des conséquences imprévisibles. Il peut repousser ta pétition justifiée et s'attendre à la sédition chaque fois que tu te saouleras dans une taverne et que tu bavarderas. Ou il peut tout tranquillement t'ôter la tête. »

Etzwane réfléchit. « Si je vous comprends bien, il vaudrait mieux ne pas soumettre mes griefs à l'Homme Sans Visage ?

— C'est le dernier à qui on puisse présenter un grief !

— Alors que dois-je faire ?

— Tout juste ce que tu fais. Deviens musicien et gagne ta vie à chanter ton chagrin. Mais rappelle-toi : plains-toi de ton propre malheur ! Ne te plains pas de l'Homme Sans Visage !... Qu'est-ce que tu me joues en ce moment ? »

Etzwane, après avoir accordé le khitan, avait égréné quelques accords. Il répondit : « Rien de spécial. Je ne connais pas beaucoup d'airs, seulement ceux que m'ont appris les musiciens qui passaient sur la route.

— Halte, halte, halte ! s'écria Frolitz. Quels sont ces bruits étranges ? Ces discordances originales ? »

Etzwane s'humecta les lèvres. « Monsieur, c'est une mélodie de ma propre composition.

— Mais c'est de l'impertinence ! Tu juges les œuvres accomplies au-dessous de ta dignité ? Et tout le répertoire que je me suis donné tant de mal à apprendre ? Voilà maintenant que j'ai perdu mon temps, que désormais je ne dois plus prêter attention qu'aux débordements de ton génie naturel ? »

Etzwane parvint enfin à placer une protestation. « Non, non, monsieur ! Nullement ! Je n'ai jamais eu l'occasion d'entendre les œuvres célèbres. J'étais bien obligé de jouer les airs qui me venaient tout seuls.

– Bon. Tant que cela ne se change pas en obsession... Moins fort le pouce, là ! Et la caisse de frottement ? Crois-tu qu'elle soit là uniquement pour faire bien ?

– Non, monsieur. Mais je me suis fait mal au coude aujourd'hui.

– Alors pourquoi gratter bêtement du khitan ? Joue-moi donc un air de cor sylvestre. »

Etzwane lorgna d'un air incertain l'instrument qui était entortillé de ficelle. « Je n'ai jamais encore essayé.

– Comment ? » Frolitz en restait bouche bée de stupeur. « Eh bien dans ce cas, apprends ! Et aussi le tringolet, le clairon, le timbre ! Nous sommes musiciens, dans ma troupe, et non pas de simples dilettantes farcis de théories ! Tiens, prends-moi ce cor sylvestre et va me faire des gammes. Au bout d'un moment, je viendrai t'écouter... »

⁂

Un an après, Etzwane portant à présent un torque de musicien, Maître Frolitz conduisit sa troupe à Garwiy, localité que les musiciens errants ne visitaient que rarement car la population urbaine préférait à la musique la nouveauté, la mode et les conversations philosophiques. Etzwane, sans tenir compte des conseils de Frolitz, se rendit à la Plaza de la Corporation et prit sa place dans la queue devant le guichet où l'on pouvait déposer des pétitions adressées à l'Homme Sans Visage, moyennant cinq florins. Un écriteau encourageait ceux qui attendaient :

Toutes les pétitions sont soumises à l'ANOME ! Le même jugement scrupuleux s'applique aux problèmes de chacun, que la pétition coûte cinq ou cinq cents florins. Soyez nets et concis, exposez avec exactitude votre grief ou votre revendication, en précisant la solution que vous proposez. Le seul fait pour vous de déposer une pétition ne prouve pas que votre cause soit justifiée. Tirez-en la leçon plutôt que d'être déçu si l'ANOME vous fait une réponse négative. L'ANOME dispense l'équité, non les faveurs !

Etzwane paya ses cinq florins et on lui remit une formule. Il exposa son affaire dans son langage le plus châtié, mentionnant le cynisme des Chilites à l'égard de l'indenture des femmes. « En particulier, la dame Eathre a plus qu'acquitté ses obligations envers l'Ecclésiarque Osso Higajou, mais il l'a affectée au travail de la tannerie. Je vous prie d'ordonner qu'il soit mis fin à cette injustice, que la dame Eathre ait la liberté de choisir le cours futur de sa vie sans en référer aux désirs de l'Ecclésiarque Osso. »

Il arrivait que les réponses aux pétitions à cinq florins se fissent attendre, mais celle d'Etzwane fit l'objet d'un verdict dès le lendemain. Toutes les demandes et réponses étaient jugées d'intérêt public, aussi étaient-elles affichées bien en vue sur un tableau. Les doigts tremblants, Etzwane détacha la réponse codée aux couleurs de son torque.

Il y était dit :

L'ANOME note avec sympathie le souci d'un fils à l'égard de sa mère et du bien-être de celle-ci. Les lois du Canton de Bastern sont bien définies. Elles exigent, pour qu'une indenture soit considérée comme rachetée, que la personne indenturée soit en mesure de montrer un reçu et une feuille de compte de toutes les sommes qu'elle a versées, ainsi que de toutes les dépenses imputées à son compte. Il arrive qu'une personne consomme des aliments, du logement, des vêtements, des frais d'instruction, de médecine et autres, supérieurs en valeur à ses gains. Il en est peut-être ainsi dans le cas présent.

Le jugement est le suivant : Je commande à l'Ecclésiarque Osso Higajou, sur présentation de ces documents, de rendre la liberté à la personne de la dame Eathre, à la condition qu'elle puisse prouver un crédit en sa faveur de mille cinq cents florins, ou qu'une tierce personne verse mille cinq cents florins en espèces à l'Ecclésiarque Osso Higajou, auquel cas il sera présumé que le crédit et le débit s'équilibrent.

En bref, portez le présent document et mille cinq cents florins à l'Ecclésiarque Osso; il devra alors vous confier votre mère, la dame Eathre.

En tout espoir et encouragement,

L'ANOME

Etzwane fut pris d'une colère folle. Il acheta immédiatement une seconde formule sur laquelle il écrivit : « Où puis-je me procurer mille cinq cents florins? J'en gagne cent par an. Eathre a payé au moins deux fois Osso; voudriez-vous me prêter mille cinq cents florins? »

Comme la première fois, la réponse fut prompte :

L'ANOME regrette de ne pouvoir prêter ni fonds privés ni fonds publics pour le rachat des indentures. Le jugement précédemment rendu constitue le verdict définitif.

Etzwane retourna à la Taverne de Fontenay où Frolitz établissait ses quartiers à Garwiy, en se demandant où et comment il pourrait mettre la main sur mille cinq cents florins.

⁂

Cinq ans plus tard, à Maschein, dans le Canton de Maseach, sur la pente sud du massif Houan, Etzwane fit la connaissance de son père Dystar. La troupe avait sa soirée libre, étant arrivée tard dans le bourg. Etzwane et Fordyce, un jeune gars de trois ou quatre ans plus âgé – Etzwane avait à présent aux alentours de dix-huit ans – se promenaient en ville, de taverne en taverne, écoutant les gens causer et prêtant une oreille critique à la musique qui se jouait.

A l'auberge du Poisson Double, ils écoutèrent les Interpolateurs Gris-Bleu-Vert de Maître Rickard Oxtot[1]. Au cours d'un entracte, Etzwane entama la conversation avec le joueur de khitan, qui déprécia modestement son propre talent. « Si tu veux entendre vraiment jouer du khitan, va donc de l'autre côté de la rue, au Vieux Caraz, et écoute le druithine. »

Fordyce et Etzwane passèrent incontinent de l'autre côté de la rue, au Vieux Caraz, où ils se firent servir des gobelets de punch vert effervescent. Assis dans un coin, le druithine contemplait sombrement l'assistance. C'était un homme de haute taille, aux cheveux grisonnants, le corps fort

1. La langue du Shant permet de différencier les tons de la manière la plus subtile. Là où nous n'avons que six mots : *rouge écarlate, carmin, bordeaux, rose, vermillon, cerise,* les gens du Shant en disposent de soixante pour exprimer les nuances. Dans les Interpolateurs *Gris-Bleu-Vert,* l'ordre précis donné aux couleurs correspondait, sur le plan symbolique, à la nature exacte des émotions qui commandaient l'exécution de Maître Oxtot et de son groupe.

et nerveux, le visage d'un rêveur peu satisfait de ses rêves. Il toucha les cordes de son khitan, en ajusta une et plaqua quelques accords, tout en s'écoutant, l'air mécontent. Son regard sombre passait sur la salle; il s'arrêta un instant sur Etzwane, puis se porta plus loin. Il se remit à jouer : lentement, laborieusement, il tournait autour d'une mélodie, cherchait la voie, essayait ceci et cela, comme un distrait tentant de râtisser des feuilles au vent d'automne. Peu à peu la musique prenait de l'assurance, devenait plus coulante; le thème sans consistance, les rythmes sans mesure s'ordonnaient en un tout doté d'une âme. Toute note jouée était attendue et nécessaire.

Etzwane écoutait dans l'émerveillement. La musique était remarquable, jouée avec une conviction majestueuse et une totale absence d'effort. L'air presque détaché, le druithine parlait d'événements à briser le cœur; d'océans dorés et d'îles inaccessibles; il contait la douce futilité de la vie, puis, dans un double battement inattendu, le coude sur la plaque de frottement, il apportait des solutions à tous les mystères apparents.

Le repas composé de crabe de terre chaud en saumure servi avec de l'orge et des boules de melon saupoudrées de pollen était splendide mais guère copieux; il avait été payé[1] depuis longtemps. Il avait déjà vidé une flasque d'Elixir de Gurgel, et ne semblait pas désireux de vider l'autre qui reposait à côté de son coude. La musique s'atténua, se

1. A l'inverse des groupes, les druithines n'annonçaient jamais leurs déplacements; arrivé de manière discrète, furtive presque, dans une localité, le druithine se rendait dans une taverne, commandait un repas, somptueux ou frugal, selon son humeur ou son intuition. Puis, il prenait son khitan et se mettait à jouer; il ne mangeait pas tant que l'un des clients n'avait pas payé son repas. Nombre de plaisanteries familières reposaient sur le motif du repas « non consommé ». L'on disait aussi que les druithines passés de mode employaient des com-

fondit dans le silence comme une caravane disparaissant à l'horizon.

Fordyce se pencha pour poser une question à un de ses voisins : « Comment s'appelle ce druithine?

— C'est Dystar. »

Fordyce se tourna avec émerveillement vers Etzwane. « C'est ton père! »

Etzwane ne trouva rien à répondre et se contenta d'incliner la tête.

Fordyce se leva. « Permets-moi de lui dire que son fils naturel est ici, qu'il joue lui-même du khitan. »

— « Non », fit Etzwane. « Je t'en prie, ne lui dis rien. »

Fordyce se rassit à regret. « Et pourquoi pas? »

Etzwane poussa un gros soupir. « Peut-être a-t-il beaucoup d'enfants naturels. Un grand nombre d'entre eux jouent peut-être du khitan. Et il se peut qu'il n'ait pas envie d'accorder à chacun son attention bienveillante. »

Fordyce haussa les épaules et ne dit plus rien.

Une fois de plus Dystar pinça les cordes de l'instrument pour jouer une musique qui parlait d'un homme marchant dans la nuit et s'arrêtant de temps à autre pour contempler l'une ou l'autre des étoiles.

Pour quelque raison qu'il ne parvenait pas à définir, Etzwane commençait à se sentir mal à l'aise. Il existait une tension entre lui-même et cet homme qu'il ne connaissait pas. Il n'avait aucun droit sur lui; il ne pouvait rien lui reprocher; Dys-

parses chargés de payer de façon ostentatoire le repas sitôt qu'on l'avait servi. La nourriture ainsi assurée, les autres revenus du druithine dépendaient des aumônes, de la générosité du tavernier, des engagements obtenus dans les soirées ou dans les manoirs de l'aristocratie. Étant donné la minceur de ses dépenses, un druithine de talent pouvait facilement faire fortune.

tar n'avait pas eu envers Eathre plus de dettes que tous les autres hommes qui avaient fait halte dans le cottage de la Route des Rhododendrons; comme tous les autres il avait payé son écot et avait poursuivi son chemin... Etzwane ne s'efforçait nullement de sonder ses propres motivations. Il marmonna une excuse à l'adresse de Fordyce et quitta le Vieux Caraz. Ce fut dans un état de dépression profonde qu'il regagna le campement, l'image d'Eathre présente à son esprit. Il maudit sa négligence et sa mollesse. Mais, s'il avait peu économisé, c'est qu'il avait peu gagné. Il ne pouvait pas se plaindre : rien n'était plus normal. Non seulement Fordyce pourvoyait à sa nourriture, mais en plus il lui donnait une instruction musicale et lui fournissait l'occasion de jouer. Les musiciens autres que les druithines faisaient rarement fortune; ce qui les encourageait à tâter de cette carrière. Un petit nombre réussissait; la majorité, obligée de payer ses repas, agrémentait les interprétations d'effets spectaculaires, de chichis extravagants; au pire, ils se résignaient à chanter en s'accompagnant du khitan pour des paysans, des enfants, des ignorants en musique.

De retour au camp, Etzwane remâchait de sombres pensées. Il ne se faisait aucune illusion : au stade où il était parvenu, avec son expérience actuelle de la vie, il était incapable d'embrasser la profession de druithine. Et l'avenir alors ? Bah, sa vie aux côtés de Maître Frolitz n'avait rien de déplaisant. Que désirait-il de plus ? Il prit son khitan. Assis sur le marchepied de la charrette, il se mit à jouer les airs lents, pensifs et mélancoliques sur lesquels les gens du Canton d'Ifwiy aimaient à danser la pavane... La musique lui paraissait sèche, fabriquée, dépourvue de vie. En se souvenant de la mélodie souple, insistante, qui jaillissait du khitan de Dystar comme si elle eût été douée d'une vie propre, Etzwane s'assombrit d'abord et s'attrista ensuite, puis fut pris d'une colère amère... envers Dystar, envers lui-même... Il reposa l'instrument et alla s'allonger sur sa couchette pour s'efforcer de mettre de l'ordre dans le désarroi de sa jeune tête.

7

Cinq ans s'écoulèrent. Maître Frolitz et ses Vert foncé-Azur-Noir-Rose, comme il appelait à présent sa troupe, arrivèrent à Brassei dans le Canton d'Elfine, pas très loin de Garwiy. Etzwane était devenu un jeune mince et nerveux, mais musclé, au visage sombre et grave. Il avait les cheveux noirs, la peau olivâtre; les coins de sa bouche retombaient un peu. Il n'était ni volubile, ni gai, ni grégaire d'instinct; il parlait doucement et rarement et ne paraissait à l'aise, plein de spontanéité, qu'après avoir bu du vin. Certains des musiciens le jugeaient hautain, d'autres vaniteux. Seul Maître Frolitz recherchait sa compagnie, à l'étonnement de tous, car Frolitz était chaleureux alors qu'Etzwane était froid, direct alors qu'Etzwane était évasif. Lorsqu'on l'accusait de partialité, Frolitz ne faisait qu'en rire; au fond, il estimait qu'Etzwane était bon auditeur et qu'il constituait avec ses manières taciturnes et amères un bon repoussoir à sa propre extraversion.

Après avoir installé leur campement sur le terrain communal de Brassei, Frolitz accompagné d'Etzwane fit le tour des tavernes et des salles de musique de la ville pour apprendre les nouvelles et trouver du travail. En fin de soirée, ils arrivèrent à l'auberge de Zerkow, une grande bâtisse de bois et de marne passée à la chaux. Des piliers soutenaient un toit aux angles innombrables et fantaisistes; aux poutres étaient suspendus les souvenirs recueillis depuis la fondation de l'établissement : de grotesques visages de bois noircis de fumée et de crasse, des animaux de verre poussiéreux, un crâne d'ahulph, trois scalps desséchés, une météorite ferreuse, une collection de boules héraldiques et bien d'autres choses encore. Pour le moment, l'auberge était à peu près déserte, en raison du jour hebdomadaire d'abstinence imposé par Paraplastus, le Seigneur local de la Création Cosmique. Frolitz alla trouver le propriétaire, Loy, et lui fit ses offres de service. Pendant qu'ils discutaient tous les deux, Etzwane resta de côté à lire les pancartes sur les piliers. Perdu dans ses propres préoccupations, il ne comprenait guère ce qu'il lisait. Ce matin même il avait touché une somme d'argent importante et inattendue qui avait considérablement augmenté ses économies. Suffisamment? Pour la vingtième fois il refit ses calculs et pour la vingtième fois il aboutit à un total semblable, juste entre la suffisance et l'insuffisance. Et pourtant où en trouverait-il davantage? Sûrement pas près de Frolitz, pas avant un mois ou plus. Mais le temps passait et son but s'étant ainsi rapproché, il avait des démangeaisons d'impatience... Ses yeux se concentrèrent sur les affiches qui incitaient pour la plupart à la probité :

L'ANONYME, parce qu'il n'a pas de visage, ressemble à tout le monde et à chacun. Celui que nul ne connaît, nul ne peut l'acheter.

Obéissez aux édits avec célérité! Le simple passant est peut-être la FORCE INCONNUE en personne.

Heureux peuple de Shant! Chante ta joie dans les soixante-deux cantons! Comment le mal existerait-il quand tous nos actes sont scrupuleusement surveillés par le GLORIEUX ANOME?

Le texte des affiches était imprimé en magenta,

un ton qui symbolisait la grandeur, sur un fond gris-rose, la couleur de l'omnipotence.

Un bulletin d'une dimension supérieure, imprimé en brun et noir, symbole d'urgence, était fixé au mur :

Attention! Prenez garde! Plusieurs bandes importantes de Roguskhoïs ont été vues récemment sur les pentes du Honan! On ne saurait approcher de ces créatures nuisibles sans y risquer sa vie!

Frolitz et Loy s'étaient mis d'accord : la nuit suivante Krolitz viendrait avec sa troupe pour deux ou trois semaines. Pour sceller leur marché, Loy offrit des chopes de cidre nouveau. Etzwane s'enquit : « Quand a été affiché ce placard brun et noir?

– Sur les Roguskhoïs? Il y a deux ou trois jours. Ils ont lancé une attaque contre le Canton de Shalloun et enlevé une douzaine de femmes.

– L'Homme Sans Visage devrait agir, dit Etzwane. Le moins qu'il puisse faire est de nous protéger. N'est-ce pas son rôle? Sinon, pourquoi porterions-nous ces torques? »

Frolitz, en conversation avec un étranger en tenue de voyage qui venait d'entrer dans la taverne, prit le temps de lancer pardessus son épaule : « Ne faites pas attention au petit; il n'a aucune connaissance du monde. »

Au contraire, Loy, enflant ses grosses joues, ne fit pas attention à Frolitz. « Ce n'est pas un secret qu'il faille agir. J'ai entendu de vilaines choses sur ces créatures. Il semble qu'ils grouillent comme des fourmis dans le massif Houan. Il n'y a pas de femmes chez eux, vous savez, rien que des hommes.

– Comment se reproduisent-ils, alors? » s'étonna Etzwane à haute voix. « Voilà une chose que je ne comprends pas.

– Ils se servent de femmes ordinaires avec

beaucoup d'ardeur, m'a-t-on dit, et le produit est toujours mâle.

– Bizarre. D'où peuvent bien provenir ces créatures ?

– Du Palasedra », déclara Loy d'un ton avisé : « Vous devez être au courant des recherches scientifiques du Palasedra : ces gens-là procèdent sans cesse à des croisements, des maturations forcées, ils ne se contentent jamais de laisser les êtres tels qu'ils sont. Je pense – et je ne suis pas le seul – qu'une espèce particulièrement rebelle s'est échappée des maisons de forçage du Palasedra et a traversé le Grand Marécage Salé pour passer au Shant. Pour notre plus grand malheur.

– Sauf s'ils viennent dépenser leurs florins au Zerkow ! » cria Frolitz, du bout du bar. « Comme ce sont de grands buveurs, voilà la façon de les asservir : les abreuver jusqu'à ce qu'ils soient cousus de dettes ! »

Loy secoua la tête. « Ils chasseraient mes autres clients. Qui donc aurait envie de trinquer avec un diable au visage rouge qui mesure presque un mètre de plus que lui ? Moi je dis qu'il faut les renvoyer du Palasedra sans retard !

– Ce serait sans doute la solution, admit Frolitz, mais est-ce faisable ? Qui leur donnera l'ordre de partir ?

– Il y a à cela une bonne réponse, dit Etzwane. Il faut que l'Homme Sans Visage s'en occupe. N'est-il pas tout-puissant ? N'a-t-il pas le don d'ubiquité ? » Il pointa le pouce dans la direction des écriteaux. « En tout cas, il le prétend. »

Frolitz adopta un murmure rauque pour s'adresser à l'inconnu aux cheveux blancs. « Etzwane voudrait que l'Homme Sans Visage escalade le massif du Houan pour mettre des torques à tous les Roguskhoïs.

– C'est un moyen qui en vaut un autre », fit Etzwane avec un sourire d'amertume.

Un jeune homme entra précipitamment dans la taverne; c'était un portier du Zerkow. « Vous savez la nouvelle ? Il y a une demi-heure, à l'entrepôt de Makkaby, un cambrioleur a eu la tête emportée. L'Homme Sans Visage est dans les parages ! »

Ils se retournèrent tous. « En es-tu sûr ? demanda Loy. C'était peut-être un piège à décapiter ?

– Non, pas de doute ! C'est le torque qui lui a ôté la tête. L'Homme Sans Visage l'a pris sur le fait.

– Vous vous rendez compte ! s'émerveilla Loy. L'entrepôt n'est qu'à quelques pas de nous, dans la même rue. »

Frolitz pivota pour s'adosser au bar. « Et voilà, dit-il à Etzwane. Vous vous plaignez : pourquoi l'Homme Sans Visage n'agit-il pas ? Et presque au même instant il agit. Cela ne vous satisfait pas ?

– Pas entièrement. »

Frolitz avala une demi-chope du cidre nouveau et fort, puis il adressa un clin d'œil à l'étranger, un homme grand et mince, aux cheveux blancs et soyeux, avec une expression d'acceptation austère des vicissitudes de la vie. Il était d'âge indéterminé, ni jeune ni vieux. « Le voleur a subi un sort pénible, dit Frolitz à Etzwane. La leçon à en tirer est celle-ci : ne vous livrez jamais à un acte criminel. Et surtout ne volez jamais. Quand vous vous attaquez au bien d'une personne, vous vous condamnez, comme il vient d'être démontré. »

Loy se frottait le menton, les doigts tremblants. « En un sens, le châtiment paraît excessif. Le voleur a pris des marchandises, mais il a perdu la vie. Telles sont les lois d'Elfine, que l'Homme Sans Visage a correctement appliquées; mais est-ce qu'un sac de marchandises et une vie d'homme devraient avoir le même poids sur la balance ? »

L'étranger aux cheveux blancs avança une opinion : « Pourquoi en serait-il autrement ? Vous ne tenez pas compte d'un facteur essentiel dans les circonstances. La propriété et la vie ne sont pas sans une commune mesure, si vous calculez le prix de la propriété en termes de labeur humain. Au fond, la propriété, c'est la vie; elle est cette part de sa vie que l'individu a consacrée à acquérir ses biens. Quand un voleur vole des biens, c'est de la vie qu'il vole. En conséquence, tout acte de pillage devient un petit meurtre. »

Frolitz frappa du poing sur le bar. « Un exposé bien fondé si j'en ai jamais entendu ! Loy, servez à cet étranger le breuvage de son choix, je le lui offre. Monsieur, comment s'adresse-t-on à vous ? »

L'étranger dit à Loy : « Une chope de ce cidre nouveau, s'il vous plaît. » Il se tourna un peu sur sa chaise, pour regarder Frolitz et Etzwane. « Je m'appelle Ifness; je suis négociant itinérant. »

Etzwane lui lança un aigre regard. Sa rancœur envers l'homme de la charrette qui avait refusé de l'aider n'avait jamais diminué. Un négociant ? Etzwane en doutait. Mais certes pas Frolitz. « Inattendu, des théories aussi astucieuses chez un négociant ! s'émerveilla-t-il.

– La conversation de cette sorte de gens est souvent banale, convint Loy. Pour se distraire, à mon avis, rien de tel que la compagnie d'un tenancier de taverne. »

Ifness pinça les lèvres, l'air judicieux. « Tous les gens, les négociants tout comme les taverniers et les musiciens, s'efforcent d'intégrer leur travail à des abstractions universelles. Nous autres, négociants, nous sommes très sensitifs quand il s'agit du vol, qui s'en prend à notre essence même. Voler, c'est acquérir des biens par un moyen simple, non officiel, et sans frais. Acheter les mêmes biens, c'est un processus lent, fatigant et onéreux.

Y a-t-il à s'étonner que le larcin soit si répandu? Néanmoins, il ôte au négociant ses raisons de vivre; nous avons donc la même horreur des voleurs que les musiciens éprouveraient envers une bande de fanatiques qui taperaient sur des cloches ou des gongs chaque fois que les musiciens jouent. »

Frolitz étouffa une imprécation.

Ifness goûta le cidre nouveau que Loy lui avait servi. « Je répète. Quand un voleur s'empare des biens d'autrui, il vole de la vie. En tant que négociant, je suis assez tolérant envers les faiblesses humaines, et je ne réagirais pas trop vivement au vol d'une journée. Mais j'aurais du ressentiment devant le vol de toute une semaine; et je tuerais le voleur qui me prendrait une année de ma vie.

– Oui, oui! s'écria Frolitz. Voilà de bonnes paroles pour dissuader les criminels! Vous entendez Etzwane?

– Vous n'avez pas besoin de me prendre ainsi à témoin, répondit le jeune homme. Je ne suis pas voleur. »

Frolitz, un peu excité par ses lampées de cidre, dit à Ifness : « Très juste, très juste! Ce n'est pas un voleur, c'est un musicien! Grâce aux vertus de mon enseignement, il est même devenu expert! Il ne trouve de temps que pour l'étude. Il a maîtrisé six instruments, il connaît deux mille partitions. Quand j'oublie un accord, il réussit toujours à me le signaler. Ce matin, tenez, je lui ai versé une bonification de trois cents florins sur la caisse des instruments de la troupe. »

Ifness hocha la tête d'un air approbateur. « Un vrai parangon, me semble-t-il.

– Jusqu'à un certain point, rectifia Frolitz. Par ailleurs, il est réservé et obstiné. Il conserve précieusement tous les florins qu'il a jamais touchés; il les accouplerait pour qu'ils se reproduisent, s'il le pouvait. Cela fait de lui un triste compagnon de débauche. Quant aux trois cents florins, il y a longtemps que je lui en avais promis cinq cents, mais j'ai décidé de le mettre à la portion congrue à cause de son manque d'entrain.

– Ne craignez-vous pas que cette méthode ajoute encore à sa mélancolie ?

– Au contraire, cela le tient en alerte. En sa qualité de musicien, il doit avoir de la gratitude pour la moindre faveur. C'est moi qui ai fait de lui ce qu'il est, du moins pour le meilleur en lui. Quant à ses défauts, on peut les imputer à un certain Chilite, Osso, celui qu'Etzwane appelle son "père spirituel".

– En me rendant à l'est, je passerai par le Canton de Bastern, dit poliment Ifness. Si je rencontre Osso, je lui transmettrai vos salutations.

– Ne vous donnez pas cette peine, dit Etzwane, je vais moi-même à Bashon. »

Frolitz se retourna brusquement pour regarder fixement Etzwane. « Ai-je bien entendu ? Vous ne m'avez pas fait part de ce projet !

– Si je vous en avais informé, vous ne m'auriez pas versé les trois cents florins ce matin. Et d'ailleurs, je n'ai pris cette décision qu'il y a dix secondes.

– Mais la troupe ? Et nos engagements ? Tout va être dérangé !

– Je ne resterai pas longtemps absent. A mon retour, vous pourrez me payer plus cher, puisqu'il paraît que je suis indispensable.

Frolitz haussa ses sourcils broussailleux. « Personne d'autre que moi n'est indispensable ! Je jouerai du khitan et du cor sylvestre en même temps si j'en ai envie et je ferai encore de la meilleure musique que quatre apprentis prétentieux ! » Frolitz cogna sa chope sur le bar pour donner de l'emphase à ses paroles. « Toutefois, pour faire plaisir à mon ami Loy, il va me falloir embaucher un remplaçant... autant de frais et d'ennuis supplémentaires. Combien de temps resterez-vous absent ?

— Trois semaines, j'imagine.

— « Trois semaines ! rugit Frolitz. Avez-vous l'intention de faire une cure de repos sur la plage d'Ilwiy ? Trois jours pour aller à Bashon, vingt minutes pour régler vos affaires, et trois jours pour revenir à Brassei : c'est suffisant.

— Cela suffirait si je voyageais en ballon, répondit Etzwane. Mais il faut que j'aille à pied ou en charrette.

— Toujours aussi économe ? Pourquoi pas en ballon ? Quelle est la différence de prix ?

— Une trentaine de florins aller, et autant pour le retour, je pense.

— Alors ? Où est votre fierté ? Est-ce qu'un Vert foncé Azur-Noir-Rouge voyage comme un tondeur de chiens ? » Il se tourna vers Loy le cabaretier. « Remettez à ce garçon soixante florins d'avance, sur mon compte. »

Loy, bien qu'un peu hésitant, alla à son tiroir-caisse. Frolitz prit l'argent et le posa sur le comptoir devant Etzwane. « Voilà; et maintenant, partez. Par-dessus tout, évitez de vous laisser enjôler par d'autres chefs de troupe. Ils vous offriront peut-être plus d'argent que je ne vous en paie, mais soyez sûr qu'il y aurait alors des inconvénients cachés ! »

Etzwane éclata de rire. « Ne craignez rien, je serai de retour dans huit à dix jours. Je vais prendre le premier ballon en partance; mes affaires à Bashon seront vite réglées, et je reprendrai le premier ballon pour Brassei. »

Frolitz se tourna pour parler à Ifness mais ne vit qu'un siège vide; Ifness avait quitté la taverne.

Une tempête était venue de l'Océan Vert, apportant l'inondation aux cantons de Maiy et d'Erevan; un tronçon de la Grand-Route Transversale avait été emporté; les ballons furent retardés de deux jours, en attendant que les équipes de secours aient pu installer un système de fortune.

Etzwane réussit à obtenir place sur le premier ballon au départ de Brassei, l'*Asper*. Il monta dans la nacelle et prit un siège; derrière lui vinrent d'autres passagers. Le dernier à embarquer fut Ifness.

Etzwane resta impassible sans montrer qu'il avait reconnu l'autre. Ifness vit Etzwane et, après une courte hésitation, fit un signe de tête et s'assit près de lui. « Il me semble que nous allons être compagnons de voyage. »

Etzwane répondit froidement : « Ce sera un plaisir. »

On referma la porte. Des garde-fous furent rabattus pour permettre aux passagers de se maintenir au moment où le ballon oscillerait et donnerait de la bande. Le machiniste s'installa dans son compartiment, il vérifia les treuils, les soupapes du gaz et la trappe du lest. Sur son signal, l'équipe au sol poussa le judas dans la glissière. L'*Asper* s'éleva dans les airs. Le trolley mobile fut libéré; le ballon dansa et tressauta sous la poussée du vent de travers jusqu'à ce que le machiniste eut ajusté la tension des cordages. L'*Asper*, stabilisé, s'élança alors, cordes tendues et roue chantonnante.

Ifness s'adressa à Etzwane : « Vous m'avez l'air parfaitement décontracté. Étiez-vous déjà monté en ballon ?

– Oui, il y a des années.

– Expérience mémorable pour un enfant.

– Certes.

– Je ne me sens jamais tout à fait à l'aise en ballon, dit Ifness. Ils paraissent si frêles et vulnérables. Quelques bâtons, une membrane des plus minces, le gaz le plus léger. Cependant les planeurs du Palasedra sont encore plus incertains; sans doute un moyen de transport qui s'accorde avec le tempérament des habitants. Vous allez à Bashon, si j'ai bien compris ?

— J'ai l'intention de racheter l'indenture de ma mère. »

Ifness réfléchit un moment. « Peut-être auriez-vous dû confier votre affaire à un spécialiste. Les Chilites sont gens rusés et pourraient tenter de vous duper.

— Je ne doute pas qu'ils essaient. Mais cela ne les avancera à rien. J'ai une ordonnance de l'Homme Sans Visage, à laquelle ils doivent obéir.

— Je vois. Eh bien, je me tiendrais malgré tout sur mes gardes. Il est rare que malgré leur détachement des choses de ce monde on puisse faire une bonne affaire sur le dos des Chilites.

Au bout d'un temps, Etzwane observa : « Vous me paraissez bien connaître les Chilites. »

Ifness se permit une ébauche de sourire. « C'est un culte fascinant; la morale chilite et sa projection matérielle constituent une figure des plus élégantes. Vous ne me suivez pas ? Réfléchissez : voilà un groupe qui tous les soirs s'intoxique dans la frénésie des hallucinations sexuelles, sous prétexte d'ascétisme religieux... n'est-ce pas là une sublime insouciance ? La machinerie sociale est nécessaire pour le maintien de cet état de choses, et vous le savez. Comment assurer la persistance d'un groupe qui n'a en soi rien de régénérateur ? En recrutant les enfants des autres hommes, par un apport constant de sang nouveau. Comment s'assurer un bien si précieux, que normalement d'autres hommes défendent au prix de leur vie ? Par l'astucieuse invention de la Route des Rhododendrons, qui en outre est d'un bon rapport. Quelle audace merveilleuse ! On en viendrait presque à les admirer ! »

Etzwane était surpris de voir Ifness si enthousiaste. Il déclara froidement : « Je suis né sur la

Route des Rhododendrons et je suis devenu Pur; je les trouve répugnants. »

Ifness parut amusé. « C'est une forme remarquable d'adaptation, même si elle est peut-être trop spécialisée. » Ainsi, on peut s'interroger sur ce qui se passerait si les Chilites étaient privés de galga. Au bout d'une génération, au plus, les structures de la société s'infléchiraient dans une direction ou dans une autre.

Etzwane s'étonna qu'un marchand soit si habile à analyser la société humaine.

« Que vendez-vous ? Vous devez vendre quelque chose, je pense, puisque vous êtes négociant.

— Pas exactement. Une entreprise commerciale m'emploie pour rechercher ici et là de nouveaux débouchés pour ses produits.

— Cela semble un travail intéressant, dit Etzwane.

— C'est mon opinion. »

Etzwane jeta un coup d'œil au torque de son interlocuteur.

« Vous habitez Garwiy si j'en juge par le vert et le pourpre de votre torque.

— C'est exact, répondit Ifness. » Il tira de sa valise un livre, *les Royaumes de l'Antique Caraz*[1], et se mit à lire.

Etzwane reporta son attention sur les confins de l'horizon. Une heure passa. L'*Asper* s'engagea sur une voie de garage pour laisser le passage à deux ballons qui filaient vers l'est, câbles tendus et roues chantonnant dans les glissières.

A midi, le machiniste vendit à ceux qui avaient faim du thé, des pâtes de fruit et des croquettes de viande. Ifness abandonna son livre pour déjeuner; Etzwane préféra économiser ses fonds, qui étaient juste suffisants. Le repas terminé, Ifness s'essuya

1. Récit descriptif d'un certain Kreposkin dont les héros se serviront dans le troisième volume : Les Asutras. (N. d. E.)

soigneusement les mains et reprit sa lecture.

Une heure plus tard, l'*Asper* arriva à la Bifurcation de Brassei, dans le canton de Belpré, et il fut dirigé vers la Grand-Route Transversale. Le vent mollit; comme il venait de bâbord arrière, on se laissa pousser par lui durant tout l'après-midi. Au crépuscule, il tomba complètement, et l'*Asper* resta suspendu au-dessus d'un plateau sauvage du canton d'Ombre.

Les soleils quittèrent l'horizon en dansant; le ciel s'embrasa d'une lueur violette derrière quatre stries de nuages vert pomme. La nuit tomba vite. Une brise s'éleva dans les couches supérieures, soufflant toujours de l'arrière; l'*Asper* se mit à avancer le long de la glissière à l'allure d'un homme au pas.

Le machiniste servit du fromage, du vin et des biscuits avant d'installer des hamacs. Faute d'une autre occupation, les passagers s'abandonnèrent au sommeil.

Tard dans l'après-midi du lendemain, l'*Asper* arriva à Angwin, à l'entrée de la Grande Gorge. La glissière s'arrêtait là et le câble remontait en deux vastes boucles à la Bifurcation d'Angwin, où, des années auparavant, dans un autre temps semblait-il, Etzwane avait débarqué, en provenance de Carbade, pour devenir apprenti. Il se demanda si Finnerack travaillait toujours là.

Le trajet de l'*Asper* suivait la Grand-Route Transversale jusqu'aux pentes sud du Houan. A Angwin, il descendit pour débarquer les passagers qui devaient continuer par le tronçon nord. Ils étaient quatre dans ce cas : Etzwane, deux voyageurs de commerce qui se rendaient à Dublay, au bout du Cap Canton.

La faiblesse des vents ayant retardé la correspondance du tronçon nord, ils furent obligés de passer la nuit à l'auberge d'Angwin.

L'*Asper* reprit de la hauteur, les cordages maintenant reliés au câble. Dans la salle des machines située sous l'auberge, l'équipe se mit à manœuvrer le cabestan. Le ballon fut halé au-dessus de la Grande Gorge et amené à la Bifurcation. Etzwane ne put se résoudre à descendre regarder tourner le cabestan, comme l'avaient fait les deux voyageurs de commerce.

Plus tard, il s'assit en leur compagnie dans le salon de l'auberge dont les fenêtres donnaient sur la Grande Gorge tandis qu'Ifness se promenait au bord du précipice.

Les soleils s'abaissèrent l'un derrière l'autre : une lumière magenta toucha le Mont Mish et les pics plus lointains. Le précipice s'assombrit avec le crépuscule. Etzwane et les voyageurs de commerce buvaient du cidre aux épices. Un des voyageurs demanda au serveur qui apportait un plateau de confitures de fruits : « Voyez-vous beaucoup de Roguskhoïs dans le fond de la gorge ?

– Pas souvent, répondit le serveur. Les types de la Bifurcation en apercevaient bien il y a un certain temps quelques-uns, mais d'après ce qu'on m'a dit, ils auraient émigré à l'est dans les Terres Sauvages.

– Ils ont attaqué Shalloran il n'y a pas très longtemps, intervint l'autre voyageur. C'est à l'ouest.

– Oui, en effet. Ma foi, tout cela me dépasse. Si une bande d'entre eux s'attaquait à Angwin, je me demande ce que nous pourrions faire. »

L'autre voyageur reprit : « Le précipice est déjà une protection naturelle, à mon avis. »

Le serveur plongea un regard inquiet dans l'ombre bleue. « Pas suffisante à mon gré, si ce qu'on dit de ces démons est vrai. Si nous avions des femmes ici, je ne fermerais pas l'œil de la nuit. Il est rare qu'ils se donnent du mal pour tuer un homme, mais s'ils flairent une femme, ils traversent l'eau et le feu. A mon avis, il faudrait faire quelque chose.

Ifness qui était revenu sans qu'on le remarque, parla du fond de la pénombre : « Et à votre avis, quel est ce "quelque chose" qu'on devrait faire ?

— On devrait informer l'Homme Sans Visage et lui faire comprendre que c'est à lui d'intervenir, voilà ! Moi, je dis : établissons un cordon tout autour du massif du Houan, même s'il faut y mettre tous les hommes de Shant, et resserrons-le, en poussant tous ces démons en bloc et en les tuant au fur et à mesure. Quand les hommes du nord, de l'est, du sud et de l'ouest pourront s'entre-regarder par-dessus le Mont Sharrack, alors nous saurons que nous sommes enfin débarrassés de cette vermine. »

Un des voyageurs n'était pas d'accord. « C'est trop compliqué; cela ne marcherait pas. Ils se cacheraient dans les cavernes et les passages souterrains. Non, mon idée à moi, c'est de disposer du poison... »

L'autre voyageur avança une proposition lascive en ce qui concernait l'appât à placer.

« Eh bien, pourquoi pas, rétorqua son collègue, si cela doit les attirer ? Mais vous pouvez m'en croire, c'est le poison qui constitue la solution. »

Le second voyageur répondit : « N'en soyez pas trop sûr ! Ce ne sont pas des animaux, vous savez. Ce sont des hommes modifiés, venus de l'autre côté du Marécage Salé. Il y a trop longtemps que les Palasedrans se tiennent tranquilles; ce n'est pas naturel, alors maintenant ils nous envoient les Roguskhoïs. »

Le serveur dit : « Peu m'importe d'où ils viennent; qu'on les balaie, qu'on les envoie au Palasedra, de préférence. Selon les nouvelles de l'après-midi, juste arrivées par radio, une bande est descendue du Mont Tête Vieille pour piller un village du Canton de la Côte Matinale.

Des meurtres, des viols, des enlèvements. Le village est en ruine.

– Si loin à l'est ? murmura Ifness.

– C'est ce que dit le bulletin. D'abord Shallou à l'ouest, puis la Côte Matinale à l'est. Ils doivent fourmiller dans les monts du Houan.

– Pas forcément, dit Etzwane.

– Vous pouvez parier, reprit le premier voyageur sur un ton pontifiant, que l'Homme Sans Visage est prêt à agir. Il n'a pas le choix. »

Le serveur ricana.

« L'Homme Sans Visage, il est bien loin d'ici, à Garwiy. Pourquoi s'inquiéterait-il de notre sécurité ? »

Les voyageurs firent la moue.

« Eh bien, dit l'un d'eux, je ne m'avancerai pas jusque-là. L'Homme Sans Visage nous représente tous autant que nous sommes ! Et il fait du bon travail, ça on peut le dire.

– Pourtant, reprit l'autre, le moment est venu pour lui de passer à l'action. »

Le serveur s'enquit : « Voulez-vous boire encore avant le souper, messieurs ? Dans ce cas, commandez dès maintenant, avant que le cuisinier sonne le gong. »

Etzwane demanda : « Est-ce toujours Dagbolt le contremaître ?

– Non, le vieux Dagbolt est mort depuis cinq ans d'un chancre à la gorge, expliqua le serveur. Je ne l'ai guère connu que trois mois, mais c'était plus qu'amplement suffisant. C'est Dickon Defonso le nouveau contremaître, et tout marche assez bien.

– Est-ce qu'un nommé Finnerack travaille à Angwin ?

– Finnerack ? J'ai entendu ce nom quelque part... Mais il n'est pas ici.

– Peut-être à la Bifurcation ?

– Là-bas non plus. Finnerack... Un scandale

quelconque. Est-ce lui le criminel qui avait décroché un ballon ?

— Je ne saurais vous le dire. »

⁂

Au milieu de la matinée, le ballon *Jano* arriva à Angwin. Les quatre passagers y embarquèrent; le *Jano* se hissa jusqu'au maximum de longueur de ses cordages et fut tracté au-dessus de la gorge jusqu'à la Bifurcation. Etzwane contemplait avec fascination cette petite île dans le ciel. Les trois grandes poulies se touchant presque, l'abri de pierre avec sa porte en bois et les cabinets en surplomb sur la gorge. Aux poulies, l'homme de service s'affairait; le ballon subit une secousse quand la griffe crocha les cordes et que le crochet passa sur le câble du tronçon nord, et une seconde secousse quand le levier se dégagea. Etzwane sourit en songeant à un autre ballon, il y avait tant d'années...

Le *Jano* fut tiré jusqu'à la station nord; les cordes furent transférées sur une poulie; puis le ballon fila le long de la glissière vers le Canton de Seamus, profitant d'une bonne brise par tribord avant. Une fois le ballon paré au mieux, le machiniste entra dans la nacelle. « Tous ceux qui sont ici vont à Oswiy, je pense ?

— Pas moi, répondit Etzwane. Je descends à la gare de Bastern à Carbade.

— La gare de Bastern ? Je vous y déposerai si l'équipe d'atterrissage est disponible. Les hommes s'étaient repliés dans Carbade lors du raid.

— Quel raid ?

— Vous n'avez pas dû en entendre parler. Une bande de cinquante à soixante Roguskhoïs sont sortis des Terres Sauvages pour descendre en pillant tout le long de la Fimée.

– Jusqu'à quel endroit, sur la Fimée?

– Je l'ignore. S'ils ont tourné vers le Seamus, nous ne trouverons pas d'équipe à la gare de Bastern. Pourquoi n'allez-vous pas jusqu'à Ascalon? Vous y seriez plus en sécurité.

– Il faut que je descende à la gare de Bastern, même si je dois me laisser glisser le long des filins. »

Quand le *Jano* arriva à la gare de Bastern, l'équipe avait repris son poste; le ballon fut halé au sol avec des secousses dues à la nervosité. Etzwane sauta sur le sol; Ifness les suivit. « Je crois comprendre que vous allez vers l'est? demanda-t-il.

– Oui, à Bashon.

– Alors je vous propose que nous partagions le même véhicule. »

Etzwane calcula ses dépenses probables. Mille cinq cents florins pour l'indenture, cent pour le retour à Brassei avec Eathre, cinquante encore pour les imprévus. Mille six cent cinquante. Il en possédait mille six cent soixante-cinq. « Je n'ai pas les moyens de m'offrir un transport coûteux », dit-il d'une voix assez peu aimable.

Ifness était le dernier des habitants du Shant dont il aurait voulu être l'obligé, sinon peut-être Osso, son père spirituel.

A l'hostellerie, Ifness demanda une charrette rapide, traînée par une paire de bêtes racées. « Je vais devoir vous demander deux cents florins », lui dit l'hôte. « A titre de cautionnement. Pour la location, ce sera vingt florins par jour. »

Etzwane déclara sèchement : « C'est trop cher pour moi. » Ifness eut un geste d'indifférence. « C'est ainsi que je choisis de voyager. Payez ce que vous pouvez; je m'estimerai content.

– Ce n'est pas grand-chose. Quinze florins, en fait. S'il n'y avait pas les Roguskhoïs, je serais allé à pied.

— Donnez quinze florins ou rien du tout, dit Ifness, cela m'est égal. »

Piqué par cette condescendance, d'autant plus irritante par son indifférence, Etzwane déboursa seize florins.

« Si cela vous satisfait, prenez-les. Sinon je vais à pied.

— Très bien, très bien. Partons, je suis impatient d'étudier les Roguskhoïs, si les circonstances nous le permettent. »

Les trotteurs, de hautes bêtes minces, à la poitrine profonde et étroite, aux jambes fines, bondirent sur la route; la charrette suivait dans un tourbillon.

Etzwane lança du coin de l'œil un regard noir à Ifness. Quel homme étrange en vérité! Etzwane n'avait encore jamais rencontré son pareil. Pourquoi souhaitait-il étudier les Roguskhoïs? Un tel intérêt paraissait sans raison. Si un Roguskhoï était mort, étendu au bord de la route, Etzwane s'arrêterait pour examiner le cadavre, par curiosité naturelle; mais les rechercher... cela semblait pure folie!

Ifness était-il vraiment fou? Etzwane envisagea un moment cette possibilité. Le masque préoccupé qu'il affichait en permanence, l'indifférence qu'il montrait envers son entourage, ses prédilections bizarres relevaient de la démence. D'un autre côté, Ifness était la maîtrise de soi incarnée; tout dans son aspect — réservé, austère, sans signe particulier en dehors de cheveux blancs coupés en brosse et un visage jeune et vieux à la fois — tout respirait l'équilibre. Etzwane, assailli par des préoccupations plus pressantes, se désintéressa de la question.

8

Ils parcoururent quinze kilomètres, escaladant et redescendant les collines du Seamus. Venant de l'est sur la route leur apparut un homme monté sur un cycle-poussoir et porteur de la casquette rouge d'invisibilité. Il roulait à la vitesse maximum dont il était capable, à plat ventre sur le matelas, ses fesses se soulevant et se rabaissant avec brusquerie quand il décochait ses coups de pied sur le rochet d'entraînement.

Ifness stoppa son attelage et observa l'approche de l'homme. Un acte discourtois, songea Etzwane, puisque l'homme portait du rouge. Le cycliste fit un écart pour passer. Ifness lui cria de s'arrêter, au grand mécontentement de l'inconnu. « Pourquoi me dérangez-vous ? Vous n'avez donc pas d'yeux ? »

Ifness ne fit pas attention à son agitation. « Quelles sont les nouvelles ?

– Affreuses; ne me retardez pas. Je me rends dans le Canton de Noir ou plus loin encore. » Il fit le geste de remettre sa machine en mouvement. Ifness lui cria poliment : « Un instant, s'il vous plaît. Il n'y a aucun danger en vue. Qu'est-ce qui vous fait fuir ?

– Les Roguskhoïs, parbleu ! Ils ont brûlé le village de Salubra; une autre bande a dépouillé les Chilites. Autant que je sache, ils sont sur mes talons ! Ne me retardez pas davantage, et si vous êtes avisés, vous ferez demi-tour pour filer à l'ouest ! » L'homme remit son engin en marche d'une poussée et partit sur la route de Carbade.

Ifness se tourna vers Etzwane. « Alors ?

— Il faut que j'aille à Bashon. »

Ifness fit un signe d'acquiescement et, sans mot dire, enveloppa les trotteurs d'un coup de fouet.

Etzwane se pencha en avant, le cœur au bord des lèvres. Des visions défilaient devant ses yeux : il songeait aux florins dilapidés en boisson, aux cadeaux offerts à des petites amies de rencontre, aux vêtements inutiles, à son coûteux cor sylvestre monté sur argent. Frolitz le prenait pour un avare, lui-même se reprochait sa prodigalité. Vains regrets. L'argent était dépensé, le temps perdu. Les trotteurs qui étaient de très bonne qualité avançaient sans se fatiguer et les roues grignotaient les kilomètres. Ils entrèrent dans le canton de Bastern; devant eux apparut l'ombreuse Route des Rhododendrons. Derrière la colline montait une colonne de fumée. Dès qu'ils furent sur la Route des Rhododendrons, Ifness ralentit le train avec prudence, étudiant les ombres sous les arbres, les fourrés de mûriers, le flanc des collines avec un air vigilant qu'Etzwane ne lui connaissait pas encore... Tout semblait normal sauf le silence écrasant. La lumière blanc lavande s'étalait irrégulièrement sur la poussière blanche. Dans le jardin du premier cottage, des géraniums violets et magenta fleurissaient parmi les pointes jaune citron du ki. La porte du cottage était entrouverte. Sur le seuil gisait le corps d'un homme, le visage défiguré d'un coup terrible. La jeune femme qui habitait le cottage avait disparu.

Une brèche parmi les arbres leur découvrit le temple. Sur les hautes terrasses, quelques Chilites se mouvaient lentement, hésitants, comme pour se convaincre qu'ils étaient bien encore en vie. Ifness fouetta les trotteurs; la charrette escalada la pente menant au temple. La colonne de fumée qu'ils avaient vue de loin montait des cendres de la tannerie et des dortoirs. Le temple et les constructions qui s'y rattachaient semblaient intacts.

Etzwane, debout dans la voiture, regardait de tous côtés. Il ne voyait pas une femme, jeune ou vieille.

Ifness arrêta le véhicule devant le portique du temple. De la terrasse au-dessus, un groupe de Chilites, hagards et inquiets, les regardaient.

Ifness leur cria : « Qu'est-il arrivé ? »

Les Chilites étaient comme des fantômes dans leurs robes blanches. « Hé, vous, là-haut ! » lança Ifness d'un ton acerbe. « Vous ne m'entendez pas ? »

Les Chilites reculèrent lentement hors de vue, comme s'ils étaient tombés à la renverse, songea Etzwane.

Plusieurs minutes s'écoulèrent. Les trois soleils accomplissaient leurs girations majestueuses dans le ciel. Les murs de pierre cuisaient sous leur éclat. Ifness restait assis, immobile. De nouveau, avec un étonnement encore accru, Etzwane se demanda pourquoi Ifness se donnait tout ce mal.

Les battants de fer s'ouvrirent pour découvrir un groupe de Chilites. Celui qui avait ouvert le portail était un jeune homme au visage rond, un peu corpulent, aux traits trop grands, aux cheveux jaunes et rares, avec une grande barbe jaune. Etzwane reconnut aussitôt Geacles Vonoble. Derrière se tenaient une demi-douzaine d'autres Chilites parmi lesquels Osso Higajou.

Ifness demanda d'un ton tranchant : « Qu'est-il arrivé ici ? »

Osso répondit d'une voix rauque, comme s'il eût eu la gorge pleine d'humeurs amères : « Nous sommes les victimes des Roguskhoïs. Ils nous ont pillés; ils nous ont causé de grands dommages.

— Combien étaient-ils ?

— Pas moins de cinquante. Ils se sont jetés sur nous comme des bêtes sauvages ! Ils ont abattu nos portes; ils brandissaient des armes; ils ont brûlé nos maisons !

— En défendant vos femmes et vos biens, vous leur avez sans doute infligé de lourdes pertes ? » demanda Ifness d'une voix sèche.

Les Chilites, indignés, eurent un mouvement de recul, Geacles lâcha un rire méprisant.

« Nous sommes partisans de la non-violence, dit Osso d'une voix mielleuse. Nous prêchons la paix.

— Les femmes se sont-elles défendues ? reprit Ifness.

— Oui, pour la plupart; mais cela n'a servi à rien, et elles ont violé leur conscience en se défendant.

— Alors elles doivent souffrir doublement, reconnut Ifness. Pourquoi ne les avez-vous pas abritées dans le temple ? »

Les Chilites l'observèrent calmement sans répondre.

« Revenons aux Roguskhoïs. Comment étaient-ils armés ? » demanda encore Ifness.

Geacles tortilla sa barbe en regardant les collines.

« Ils portaient, répondit-il d'une voix basse, des gourdins hérissés de piquants accrochés à leur poignet et des cimeterres passés à la ceinture, mais ils ne s'en sont pas servi.

— Depuis combien de temps sont-ils partis ?

— Pas plus d'une heure; ils ont rassemblé les femmes en troupe, jeunes et vieilles. Sauf les enfants. Ceux-ci, ils les ont jeté dans les cuves de la tannerie. Maintenant, il ne nous reste plus rien. »

Etzwane ne put se contenir plus longtemps.

« De quel côté sont-ils partis ? »

Geacles examina Etzwane, puis se détourna pour murmurer à l'oreille d'Osso, qui s'avança de trois pas rapides.

Ifness, avec une froide politesse, répéta la question : « De quel côté sont-ils partis ?

– En remontant la vallée de la Fimée, par où ils étaient venus », répondit Geacles.

Osso pointa l'index vers Etzwane. « Tu étais le Pur Enfant Faman Bougozonie, qui a commis des actes immondes et a fui.

– Je m'appelle Gastel Etzwane. Je suis le fils du druithine Dystar. Ma mère est la Dame Eathre. »

Osso prit un ton menaçant : « Pourquoi reviens-tu ici ?

– Je suis venu dans le but de mettre fin à l'indenture de ma mère. »

Osso sourit. « Nous ne nous livrons pas à ces trafics vulgaires.

– Je suis porteur d'une ordonnance de l'Homme Sans Visage. »

Osso grogna. Geacles dit en souplesse : « Pourquoi pas ? Verse-nous l'argent; la femme te sera remise. »

Etzwane ne répondit pas. Il se tourna vers la vallée de la Fimée où il ne s'était jamais aventuré de peur des ahulphs. Les femmes ne devaient guère faire plus de quatre kilomètres à l'heure. Il y avait une heure que les Roguskhoïs étaient partis. Etzwane réfléchissait fébrilement. Il jeta un coup d'œil vers la tannerie : détruite, rasée par le feu. Les cabanes les plus éloignées, où étaient entreposés les produits chimiques et les teintures, avaient été épargnées. Il se tourna vers Ifness et lui parla à voix basse : « Voudriez-vous me prêter la charrette et les trotteurs. Si je les perds, je paierai; je suis porteur de mille six cents florins.

– Pourquoi en avez-vous besoin ?

– Pour sauver ma mère.

– Comment cela ?

– Cela dépend d'Osso.

– Je vous prête l'équipage. Qu'est-ce qu'une paire de trotteurs, après tout ? »

Etzwane s'adressa à Osso : « Les Roguskhoïs sont grands buveurs de vin. Donnez-m'en deux grands barils. Je les porterai dans la vallée et je les livrerai. »

Osso clignait les paupières, ahuri. « Tu as l'intention de faciliter leur bacchanale ?

— J'ai l'intention de les empoisonner.

— Quoi ? s'écria Geacles. Pour provoquer une nouvelle agression ? »

Etzwane regardait Osso. « Qu'en dites-vous ? »

Osso faisait des calculs. « Tu as conçu le projet de leur porter le vin dans cette voiture ?

— Oui.

— Et que paieras-tu pour le vin ? C'est notre breuvage de cérémonie; nous n'en avons pas d'autre. »

Etzwane hésita. Le temps était trop précieux pour le perdre en marchandages. Pourtant, s'il faisait une offre généreuse, Osso exigerait encore davantage. « Je ne peux vous donner que trente florins par baril. »

Osso lança à Etzwane un regard froid. Ifness, appuyé à la charrette, paraissait indifférent. Osso dit : « Ce n'est pas assez. »

Ifness intervint : « C'est amplement suffisant. Apportez le vin. »

Osso examina Ifness : « Qui êtes-vous ? »

Ifness contempla la vallée sans sourire. Au bout d'un instant, il répondit : « En temps opportun, l'Homme Sans Visage fera mouvement contre les Roguskhoïs. Je l'informerai de votre refus de coopérer.

— Je n'ai rien refusé, dit Osso d'une voix rogue. Donne-moi tes soixante florins et va à la porte du magasin. »

Etzwane lui versa les pièces de monnaie. Deux barils de vin furent roulés jusqu'à la voiture et hissés à l'arrière. Etzwane courut aux cabanes des produits chimiques de la tannerie et inspecta les jarres et les sachets. Qu'est-ce qui ferait le mieux son affaire ? Il l'ignorait.

Ifness pénétra dans la cabane. Il examina les étagères et choisit une boîte de métal. « Ceci conviendra parfaitement. Ça n'a pas de goût particulier et c'est extrêmement toxique.

— Très bien. » Ils revinrent à la charrette.

« Je resterai absent au moins six heures, déclara Etzwane. Si possible, je ramènerai l'équipage, mais...

— J'ai versé un dépôt important pour l'usage de cette voiture, dit Ifness. C'est du matériel de grande valeur. »

Les lèvres serrées, Etzwane prit son sac. « Est-ce que deux cents florins suffiront ? Ou n'importe quel prix jusqu'à seize cents florins. »

Ifness s'installa sur le siège. « Rangez vos florins. Je vais avec vous pour défendre mes intérêts. »

Etzwane monta à son tour; la voiture s'engagea dans la vallée de la Fimée. Les Chilites les suivirent des yeux, du haut des terrasses du temple, jusqu'à ce que le véhicule eût disparu.

La route n'était guère que deux ornières longeant la rivière. Les berges étaient couvertes de beaux bandocks verts; de chaque plante jaillissait un seul pistil bleu pâle qui vibrait au passage des insectes. Des saules, des aunes et des bouquets d'arsors-à-mitre bleu-noir poussaient au bord de l'eau. On voyait partout des traces du passage des Roguskhoïs : des vêtements féminins, trois cadavres de vieilles femmes, l'air épuisées au-delà de toute expression, et, réunis en un petit tas lugubre, six cadavres de bébés qu'on avait fracassés sur le sol après les avoir arrachés aux bras de leur mère.

Ifness menait l'attelage à la meilleure allure que permettait le terrain : la charrette sautait, cahotait, virait d'un bord à l'autre de la route, mais elle allait quand même trois fois plus vite que le pouvaient les Roguskhoïs encombrés de femmes.

Au bout de quelques minutes, Ifness s'enquit : « Où mène cette route ?

— A la prairie de Gargamet. C'est ainsi que l'appellent les Chilites. C'est là qu'ils ont leur plantation de galga.

— Et à quelle distance, la prairie ?

— Huit à neuf kilomètres, je pense. Je suppose que les Roguskhoïs s'y arrêteront pour la nuit. »

Ifness tira sur les rênes. « Il ne faut pas que nous les rattrapions dans ce ravin. Avez-vous empoisonné le vin ?

— Je vais le faire maintenant. » Etzwane grimpa à l'arrière de la voiture et versa la moitié du contenu de la boîte en fer dans chacun des barils.

9

Les soleils passèrent derrière la pente occidentale; il se mit à faire sombre dans la vallée. Une impression de menace accablait Etzwane, les Roguskhoïs ne devaient plus être bien loin devant eux. Ifness conduisait avec prudence; se heurter à l'arrière-garde des sauvages ne serait pas très malin. Plus loin la piste passait sous une haie de hauts arbres-corail, plantés de part et d'autre. Ifness arrêta la voiture; Etzwane courut effectuer une reconnaissance. La piste, après les arbres, contournait une plantation de poiriers pourpres, puis traversait un espace plat. A gauche un bosquet de baies-à-sous et à droite la plantation de galga, soixante arpents de ceps soigneusement entretenus. Près d'un taillis épineux, une mare reflétait le ciel lavande; c'était là que les Roguskhoïs avaient rassemblé leurs captives. Elles venaient juste d'arriver; les femmes marchaient encore sous les ordres que hurlaient les Roguskhoïs en agitant leurs bras énormes.

Etzwane adressa un signal à Ifness qui conduisit la charrette jusqu'au bouquet de poiriers pourpres. Les narines pincées, Ifness examina la plaine. « Il ne faut pas que nos plans soient trop transparents », dit-il à Etzwane. « Nous devons nous efforcer de nous comporter avec naturel. »

Etzwane commençait à avoir les nerfs à vif. Ce fut d'une voix aiguë et âpre à la fois qu'il lança : « Ils vont s'attaquer aux femmes d'un instant à l'autre ! Ils n'arrivent plus à se contenir. »

Et de fait, les Roguskhoïs entouraient à présent les femmes, en manifestant une excitation intense; ils avançaient vers leur groupe apeuré, puis se retiraient.

Ifness demanda : « Sauriez-vous monter un trotteur ?

— Je le crois, mais je n'ai jamais essayé.

— Nous allons traverser furtivement dans la prairie, comme si nous espérions échapper à leur attention. Dès qu'ils nous auront vus... alors il faudra faire vite, vous comme moi. »

Etzwane, terrifié, mais avec le courage du désespoir, acquiesça d'un signe aux instructions d'Ifness. « Oui, oui, dépêchons-nous. »

— « La hâte amène le désastre », remontra Ifness. « Nous venons d'arriver; il nous faut tenir compte de toutes les circonstances. » Il évalua encore la position durant une dizaine de secondes, puis il avança jusqu'au bord de la prairie, et fit tourner l'attelage vers la plantation s'éloignant du bosquet de baies-à-sous. Ils se déplaçaient en pleine vue des Roguskhoïs, si par hasard l'un d'eux eût quitté des yeux les femmes au visage couleur de cendre.

Ils parcoururent une centaine de mètres sans

éveiller l'attention; Ifness hocha la tête, l'air satisfait. « Nous donnons bien à présent l'impression de vouloir passer inaperçus.

– Et s'ils ne nous voient pas ? » demanda Etzwane, d'une voix ténue qu'il eut peine à reconnaître comme la sienne.

Ifness ne répondit pas. Ils roulèrent encore cinquante mètres. Les Roguskhoïs lancèrent un hurlement rauque et farouche sur un timbre dément qui fit hérisser les cheveux sur la nuque d'Etzwane.

« Ils nous ont vus », dit Ifness d'une voix atone. « Maintenant, soyez prompt. » Il sauta de la charrette sans trop de hâte et déboucla les traits d'une des bêtes; Etzwane fit de même pour l'autre, les doigts gourds. « Tenez, prenez celui-ci, dit Ifness. Montez-lui sur le dos et tenez les rênes. »

Le trotteur s'ébroua sous ce poids inaccoutumé.

« Allez vers la route. Pas trop vite », dit Ifness.

Une vingtaine de Roguskhoïs fonçaient lourdement à travers la prairie, les yeux dilatés, les bras battants, terribles à voir. Ifness n'y prêta pas attention. Il défit les traits du second trotteur, les coupa, les rattacha tranquillement, puis sauta sur le dos de l'animal. Il lui donna des talons dans les flancs et partit au trot à la suite d'Etzwane.

Les Roguskhoïs, à la vue des barils, oublièrent les fugitifs; sans même faire halte, ils saisirent le timon du véhicule; tout en dansant de façon grotesque, ils le traînèrent à travers la prairie.

Dans l'ombre des poiriers pourpres, Ifness et Etzwane arrêtèrent leurs montures. « Maintenant, dit Ifness, il n'y a plus qu'à attendre. »

Etzwane ne répondit pas. Les Roguskhoïs avaient abandonné les femmes pour se rassembler autour de la charrette. Ils ouvrirent les barils et tous se mirent à boire en poussant des beuglements rauques d'appréciation.

Etzwane demanda d'une voix blanche : « Combien de temps avant que le poison agisse?

– Un tel dosage tuerait un homme en quelques minutes. J'espère seulement que le métabolisme des Roguskhoïs n'est pas plus coriace. »

Ils observaient tous les deux le campement. Le vin était maintenant entièrement consommé. Sans manifester le moindre signe de malaise ou d'intoxication, les Roguskhoïs se précipitèrent vers les femmes. Chacun d'eux fonça dans le troupeau et, sans s'occuper de l'âge ni de l'état de la proie, s'empara d'une femme et entreprit de lui arracher ses vêtements.

Ifness dit : « Le moment est venu. »

Plusieurs des Roguskhoïs s'étaient interrompus brusquement et contemplaient le sol, l'air ahuri. Lentement ils portaient la main à leur ventre, à leur gorge, ils passaient les doigts sur leurs crânes dénudés et rouges. D'autres se mirent à manifester les mêmes symptômes. Les femmes, hors d'haleine, en sanglots, s'égaillèrent en rampant dans toutes les directions, comme des insectes échappés d'un flacon. Les Roguskhoïs se mirent à se tortiller, à danser un étrange ballet au ralenti; ils levaient la jambe, le genou pressé contre le ventre, sautillaient, puis répétaient le même geste de l'autre jambe. Ils avaient les joues pendantes, la bouche ouverte.

Soudain pris d'une fureur épouvantable, l'un d'eux cria un mot que ne put comprendre Etzwane. Les autres hurlèrent le même mot, dans leur grotesque désespoir. L'un d'eux tomba à genoux, puis s'écroula lentement au sol. Il se mit à battre des bras et des jambes comme un coléoptère retourné sur le dos. Certaines des femmes, qui avaient atteint le bosquet de baies-à-sous, prirent le pas de course. Ce mouvement excita les guerriers jusqu'à la frénésie. Titubant et chancelant, ils s'élancèrent à leur poursuite en faisant tournoyer leurs massues. Les femmes, criant et sanglotant, couraient dans tous les sens; les Roguskhoïs bondirent parmi elles, les attrapèrent et les assommèrent.

Puis les Roguskhoïs commencèrent à tomber les uns après les autres. Ifness et Etzwane s'engagèrent alors dans la prairie; le dernier Roguskhoïs encore debout remarqua leur présence. Il arracha son cimeterre de sa ceinture et le lança. « Attention ! » s'écria Ifness en faisant un bond en arrière. Le cimeterre siffla méchamment dans l'air, puis tomba de côté pour s'enfoncer en terre. Ayant retrouvé toute sa dignité, Ifness avança de nouveau tandis que le Roguskhoï mordait la poussière.

Ifness dit : « La charrette paraît intacte. Reprenons-la. »

Etzwane le regarda, le visage livide d'horreur. Il émit un bruit de gorge, fit un pas en avant, puis s'immobilisa. Les traits des femmes avaient été brouillés, par le mouvement, par la distance. Il les avait presque toutes connues. Certaines avaient été bonnes, d'autres avaient été belles, d'aucunes avaient été rieuses, quelques-unes avaient été tristes. Avec le poison, il avait une part de responsabilité dans le massacre... et pourtant, que faire d'autre, que faire ?

« Venez », lui dit Ifness, le ton brusque. « Emmenez votre trotteur. » Il avançait dans la prairie, sans un regard en arrière.

Etzwane le suivait mollement, forçant ses pieds à se mouvoir.

Arrivé au campement des Roguskhoïs, Ifness examina les cadavres avec un intérêt minutieux. Les Roguskhoïs esquissaient encore de petits mouvements : des frissons, des secousses, creusant la terre de leurs doigts crispés. Etzwane fit effort pour jeter les yeux de tous côtés. Il remarqua le cadavre de sa sœur Delamber. Elle avait le visage écrasé au point d'être presque méconnaissable. Ce fut d'abord aux reflets d'or rouge de ses cheveux qu'Etzwane la reconnut.

Il erra dans le champ. Il trouva Eathre. Il s'agenouilla près d'elle et lui prit les mains. Il pensait qu'elle vivait encore, bien que le sang lui coulât des deux oreilles. Il lui dit : « C'est Etzwane, ton fils Mur. Je suis ici. Je voulais te sauver, mais je n'y ai pas réussi. »

Les lèvres d'Eathre remuèrent. « Si », crut-il l'entendre dire, « tu as réussi. Tu m'as sauvée... Merci, Mur... »

⁂

Etzwane amassa des branches et des brindilles arrachées au bois de baies-à-sous et les empila très haut; il n'avait pas de pelle pour creuser une tombe. Il posa les cadavres d'Eathre et de Delamber sur le bûcher, puis les recouvrit encore de branches. Il lui fallait beaucoup de bois; il dut faire de nombreux voyages.

Ifness s'occupait à autre chose. Il avait attelé les trotteurs à la charrette et réparé les rênes. Il reporta ensuite son attention sur les Roguskhoïs. Il les examina de près, les sourcils froncés d'attention. Pour Etzwane, perdu dans ses préoccupations, ils paraissaient tous se ressembler : musclés, massifs, la peau dure et lisse comme du cuivre. Leurs traits, qu'on aurait pu croire taillés à coups de hache, étaient contractés et tordus, comme des masques démoniaques, mais c'était probablement l'effet du poison. Ils n'avaient pas de cheveux sur la tête, pas de poils sur le corps; leurs vêtements étaient réduits à l'indispensable minimum : des pagnes de cuir, une ceinture à laquelle accrocher massues et cimeterres. Ifness prit un des cimeterres pour en étudier le métal étincelant. « Ceci n'est pas un produit du Shant, fit-il, songeur. Qui a bien pu forger ce métal ? »

Etzwane ne connaissait pas la réponse. Ifness déposa l'arme à l'arrière de la voiture. Les massues ne l'intéressaient pas moins. Les manches étaient faits d'un bois dur vieilli, de quarante-cinq centimètres de long, et la tête en était une boule de fer avec des pointes de cinq centimètres : des armes terribles.

Etzwane finit par juger son bûcher suffisant. Il y mit le feu des quatre côtés. Les flammes montèrent en l'air.

Ifness avait entrepris un examen plutôt sinistre. Il avait ouvert avec son couteau l'abdomen d'un des Roguskhoïs. Les intestins d'un rouge sombre se répandirent et Ifness les poussa de côté avec un bâton. Les narines pincées de dégoût, il poursuivit son inspection des organes de la créature.

Il faisait presque nuit sur la prairie. Le bûcher brûlait avec des flammes hautes. Etzwane ne tenait guère à s'attarder plus longtemps. Il appela Ifness : « Êtes-vous prêt à partir ?

— Presque. J'ai encore un tout petit travail. »

Pendant qu'Etzwane le regardait ébahi, Ifness choisit six cadavres de femmes; après leur avoir adroitement tranché le cou, il leur ôta leur torque. Il se rendit au bord d'une mare dans laquelle il lava les torques, le couteau et ses mains, puis il revint près d'Etzwane, qui appuyé à la charrette se demandait si lui et Ifness n'étaient pas devenus fous.

Ifness paraissait plein de vivacité et d'entrain. Il recula pour regarder monter dans l'air assombri les flammes du bûcher. « Il est temps de nous en aller », dit-il.

Etzwane se hissa sur le siège du véhicule. Ifness fit tourner l'attelage à travers la prairie. Etzwane lui demanda soudain d'un geste de stopper. Ifness tira les rênes; le jeune homme sauta à terre. Il repartit en courant jusqu'au bûcher et y prit un brandon enflammé. Il le porta jusqu'à la plantation de galga et enflamma le feuillage dense, sec, chargé de résine. Les flammes s'élevèrent parmi des volutes d'épaisse fumée. Saisi d'une sombre joie, Etzwane recula pour jouir du spectacle, puis il regagna la charrette en courant.

Ifness s'abstint de tout commentaire; Etzwane eût été incapable de dire s'il l'approuvait ou non, mais cela lui était égal.

Après être sortis de la prairie, ils s'arrêtèrent de nouveau pour contempler les deux foyers d'incendie. Le champ de galga illuminait le ciel; le bûcher brillait, rouge rubis. Les feux, c'était le passé; quand ils ne seraient plus que cendres, le passé serait aboli.

La voiture descendait la vallée sombre, à la clarté de cet étincelant amas d'étoiles appelé la Schiafarilla. Le frottement des sabots, le craquement des harnais, le sourd écrasement des roues étaient les seuls bruits de la nuit; ils soulignaient encore le profond silence. Etzwane se retourna une ou deux fois pour observer le rougeoiement qui commençait à s'éteindre. Puis il ne vit plus rien; le ciel était sombre. Il se retourna sur son siège et garda les yeux fixés devant lui, l'air sombre.

La voix calme et polie d'Ifness questionna : « Maintenant que vous avez vu les Roguskhoïs, quelle est votre opinion ? »

Etzwane répondit : « Ils doivent être déments ou possédés du démon. En un certain sens, ils sont pitoyables. Mais il faut les détruire.

— Je suis d'accord avec vous, dit Ifness pensivement. Les cantons de Shant sont vulnérables. Les Chilites doivent se transformer du tout au tout ou disparaître. »

A la lumière des étoiles, Etzwane tenta de surprendre une expression sur le visage de son interlocuteur.

« Vous ne considérez pas tout de même cela comme une catastrophe ?

— Je regretterai la disparition d'un organisme unique. La race humaine n'avait jamais connu une telle adaptation et elle ne la connaîtra plus jamais sans doute.

— Et les Roguskhoïs ? Vous les regretterez aussi ?

Ifness eut un petit rire calme.

— Plus que les Roguskhoïs mêmes, je crains ce qu'ils représentent. A tel point que j'ai été contraint de faillir à mes principes.

— Je ne comprends pas », dit Etzwane rapidement.

Ifness lui répondit d'une voix grave :

« Comme vous le savez, ma profession m'oblige à parcourir le Shant. Au cours de mes voyages, je vois bien des choses, les unes agréables, d'autres pénibles, mais ma profession même m'interdit de m'en mêler. »

Le souvenir de leur première rencontre revint à l'esprit d'Etzwane.

« Même pour aider un petit garçon à échapper aux ahulphs cannibales ?

Ifness se retourna pour le dévisager dans l'obscurité.

« C'était vous ?

— Oui. »

Ifness garda le silence pendant plusieurs minutes avant de dire :

« Votre caractère sombre et ombrageux vous pousse à agir contre votre intérêt. En rappelant cet épisode vieux de dix ans, vous courez le risque de m'offenser. Quel profit en escomptez-vous ? »

Etzwane répondit sur un ton détaché.

« J'ai longtemps haï cet homme placide qui m'aurait laissé mourir. En rappelant ce souvenir, j'éprouve à la fois un soulagement et un plaisir.

Voilà pour le profit dont vous parliez. Je me moque comme d'une guigne de savoir si vous êtes blessé. »

A présent qu'il avait commencé à parler, il s'apercevait qu'il ne pouvait plus s'arrêter. « Tout ce qui faisait mon espoir, tout ce pourquoi je travaillais est anéanti. A qui le reprocher? Aux Roguskhoïs. A moi-même. A l'Homme Sans Visage. Aux Chilites. Nous sommes tous responsables. J'aurais dû venir plus tôt. Je me cherche naturellement des excuses : je n'avais pas assez d'argent, je ne pouvais pas prévoir l'attaque des Roguskhoïs. Néanmoins, j'aurais dû venir plus tôt. Les Roguskhoïs sont des êtres insensés; je suis heureux de les avoir empoisonnés; j'empoisonnerais volontiers toute la race. Les Chilites? Leur sort m'est totalement indifférent. L'Homme Sans Visage? C'est une autre affaire : nous lui faisions confiance pour notre protection; nous lui payons des impôts; nous portons son torque; nous observons comme nous le devons ses édits. A quoi bon? Pourquoi n'a-t-il pas agi contre les Roguskhoïs? C'est décourageant, c'est le moins qu'on puisse dire! »

— Et quoi d'autre? »

Etzwane se contenta de secouer la tête. Pourquoi avez-vous ouvert le corps de ce Roguskhoïs? »

— J'étais curieux de connaître leur physiologie. »

Etzwane laissa échapper un éclat de rire où perçait une note d'égarement. Il s'interrompit net. Pendant un temps le silence s'établit. La voiture avançait dans la vallée sous la clarté des étoiles. Le jeune homme n'avait aucune idée du chemin parcouru, de celui qui restait à couvrir. Il posa encore une question : « Pourquoi avez-vous pris ces torques? »

Ifness poussa un soupir. « J'espérais que vous

ne me le demanderiez pas. Je suis incapable de vous fournir une réponse satisfaisante.

– Vous avez beaucoup de secrets, observa Etzwane.

– Nous dissimulons tous certains aspects de notre être, dit Ifness. Vous-même, par exemple : vous avez manifesté votre mécontentement envers l'Homme Sans Visage, mais vous ne révélez pas vos projets.

– Ils n'ont rien de secret, dit Etzwane. Je vais me rendre à Garwiy; j'achèterai une formule de pétition pourpre; j'exposerai mon point de vue le plus clairement possible. Étant donné les circonstances, l'Homme Sans Visage sera bien obligé d'en tenir compte.

– On pourrait le croire, admit Ifness. Mais supposons le contraire. Alors ? »

Etzwane regarda du coin de l'œil la silhouette très droite et cependant à son aise qui se découpait sur la clarté de la Schiafarilla. « Pourquoi me préoccuperais-je de lointaines possibilités ?

– Je conviens que trop prévoir nuit parfois à la spontanéité, dit Ifness. Pourtant, quand il n'y a que deux probabilités égales, il est sage d'en étudier les incidences dans l'un et l'autre sens.

– J'ai amplement le temps de dresser mes plans », fit sèchement Etzwane.

Ils sortirent de la vallée de la Fimée au beau milieu de la nuit. Quelques faibles lueurs scintillaient sur les terrasses du temple; la brise charriait la senteur aigre-douce du galga à laquelle se mêlaient des odeurs écœurantes de bois et de peaux de bêtes carbonisés.

– Les Chilites cesseront d'adorer Galexis le jour où ils manqueront de drogue, fit remarquer Ifness. Et ils se mettront en quête d'une nouvelle divinité.

Ils enfilèrent la Route des Rhododendrons; l'avenue sombre et silencieuse était hantée par le souvenir des bruits familiers. Le feuillage était noir au-dessus de leurs têtes, la route un reflet blanc au-dessous d'eux. Toutes portes ouvertes, les cottages offraient un abri et le repos. Aucun des deux ne proposa de s'arrêter; ils continuèrent leur route dans la nuit.

Les oranges et les rouges cascadèrent à l'orient avec l'aube; la charrette pénétra dans Carbade au moment où Sasseta venait gambader dans les cieux. Les trotteurs, bien plus fatigués que les hommes, avançaient, tête basse, à pas lents.

Ifness se rendit directement à l'écurie de louage et rendit la charrette, les torques et les armes; il les enveloppa et les mit sous sa veste.

Etzwane devait revenir vers l'ouest; Ifness, au contraire, se dirigeait vers l'est, comme il l'avait déclaré à Brassei.

« C'est ici que nos chemins se séparent, dit Etzwane avec quelque emphase. Je ne saurais oublier votre aide. Je vous en remercie. Je dois ajouter que je vous quitte avec plus de sympathie que lors de notre précédente séparation. Adieu donc, Ifness. »

Ce dernier s'inclina courtoisement.

« Adieu. »

Etzwane fit demi-tour et traversa à grands pas la place en direction de la gare ballonnière. Ifness le suivit avec plus de lenteur.

A la caisse, Etzwane demanda d'une voix sèche :

« Une place dans le prochain ballon pour Garwiy. »

Pendant qu'il payait, il s'aperçut qu'Ifness se tenait derrière lui; il lui adressa un bref signe de tête, que l'autre lui rendit. Arrivé devant la caisse, Ifness régla le prix du voyage dans le même ballon.

Le ballon venant du sud n'était pas attendu à Carbade avant une heure. Après avoir fait les cent pas, Etzwane traversa la place pour aller acheter de quoi manger dans une échoppe. Il y retrouva Ifness. Il porta son repas à une table proche, imité par Ifness qui murmura une vague formule de politesse à son endroit.

Les deux hommes mangèrent en silence. Le repas terminé, Etzwane revint à la gare où Ifness le rejoignit un peu plus tard.

La glissière commença à chantonner : un léger bourdonnement aigu qui annonçait l'arrivée du trolley. Cinq minutes après, le ballon descendit en frémissant et oscillant le long de la plate-forme d'embarquement. Etzwane se leva, laissant Ifness regarder pensivement par la fenêtre de la gare; il pénétra dans la nacelle et s'installa sur le banc. Ifness entra derrière lui et prit place juste en face. Etzwane ne pouvait plus feindre de l'ignorer.

« Je croyais que vous alliez dans l'Est, s'étonna Etzwane.

– Une affaire urgente m'appelle ailleurs, dit Ifness.

– A Garwiy ?

– A Garwiy. »

Le ballon s'éleva dans les airs; ayant attrapé la fraîche brise du matin, il remonta la glissière en direction de la Bifurcation.

⁂

Du temps où Etzwane en faisait partie, Frolitz n'avait que rarement mené sa troupe à Garwiy et seulement pour de courts séjours; les gens de Garwiy préféraient des distractions plus spectaculaires, ou frivoles, ou raffinées. Etzwane trouvait cependant la ville fascinante, ne fût-ce que pour les merveilles de ses panoramas.

Il n'y avait pas dans tout l'univers humain une cité qui pût se comparer à Garwiy, qui était entièrement construite en verre : des blocs, des dalles, des prismes et des cylindres de verre, violet, vert, lavande, bleu, rose, écarlate foncé.

Parmi les premières personnes bannies de la terre, on comptait vingt mille Chama Reyas, zélateurs de l'Esthétique. Arrivés sur Durdane, ils jurèrent d'édifier la plus belle cité que les hommes aient connue et ils se vouèrent sans relâche à cette tâche. La première Garwiy dura sept mille ans; à la tête de cette cité se succédèrent par ordre les Chama Reyas, la Corporation des Architectes, les Dynasties Directoriales et enfin, après une période de transition assurée par les Superdirecteurs, les Rois Pourpres. Chaque siècle vit naître de nouveaux prodiges car chaque Roi Pourpre eut pour but, semble-t-il, de surclasser le passé et d'éblouir l'avenir. Ainsi le roi Cluay Pandamon érigea une arcade de neuf cents colonnes de cristal, hautes de dix-huit mètres, qui supportait un toit de verre prismatique. Le roi Pharay Pandamon fit bâtir un marché selon un plan d'une ingéniosité surprenante : des coques de verre furent disposées sur un lac circulaire afin de former douze cercles concentriques; large de six mètres, chaque coque était séparée de ses voisines par des pivots qui leur laissaient une entière autonomie. Marchands et artisans établirent un bazar sur ces boutiques flottantes; des panneaux de verre teinté séparaient une échoppe de l'autre : une centaine de jeunes bœufs disposés dans un souterrain qui longeait le pourtour du lac entraînaient le cercle extérieur en un mouvement de rotation lente; par suite de la disposition des coques, les autres cercles se mettaient à leur tour à tourner. Toutes les six heures, les animaux inversaient le sens de leur rotation; les divers cercles tournaient alors à des vitesses différentes dans des directions différentes et offraient au regard un kaléidoscope d'ombres et de couleurs. Tel était le bazar édifié par le roi Pharay Pandamon.

C'était sous le règne du Roi Jorje Shkurkane que Garwiy avait atteint toute sa gloire. Les pentes de l'Ushkadel scintillaient de palais; sur les quais de la Jardine des navires de verre apportaient les marchandises du monde entier : des fibres, des soies et des membranes du nord du Shant, les viandes du Palasedra, des sels et des oxydes des mines du Caraz pour la production du verre. Et les soixante-deux cantons y avaient contribué. On voyait souvent le Bailli Pendamon dans les coins reculés du Shant. Puis, durant le règne malheureux du Roi Kharene, le Sud s'était révolté; les Aigles-Ducs du Palasedra avaient franchi le Grand Marécage Salé pour allumer la Quatrième Guerre Palasedrane, qui avait mis fin à la dynastie des Pandamon.

Pendant la Sixième Guerre Palasedrane, les groupes de bombardes du Palasedra s'étaient établis sur les crêtes de l'Ushkadel d'où ils avaient lancé leurs mines aériennes sur la vieille ville. Des jets incessants de verre antique avaient monté haut sous le soleil. Pour finir, le Seigneur de Guerre Viana Paizafiume avait déclenché un furieux assaut contre les pentes, qui devait par la suite donner naissance à une légende. Une fois ses Cataphractes détruits, ses Piquiers d'élite ahuris et privés de leur chef, ses Archers aux Traits de Verre immobilisés au bas de la falaise, Paizafiume avait anéanti l'armée Palasedrane en lançant contre elle une horde d'ahulphs affolés, enduits de goudron auquel on avait mis le feu, et dirigés vers l'Ushkadel. La victoire n'était qu'une piètre compensation pour la destruction totale de Garwiy. Cette ruine avait donné naissance à un sentiment permanent de ressentiment et de méfiance envers les Palasedrans.

Viana Paizafiume, du Canton de Clirris, sur la côte est, avait refusé de permettre à un autre Pandamon de monter sur le trône et avait convoqué des cantons pour constituer un nouveau gouvernement. Au bout de trois semaines de querelles stupides, la patience de Paizafiume était à bout. Monté sur l'estrade, il avait désigné une plate-forme sur laquelle on avait dressé un écran.

– « Derrière cet écran », avait-il déclaré, « siège votre nouveau chef. Je ne vous dirai pas son nom; vous ne le connaîtrez que par ses édits, que je ferai appliquer. Comprenez-vous les avantages de ce dispositif ? Tant que vous ne connaissez pas celui qui vous gouverne, vous êtes dans l'incapacité de comploter, de corrompre, de suborner. La justice devient enfin possible. »

Le premier Homme Sans Visage était-il réellement derrière cet écran ? Ou bien Viana Paizafiume s'était-il inventé un *alter ego* invisible ? Personne ne l'avait su, ni alors ni jamais. Cependant, quand Paizafiume avait finalement été assassiné, les conspirateurs avaient été immédiatement arrêtés, enfermés dans des boules de verre suspendus à un câble accroché entre deux clochers. Durant un millier d'années, les boules étaient restées accrochées comme des perles jusqu'à ce que, la foudre les frappant tour à tour, elles fussent toutes détruites.

Pendant un temps, l'Homme Sans Visage fit exécuter ses ordres par un Corps de Coercition, qui peu à peu s'arrogea des prérogatives excessives et fomenta une révolte. Le Conseil Traditionnel avait réprimé la révolte, déclaré dissous le Corps de Coercition et rétabli l'ordre. L'Homme Sans Visage s'était présenté devant le Conseil en armure de verre noir, avec un casque, de verre noir également, qui cachait son identité. Il avait exigé des pouvoirs accrus et une responsabilité plus étendue, qu'on lui accorda. Pendant vingt ans la totalité de l'énergie du Shant avait été consacrée au perfectionnement du système des torques. L'Édit Magenta avait décrété que tout le monde porterait le torque, ce qui avait amené de nouvelles luttes : la Guerre de Cent Ans, qui ne s'était terminée que lorsque tout citoyen avait eu le cou enfermé dans son torque.

Garwiy n'avait jamais retrouvé sa splendeur du temps des Pandamon, mais on la considérait néanmoins comme la première merveille de Durdane. Elle avait des tours de verre bleu, des clochers de verre pourpre, des dômes de verre vert, des prismes et des colonnes, des murs de verre transparent qui scintillaient à la lumière solaire. La nuit, la ville était éclairée par des lampadaires de couleur : des ampoules vertes derrière des verres bleus et violets, des ampoules roses derrière du verre bleu.

Les patriciens de Garwiy logeaient encore dans les palais des pentes de l'Ushkadel, mais ils étaient bien différents des magnifiques seigneurs de l'Ere des pandamon. Ils tiraient leurs revenus de leurs propriétés de campagne, du commerce maritime, des laboratoires et ateliers où l'on fabriquait et assemblait les torques, les radios, les ampoules éclairantes et quelques autres instruments électroniques. On se servait d'éléments fabriqués en d'autres parties du Shant : des fils conducteurs monomoléculaires, des appareils de contrôle électronique semi-organique, des noyaux magnétiques de fer maillé et soudé, quelques babioles de cuivre, d'or, d'argent, de plomb, pour les connexions et les commutateurs. Pas un seul technicien ne comprenait les circuits qu'il utilisait; quel qu'eût été à l'origine le niveau des connaissances théoriques, elles étaient devenues tradition verbale, maîtrise des méthodes plutôt que de principes.

Les ateliers et les usines se trouvaient dans le faubourg industriel de Shranke, sur la Jardine; les travailleurs habitaient à côté, dans de plaisantes maisonnettes, au milieu de jardins et de vergers.

La société d'Esthétique, dont les membres étaient des patriciens de l'Ushkadel, assurait l'administration avec l'approbation des simples citoyens; il leur paraissait normal que les patriciens, compte tenu de leur fortune, soient responsables des leviers de pouvoir. Comme ils étaient égaux devant la loi, le citoyen ordinaire n'éprouvait aucune jalousie envers le patricien. S'il faisait fortune grâce à son habileté ou à son activité, et s'il s'offrait un palais, il devenait automatiquement membre de la Société Esthétique. A la deuxième ou à la troisième génération, les descendants de l'ancien parvenu pouvaient se considérer de bon droit comme de véritables Esthètes. Ce citoyen possédait un caractère des plus complexes : doux et serviable, capricieux et emporté, frivole et plutôt cassant; voluptueux mais porté à l'esprit critique; complaisant mais exigeant; grégaire mais introverti; très attentif à la mode mais aimant les excentricités. Il connaissait toutes les facettes vertes, tous les éclats pourpres de la merveilleuse cité, n'ignorait rien des tout derniers plaisirs et se désintéressait du reste du Shant. La musique ne le touchait pas profondément et il ne tolérait qu'à peine les traditions des druithines et des troupes de musiciens; il préférait les ballades facétieuses, les chansons à thème, les saltimbanques fantaisistes; bref, tout ce que détestaient les musiciens.

Il considérait le torque comme un mal nécessaire et se permettait parfois une remarque ironique sur l'Homme Sans Visage envers qui il éprouvait une crainte révérentielle teintée d'un certain mépris. L'Homme sans Visage habitait, disait-on, un palais quelque part dans Ushkadel; son identité ne cessait d'intriguer l'habitant de Garwiy. Il n'exerçait pour ainsi dire jamais son droit de pétition : cette possibilité était réservée aux étrangers que les gens de Garwiy se plaisaient à considérer comme des rustres. Il avait entendu parler des Roguskhoïs et s'était peut-être étonné de leurs mœurs bizarres, mais son intérêt ne l'avait guère entraîné plus loin. Pour le citoyen de Garwiy, les Terres Sauvages du Houan paraissaient presque aussi lointaines que le centre du Caraz.

⁂

Les soleils s'enfoncèrent au sud vers le solstice d'hiver. En même temps, Durdane entrait dans la zone de son orbite ou les soleils étaient cachés : une situation qui accentuait les contrastes entre les saisons. L'air froid de Nimmir amenait des vents d'automne vers le nord du Shant.

Le ballon *Shostrel,* après avoir quitté Angwiy, fila le long de la Grande Route Transversale à une vitesse peu commune, sortant des Terres Sauvages pour entrer dans l'Ombre, puis le Belpré et dépassant la Bifurcation de Brassei – où Etzwane jeta un regard inexpressif vers l'ouest, dans la direction où Frolitz devait attendre son arrivée – traversant les cantons de Conduce, de Maiy et d'Églantine, chacun jaloux de son caractère unique et entrant finalement dans le canton de Garwiy.

Ils filèrent vent arrière le long du Val du Silence à la vitesse de soixante-quinze kilomètres à l'heure, en longeant les tablettes de verre transparent qui contenaient chacune la statue monumentale d'un roi de la dynastie. Leur posture était identique; le pied droit légèrement en avant, l'index pointé vers le sol, les rois arboraient tous une expression grave, presque étonnée; leurs yeux grands ouverts semblaient contempler un avenir surprenant.

Le machiniste donna du mou à ses amarres; le *Shostrel* franchit la Trouée de la Jardine à vitesse réduite et arriva à la station de Garwiy. Les freins ralentirent le trolley mobile, un judas fut arrimé si adroitement aux cordages que le ballon alla toucher le sol d'un mouvement continu et régulier.

Etzwane débarqua, suivi d'Ifness. Après un signe de tête courtois, Ifness traversa la place de la Gare pour s'engager dans le passage Kavalesko, qui menait sous une tour de verre bleu foncé agrémentée de pilastres bleu d'eau, et aboutissait à l'Avenue Kavalesko[1]. Etzwane haussa les épaules et partit de son côté.

Frolitz avait coutume de séjourner à l'Auberge de Fontenay, au nord de la plaza, près de la Jardine, où la direction accordait le gîte et le couvert aux musiciens contre quelques soirées de concert. Etzwane se rendit donc à l'Auberge de Fontenay. Il demanda un porte-plume et du papier et se mit incontinent à rédiger la pétition qu'il comptait soumettre le lendemain.

Au bout de deux heures, il avait terminé le document. Il le relut une dernière fois et n'y trouva pas de défaut; cela paraissait clair, ferme, et cependant calmement raisonnable :

A l'attention de l'ANOME :

Au cours de mon récent voyage dans les Basses Terres du Houan, dans le canton de Bastern, j'ai pu observer les conséquences d'une attaque de Roguskhoïs contre la communauté chilite de Bashon. Les propriétés ont souffert des dommages considérables : une tannerie et divers bâtiments annexes ont été détruits. Un grand nombre de femmes ont été enlevées et ultérieurement massacrées dans des circonstances épouvantables.

Il est maintenant bien connu que les Terres Sauvages du Houan sont l'asile de ces nuisibles sauvages qui ont ainsi toute liberté de marauder

1. Les 12 avenues partant en étoile de la place de la Corporation avaient reçu les noms des descendants de Chama Reya.

et de piller à leur gré. Chaque année voit grandir leur nombre et leur audace. Mon opinion est que tous les Roguskhoïs résidant actuellement sur le territoire du Shant doivent être détruits par un effort ferme et constant. Je suggère donc de recruter, d'instruire et d'armer une milice suffisante. Il devrait être procédé concurremment à une étude des Roguskhoïs, de leurs habitudes et de leurs lieux préférés. Quand tout serait prêt, la milice, selon une tactique fondée sur la discipline, devrait pénétrer dans le massif du Houan pour attaquer et exterminer les Roguskhoïs.

Voilà dans les grandes lignes l'objet de ma pétition. Je me rends compte que je propose ainsi une vaste opération d'ordre gouvernemental, mais elle est à mon avis indispensable.

C'était la fin de l'après-midi, et il était par conséquent trop tard pour déposer la pétition. Etzwane traversa la Jardine et se promena dans le parc Pandamon où le vent du nord faisait tourbillonner les feuilles d'automne autour de ses pieds. Il se rendit vers le hall éolien, un instrument de musique en verre gris perle de cent mètres de long. Le vent, recueilli par des manches, était dirigé vers une chambre de compression. L'opérateur agissait sur des leviers et des claviers pour envoyer l'air comprimé sur un, deux, douze, parfois cent des dix mille carillons de verre. Quiconque se promenait dans le hall connaissait le son sous toutes ses dimensions, en provenance de toutes les directions; des accords tintants, des murmures de vague mélodie, de minces frissons de verre, les tons purs du cristal des gongs centraux. Des bouffées rapides passaient sous le plafond comme les ondes à la surface d'un étang. Des sonorités graves avaient la même tonalité pénétrante et mélancolique qu'une cloche de brume sur une bouée de pleine mer. De temps à autre, le plafond tout entier paraissait éclater de sons.

Comme le vent du nord avait atteint toute sa force, Etzwane entendit le hall dans les meilleures conditions. Au crépuscule, il traversa la rivière pour dîner dans l'un des magnifiques restaurants de Garwiy sous une centaine de lampes roses et lavande, une expérience qu'il s'était refusée jusqu'à ce jour. Dans quel but avait-il économisé durant toutes ces années? Que de souffrances inutiles! Autant dépenser son argent le plus vite possible, le dilapider en frivolités! La partie sérieuse de son moi s'interposa rapidement. Il n'était pas question de dépenser avec une telle légèreté l'argent péniblement accumulé. Mais, cette nuit du moins, il devait savourer son repos et il se força à le faire. La serveuse qui lui apporta les plats était charmante. Etzwane la considéra avec un grave intérêt; elle semblait aimable, avec une bouche toujours prête à sourire. Il mangea; la chair était aussi exquise que sa présentation. Le repas terminé, il eut envie de parler à la serveuse, mais sa timidité l'emporta; d'ailleurs elle était de Garwiy et lui n'était qu'un étranger; elle le trouverait bizarre. Il se demanda ce qu'était devenu Frolitz, et même le taciturne Ifness. Énervé, il retourna à l'auberge. Il jeta un coup d'œil dans la salle où le calme régnait; pas de musiciens en vue. Etzwane alla se coucher.

Le lendemain matin, il alla chez un tailleur qui lui procura des vêtements neufs : une tunique blanche avec un col haut et ample, un pantalon vert sombre serré à la cheville, des bottes en peau d'ahulph noire rehaussées de boucles de bois d'argent. Jamais il n'avait porté de vêtements aussi élégants. Il reconnut à peine l'étranger qui se reflétait dans le miroir de verre fumé. Un barbier lui coupa les cheveux et le rasa avec un rasoir de verre. Pris d'une impulsion subite, il acheta en plus une coquine petite casquette ornée d'un médaillon de verre coloré, comme en réponse aux sarcasmes que lui décochait sa conscience. L'image renvoyée par le miroir éveilla en lui des sentiments mêlés; émerveillé et écœuré en même temps par sa propre folie, il se sentit la proie d'une excitation curieuse, était-ce le tempérament bouillant, hérité de Dystar, qui se manifestait ainsi ? Il haussa les épaules en faisant une grimace : puisqu'il avait acheté la casquette, il devait la porter. Il sortit dans la lumière éblouissante de midi; les verres de Garwiy rayonnaient de mille feux sous l'éclairage lavande.

Il se rendit sans se presser sur la Plaza de la Corporation. S'offrir une pétition à cinq cents florins pour exprimer une opinion, voilà qui ne pouvait manquer d'attirer l'attention de l'Homme Sans Visage. Et ensuite? Ses inquiétudes étaient fondées, sa pétition légale; elle exprimait un souci parfaitement honnête. Par sa propre demande, il reconnaissait que l'Homme Sans Visage était au service du peuple de Shant.

Il traversa la Plaza et gagna la grande bâtisse trapue de verre magenta devant laquelle il s'était présenté une fois déjà. Il y avait sur le mur un panneau de satin pourpre foncé sur lequel étaient épinglées les pétitions et les réponses de l'Homme Sans Visage. Vingt ou trente personnes faisaient la queue au guichet à cinq florins. Ils venaient de tous les coins du Shant avec leurs griefs divers. L'air belliqueux, ils regardaient les passants. Non loin se dressaient des installations plus complètes pour ceux qui étaient assez convaincus pour s'offrir une pétition à cent florins. Au bout du bâtiment, une porte marquée d'une étoile violette donnait sur une chambre où les très riches ou les très véhéments achetaient des formules de pétition à cinq cents florins.

C'est cette dernière porte que franchit Etzwane, sans ralentir l'allure.

La pièce était vide. Il était le seul client. L'homme préposé au comptoir se leva d'un bond. « Vous désirez, monsieur ? »

Etzwane montra son argent. « Une pétition.

– Très bien, monsieur. Sans doute une affaire de haute importance ?

– C'est du moins mon opinion. »

L'employé lui remit un document de couleur magenta, une plume et un encrier. Pendant qu'Etzwane écrivait l'homme comptait l'argent et préparait le reçu.

Etzwane acheva de rédiger sa demande, plia le feuillet, le glissa dans l'enveloppe que lui remit l'employé; celui-ci, examinant le torque d'Etzwane, en nota les couleurs-code. « Votre nom, monsieur, s'il vous plaît ? s'enquit-il.

– Gastel Etzwane.

– Votre lieu de naissance ?

– Bastern.

– Très bien, monsieur. Cela nous suffit.

– Quand aurai-je une réponse ? »

L'employé ouvrit les mains. « Comment le saurais-je ? L'Anome va et vient; je ne suis pas mieux informé que vous de ses déplacements. Vous pouvez espérer trouver la réponse dans deux ou trois jours. Elle devra être affichée comme toutes les autres. Nul ne peut prétendre que l'Anome accorde des faveurs particulières. »

Etzwane repartit avec un peu moins d'enthousiasme qu'il n'était venu. Le sort en était jeté. Il avait fait tout ce qu'il pouvait; maintenant il devait attendre la décision de l'Homme Sans Visage... Il escalada une volée de degrés de verre de couleur verte pour accéder à un jardin de repos; les fleurs, les plantes, les frondaisons et les arbres étaient tous d'imitation, en verre bleu, vert, blanc et écarlate. Il s'assit à une table d'où il voyait la plaza et mangea du fromage dur et des fruits. Il commanda du vin qu'on lui servit

— c'était du Pelmonte pâle et rafraîchissant — dans un verre fuselé, assez haut pour atteindre ses lèvres... Il se sentait abattu, déprimé. Il se jugeait même un peu ridicule. Avait-il été trop emphatique ? Certainement l'Homme Sans Visage comprenait tous les aspects du problème; la pétition lui semblerait grossière et creuse... Etzwane buvait sombrement son vin. Cinq cents florins gaspillés. Pour quoi faire ? Pour expier une faute ? C'était donc cela ! Ce gaspillage de cinq cents florins pour une inutile pétition était sa façon de se châtier lui-même. Cinq cents florins qu'il avait eu tant de mal à gagner !

Etzwane pinça les lèvres et se frotta le front du bout des doigts. Ce qui était fait était fait. En tout cas, la réponse de l'Homme Sans Visage lui fournirait des renseignements sur les mesures actuelles de répression contre les Roguskhoïs.

Il vida son verre et regagna l'auberge de Fontenay. Le propriétaire était dans la salle de bar avec trois camarades. Il avait sacrifié à la dégustation de sa propre marchandise et était dans un état lourdement sarcastique.

Etzwane lui demanda poliment : « Qui joue de la musique ici le soir ? »

L'aubergiste tourna la tête pour examiner le jeune homme de la tête aux pieds. Etzwane regretta ses achats vestimentaires. Dans ses vieux vêtements il avait plus l'allure d'un musicien. L'aubergiste répondit d'un ton brusque : « Personne pour le moment. »

— Dans ce cas, je souhaiterais vous soumettre ma candidature.

— Ah... ah ! Avez-vous des capacités ?

— Je suis musicien. Je joue souvent du khitan.

— Un jeune druithine en herbe, dirait-on pas ?

— Ce n'est pas en ces termes que je me présente, répliqua Etzwane.

— Alors un chanteur avec trois accords et quelques chants en faux patois !

— Je suis musicien et non chanteur. »

Un des amis, voyant de quel côté le vent soufflait, souleva son verre et en contempla le contenu par transparence. « Le vin nouveau est vert, le vin vieux a du corps.

— Tout juste ce que je pense, opina le propriétaire. Un jeune musicien sait trop peu de choses, il n'a pas assez d'expérience; vous vous rappelez le grand Alazar Szantho ? Il était resté quatorze ans dans l'isolement. Voyons, sans vouloir sous-estimer vos aptitudes et vos possibilités, comment pourriez-vous bien intéresser un auditoire mûri et connaisseur ?

— Vous ne le saurez qu'après m'avoir écouté.

— Vous refusez de vous laisser intimider ? Très bien. Vous jouerez. Mais je ne vous paierai que si vous attirez la clientèle à ma taverne, ce dont je doute.

— Je ne demande d'autre salaire que le gîte et le couvert, répondit Etzwane.

— Je ne peux même pas accepter cette proposition tant que je ne vous ai pas entendu. Garwiy n'est pas une ville portée sur la musique étrangère. Si vous étiez capable d'hypnotiser des crapauds ou de réciter des vers érotiques ou de chanter des ballades sentimentales ou encore de rouler les yeux en sens inverse l'un de l'autre, ce serait une autre histoire.

— Je ne sais que jouer de la musique, dit le jeune homme. Mon salaire, s'il y a lieu, je le laisserai à votre générosité. Avez-vous un khitan dans la maison ?

— Vous en trouverez un ou deux dans le placard que voilà. »

*
**

Trois jours passèrent. Etzwane jouait dans la salle de bar, assez bien pour amuser la clientèle et satisfaire le propriétaire. Il ne cherchait pas les grands effets et n'usait de la plaque de frottement que d'un coude léger.

Le troisième soir, alors qu'il se faisait déjà tard, l'humeur le prit et il plaqua les accords du druithine qui commence à rêver. Il joua une mélodie réfléchie en égrenant des souvenirs... La musique est l'aboutissement de l'expérience, songeait-il; il avait assez d'expérience pour être musicien. Certes, parmi ses émotions il en était de brutales et quelques-uns de ses accords souffraient de ce que son genou frappât trop fort sur le levier de tonalité. Etzwane s'en aperçut; il passa, presque au milieu d'une phrase musicale, à une mélodie douce et calme... Il observa qu'il avait maintenant l'attention de l'auditoire; auparavant, il s'était absorbé dans son jeu; à présent il se sentait intimidé. Il acheva sur des accords modulés, classiques... Il n'osait pas relever les yeux pour regarder l'assistance. Avaient-ils sentis ce qu'il avait éprouvé? Ou souriaient-ils de ses audaces? Il reposa l'instrument et quitta sa chaise.

Pour se trouver devant Frolitz. Qui arborait un étrange demi-sourire. « Le sublime jeune druithine! Qui fait entendre ses fantastiques trouvailles chez Fontenay alors que son maître, le pauvre vieux radoteur de Frolitz, prie pour son retour à Brassei!

– Je peux tout vous expliquer, dit Etzwane.

– J'espère que votre mère va bien?

– Elle est morte.

– Morte? Quel triste mot », dit Frolitz. Il se gratta le nez, but une gorgée de sa chope et regarda par-dessus son épaule. « La troupe est ici. On fait de la musique? »

*
**

Le lendemain matin, Etzwane se rendit à la Plaza de la Corporation et la traversa pour gagner le Bureau des Pétitions. A gauche, des cartes grises apportaient la réponse aux demandes à cinq florins : règlement de petits différends, actions en dommages et intérêts, réclamations contre les interdictions locales. Au centre, des feuilles de parchemin vert pâle, épinglées au tableau par des cabochons vert émeraude, répondaient aux pétitions à cent florins. Tout à fait à droite, des documents sur vélin bordé de noir et de violet portaient les réponses aux pétitions à cinq cents florins. Il n'y en avait que trois.

Etzwane avait du mal à garder une allure digne en traversant la plaza; il courut presque pour finir.

Il examina les documents bordés de noir et de pourpre. Le premier disait :

Que Lord Fiatz Ergold, qui a réclamé l'intervention de l'ANOME à propos du jugement d'une sévérité inhabituelle prononcé contre son fils, l'honorable Arlet, dans le canton d'Amaze, écoute : l'ANOME a demandé communication des pièces du procès afin d'étudier lui-même l'affaire. La peine infligée semble disproportionnée par rapport au crime. Cependant, Lord Fiatz Ergold doit savoir qu'un acte qui est simplement tenu pour vulgaire ou déplacé dans un canton peut être considéré comme un crime dans un autre canton. En dépit de la sympathie qu'il éprouve pour Lord Fiatz Ergold, l'ANOME ne peut en toute justice enfreindre les lois locales. Si les circonstances l'y autorisent, il ne manquera pas de recommander la clémence.

Le deuxième disait :

La dame Casuelda Adrio est avertie que, nonobstant sa colère et son inquiétude, le châtiment qu'elle réclame pour Andrei Simic ne pourra pas rétablir la situation telle qu'elle était antérieurement.

Et le troisième disait :

A l'attention de M. Gastel Etzwane et des autres personnes de qualité qui expriment des inquiétudes au sujet des bandes de Roguskhoïs dans les Terres Sauvages du Houan l'ANOME recommande de garder le calme. Ces créatures répugnantes n'oseront jamais s'aventurer hors de leur région sauvage; leurs pillages ne devraient en rien nuire aux gens qui prennent soin de n'exposer ni leur personne ni leurs biens.

Etzwane se pencha en avant, n'en croyant pas ses yeux, bouche bée. Sa main se porta à son torque dans le geste inconscient des habitants du Shant quand ils se livraient à des réflexions sur le compte de l'Homme Sans Visage. Il lut de nouveau le document et n'y découvrit rien de plus que la première fois. Il tendit une main tremblante pour l'arracher du panneau. Il suspendit son geste. Que le document reste là. En fait...

Il tira un porte-plume de sa poche et écrivit sur le parchemin :

Les Roguskhoïs sont des bêtes meurtrières. L'Homme Sans Visage nous dit de ne pas faire attention à eux alors qu'ils pillent et tuent.

Les Roguskhoïs ravagent nos terres. L'Homme Sans Visage nous dit : Ne vous mettez pas sur leur chemin.

Viana Paizafiume aurait parlé d'une autre manière.

Etzwane s'interrompit et recula, soudain effaré. Ce qu'il faisait relevait de la sédition, chose que supportait mal l'Homme Sans Visage. Puis la colère l'envahit de nouveau. La sédition, l'énervement, l'insubordination : comment aurait-il pu en être autrement? Tout homme ne pouvait qu'être poussé à l'insulte par une politique si neutre et irresponsable! Il jeta un coup d'œil circulaire sur la plaza, tremblant de défi. Aucune des personnes voisines ne lui prêtait attention. Il remarqua un homme qui arrivait lentement sur la place, la tête penchée comme s'il méditait. C'était certainement Ifness. Il ne semblait pas avoir aperçu Etzwane, bien qu'il fût sans doute passé à une dizaine de mètres du tableau d'affichage. Pris d'une impulsion, Etzwane courut après lui.

Ifness se retourna, sans surprise apparente. Il paraît encore plus placide qu'à l'ordinaire, songea Etzwane. Il dit d'un air assez morne : « Je vous ai vu passer et j'ai tenu à vous présenter mes respects.

– Je vous remercie, répondit Ifness. Comment marchent vos affaires?

– Assez bien. Je suis rentré dans la troupe de Maître Frolitz; nous jouons à l'auberge de Fontenay. Vous devriez y venir écouter notre musique.

– Bonne idée. Malheureusement je crains d'être trop occupé. Vous avez changé d'allure, dirait-on ». Du regard, il indiqua les vêtements neufs d'Etzwane.

Ce dernier se rembrunit.

« Ce n'est rien. De l'argent gâché.

– Et votre pétition à l'Homme Sans Visage? Avez-vous obtenu une réponse? »

Etzwane le regarda durement, se demandant si Ifness ne s'amusait pas de lui; l'autre l'avait sûrement vu devant le tableau! Le jeune homme répondit avec circonspection : « J'ai acheté mon droit de pétition, cinq cents florins. La réponse a été donnée. Elle figure là-bas. »

Il mena Ifness jusqu'au tableau. Ifness lut, la tête un peu inclinée en avant. « Hum », fit-il. Puis il reprit d'une voix coupante : « Qui a écrit ces observations en bas de la page?

– Moi.

– *Comment!* » La voix d'Ifness vibrait. Etzwane ne l'avait encore jamais vu aussi agité. « Vous rendez-vous compte que du bâtiment d'en face un télescope est braqué sur ce tableau ! Vous griffonnez vos remarques creuses et ineptes, et vous ne trouvez rien de mieux que de venir me rejoindre pour m'associer à vos gribouillages ! Vous êtes sur le point de perdre la tête ! Et maintenant, nous sommes tous les deux en danger. »

Etzwane allait répliquer vertement, mais le geste d'Ifness lui coupa la parole. « Comportez-vous naturellement; pas de poses ni d'attitudes. Allez jusqu'à la Porte des Grenades, et marchez lentement. Il faut que je modifie certaines dispositions. »

La tête bourdonnante, Etzwane traversa la place d'un pas aussi dégagé qu'il le put. Il lança un regard vers les bureaux de la Corporation Esthétique d'où – Ifness l'affirmait – on observait le tableau d'affichage au télescope. La lentille de l'objectif devait être cette bosse de verre particulièrement transparent qu'il voyait juste en face du tableau. On imaginait mal l'Homme Sans Visage assis derrière le télescope, les yeux rivés au viseur; un quelconque fonctionnaire devait monter la garde à sa place. Le télescope aurait vite fait de révéler les couleurs du torque d'Etzwane; à son départ, le fonctionnaire, curieux, l'aurait suivi et il aurait observé son entretien avec Ifness.

Si les choses étaient effectivement telles que les avait dépeintes Ifness ! Du moins, songeait Etzwane, il avait réussi à secouer le calme supérieur d'Ifness.

Il franchit la Porte des Grenades, ainsi appelée en raison des festons de fruits rouge sombre qui l'ornaient, et se trouva derrière sur la Voie Serven Airo.

Ifness le rattrapa. « Il est possible que vous n'ayez pas été remarqué, dit Ifness. Mais je ne peux même pas en courir le risque à dix contre un. »

Etzwane, toujours aussi aigre, observa : « Je ne comprends rien à vos agissements.

— Cependant, vous préféreriez ne pas perdre la tête ? » insinua Ifness, de sa voix la plus suave.

Etzwane poussa un grognement qui ne le compromettait en rien. « La situation est la suivante, reprit Ifness. L'Homme Sans Visage sera prochainement informé de ce que vous avez fait. Il se peut très bien qu'il vous ôte la tête; il a déjà pris celles de trois personnes qui avaient trop insisté sur le même point. Je me propose d'intervenir. Ensuite, j'ai l'intention de découvrir l'identité de l'Homme Sans Visage. Alors j'insisterai pour qu'il change de politique. »

Etzwane regarda Ifness avec une admiration craintive. « En avez-vous les moyens ?

— Je compte bien essayer. Il se pourrait que vous soyez en mesure de m'aider.

— Pourquoi concevez-vous de tels plans ? Ils sont plutôt surprenants !

— Pourquoi avez-vous déposé une pétition à cinq cents florins ?

— Vous connaissez mes raisons, répondit Etzwane, avec raideur.

— Tout juste, dit Ifness. Cela m'incite à avoir confiance dans votre participation... Marchez plus vite. On ne nous suit pas... Tournez à droite à l'Ancienne Rotonde. »

Après avoir quitté la cité de verre, ils parcoururent six cents mètres au nord sur l'Avenue des Directeurs de Thasarène et arrivèrent à un chemin ombragé de hautes haies d'un bleu verdâtre, et par une brèche, parvinrent à un petit cottage aux tuiles bleu pâle. Ifness ouvrit la porte et fit entrer Etzwane. « Enlevez vite votre veste. »

Etzwane obéit aux instructions d'un air contrarié. Ifness lui désigna un divan. « Couchez-vous à plat ventre. »

Etzwane obtempéra de nouveau. Ifness approcha une table roulante qui portait un assortiment d'instruments. Le jeune homme se redressa pour les examiner; Ifness lui ordonna sèchement de s'allonger. « Et maintenant, au prix de votre vie, ne bougez pas. »

Ifness alluma une ampoule éclatante et serra le torque d'Etzwane dans un petit étau. Il glissa une bande de métal entre le torque et le cou d'Etzwane, puis fixa à la bande un objet en forme d'U. Il toucha un commutateur; l'objet émit un faible bourdonnement, « Le flot d'électrons est bloqué », dit Ifness. « On peut maintenant ouvrir votre torque sans danger. » A l'aide d'une roulette aiguisée comme un rasoir, il fendit la flexite du torque le long de la soudure. Puis il mit l'appareil de côté, ouvrit le torque, puis, avec une pince à longues branches, en extirpa un morceau de matière noire et molle. « Le dezax en est retiré. » Avec un crochet métallique, il se mit à l'œuvre contre la fermeture intérieure. Le torque tomba du cou d'Etzwane.

« Vous n'êtes plus soumis à la domination de l'Homme Sans Visage », dit Ifness.

Le jeune homme se frotta le cou, qui lui semblait maintenant fragile et nu. Il se releva et porta lentement son regard du torque à Ifness. « Où avez-vous appris cette technique?

— Vous vous rappelez les torques que j'ai recueillis dans la prairie de Gargamet? Je les ai étudiés avec le plus grand soin. » Il montra l'intérieur du torque d'Etzwane. « Voici les récepteurs codés; voici le mécanisme de déclenchement. Si l'Homme Sans Visage envoie une onde, cette fibre claque et fait détoner l'explosif. Et votre tête s'en va... Voici le relais d'écho qui permet à l'Homme

Sans Visage de savoir où vous vous trouvez. Il est à présent inopérant. Quant à ces modules, je pense que ce sont des accumulateurs de courant. »

Il resta penché sur l'instrument, le sourcil froncé, si longtemps qu'Etzwane s'énerva et revêtit sa tunique.

Ifness déclara enfin : « Si j'étais l'Homme Sans Visage, je soupçonnerais sans doute un complot dont Gastel Etzwane ne serait pas le principal animateur. Je n'ôterais pas immédiatement sa tête à Etzwane, mais j'utiliserais le circuit d'écho pour le repérer et je surveillerais ses activités.

– Cela semble assez plausible, admit à regret Etzwane.

– Partant de cette hypothèse, poursuivit Ifness, je vais fixer un signal sur votre torque; si l'Homme Sans Visage tente de vous repérer, nous en serons avertis. » Il s'activait. « Ne recevant pas d'écho en retour, il devra présumer que vous avez quitté le secteur, mais nous aurons du même coup acquis la certitude qu'il s'intéresse bien à Gastel Etzwane. Je tiens par-dessus tout à ne pas lui donner l'alarme, à ne pas le mettre sur ses gardes. »

Etzwane posa alors la question qui lui tourmentait l'esprit depuis un moment. « Et où voulez-vous en venir, au fond ?

– Je n'en sais trop rien, murmura Ifness. Ma perplexité est encore plus grande que la vôtre. »

Une lumière subite se fit en Etzwane. « Vous êtes un Palasedran ! Vous êtes venu pour observer le travail des Roguskhoïs !

– Ce n'est pas exact. » Ifness s'assit sur le divan et contempla Etzwane d'un regard impassible. « Comme vous-même je m'étonne des agissements des Roguskhoïs et de l'indifférence de l'Homme Sans Visage. Tout comme vous, j'ai été poussé à agir. Ce n'est pas moins illégal pour moi que pour vous.

– Et quel genre d'action envisagez-vous ? demanda Etzwane avec prudence.

– Mon premier but doit être d'identifier l'Homme Sans Visage, dit Ifness. Après quoi, je me laisserai guider par les événements.

– Vous prétendez ne pas être Palasedran, mais on ne peut écarter cette possibilité.

– Me suis-je conduit comme un Palasedran dans la Vallée de la Fimée ? »

Etzwane réfléchit aux activités d'Ifness; elles n'avaient guère servi les intérêts palasedrans, du moins, à ce qu'il semblait. Quant aux objets posés sur la table, à ces outils merveilleux, ils étaient faits d'un métal brillant, d'une substance inconnue, mais qui ne provenait pas du Palasedran.

« Si vous n'êtes pas Palasedran, qu'êtes-vous ? Sûrement pas un homme du Shant. »

Ifness s'accouda au divan, une expression de profond ennui sur le visage. « Vous insistez avec grossièreté pour que je vous fournisse des renseignements que, de toute évidence, je ne souhaite pas vous communiquer. Cependant, comme votre collaboration me devient maintenant utile, je suis dans l'obligation de vous faire certaines révélations. Vous avez su observer que je ne suis pas un homme du Shant. Je suis en réalité un Terrien, un Membre de l'Institut d'Histoire. En êtes-vous plus avancé ? »

Etzwane le contempla d'un œil étincelant. « La Terre existe donc réellement ?

– Très réellement, en vérité.

– Pourquoi êtes-vous dans notre pays de Shant ? »

Ifness adopta un ton patient. « Les gens qui sont venus sur Durdane il y a neuf mille ans étaient secrets et excentriques; ils se sont naufragés eux-mêmes et ont fait sombrer leurs vaisseaux spatiaux dans l'Océan Pourpre. Sur la Terre, il y a longtemps qu'on a oublié Durdane – sauf à l'Institut d'Histoire. Je suis le dernier en date de ses membres à résider sur Durdane – et peut-être aussi le premier à ne pas tenir compte de la Première Loi de l'Institut : ses membres ne doivent jamais se mêler des affaires des mondes qu'ils étudient. Nous sommes une association qui vise à recueillir des faits, et nous nous en tenons là. Ma conduite envers l'Homme Sans Visage est tout à fait illégale : aux yeux de l'Institut, je suis un criminel.

– Alors pourquoi vous en soucier? objecta Etzwane. A cause des raids de Roguskhoïs?

– Ne vous préoccupez pas de mes mobiles. Vos intérêts, jusqu'à présent, concordent avec les miens; je ne tiens pas à être plus explicite. »

Etzwane se passa la main dans les cheveux et se laissa tomber sur un divan, en face de celui où était Ifness. « Voilà de grandes surprises. » Il scrutait avec attention le visage d'Ifness. « Y a-t-il d'autres Terriens sur Durdane? »

Ifness répondit par la négative. « L'Institut d'Histoire utilise un personnel peu nombreux.

– Comment vous déplacez-vous d'ici à la Terre?

– C'est encore un renseignement que je préfère garder pour moi. »

Avant qu'Etzwane ait pu formuler une réplique acerbe, son torque émit une vibration aiguë. Ifness se leva d'un bond; en une longue enjambée, il fut près du torque. La vibration cessa, laissant derrière elle un silence pesant et sinistre. Quelque part, songea Etzwane, l'Homme Sans Visage s'était détourné de ses instruments, le sourcil froncé.

« Excellent! s'écria Ifness. L'Homme sans Visage s'intéresse à vous. Nous allons l'amener à se montrer.

– Tout cela est bel et bon, dit Etzwane, mais comment?

— Par une technique dont nous allons discuter dans un moment. Pour l'instant j'ai l'intention de m'occuper de l'affaire interrompue par votre présence sur la plaza... J'allais dîner... »

Ils retournèrent à la Plaza de la Corporation; là, ils restèrent sous les arcades périphériques, hors de vue de l'observateur installé au Centre de la Corporation. Etzwane porta les yeux vers le Bureau des Pétitions; le document bordé de noir et de violet n'y était plus. Il en informa Ifness.

« Une preuve de plus de la susceptibilité de l'Anome », constata Ifness d'un ton distrait. « Notre travail en sera d'autant plus facilité.

— Comment cela ? » demanda Etzwane, encore plus irrité par la condescendance d'Ifness.

Ifness le regarda, les sourcils haussés, et répondit d'un ton patient : « Nous devons amener l'Homme sans Visage à se découvrir. On ne voit pas la caille avant qu'elle bouge; il en va de même de l'Homme Sans Visage. Nous devons créer une situation qu'il voudra étudier en personne plutôt que de se fier à ses Bénévoles. Sa susceptibilité rend plus probable une réaction de cette nature. »

Etzwane émit un grognement sardonique. « Admettons. Quelle situation allons-nous créer ?

— Il faut que nous en discutions. D'abord, allons dîner. »

Ils s'assirent dans la loggia du restaurant du Vieux Pagane; on leur servit leur repas. Ifness ne se refusait rien; Etzwane, qui ne savait trop s'il n'aurait pas à payer son écot, mangea un peu moins fastueusement. Toutefois, à la fin du dîner, Ifness régla les deux repas et s'adossa pour savourer le vin de dessert. « Et maintenant, parlons de nos affaires. L'Homme Sans Visage vous a fourni une réponse polie contre vos cinq cents florins et, il faut le dire, n'a manifesté d'intérêt à votre égard qu'après que vous avez notifié votre mécontentement. Cela nous donne un de nos paramètres. »

Etzwane se demanda où tout cela allait aboutir.

Ifness poursuivit d'un ton méditatif : « Nous devons agir dans les limites du droit de Garwiy, pour ne fournir à la Corporation Esthétique aucun prétexte à intervenir. Peut-être ferons-nous une conférence d'information sur les Roguskhoïs en promettant des révélations sensationnelles. L'Homme Sans Visage nous a prouvé son inquiétude quand on aborde ce sujet; il y a toutes les chances qu'il soit assez intéressé pour y assister. »

Etzwane convint que c'était une possibilité. « Mais qui fera cette conférence ? »

— C'est un point qui doit être soigneusement étudié », dit Ifness. « Rentrons au cottage. Il faut encore que je modifie votre torque de façon à en faire un instrument d'agression et non plus un simple avertisseur. »

⁂

Une fois dans la maison, Ifness passa deux heures à transformer le torque d'Etzwane. Il acheva finalement son œuvre. Une paire de fils peu visibles menaient maintenant à une bobine de cinquante spires fixée sur un carré de fibre dure. « Ceci constitue une antenne directionnelle », expliqua-t-il. « Vous porterez la bobine sous votre chemise. Les signaux avertisseurs à l'intérieur du torque vous feront savoir quand on tentera soit de vous repérer, soit de vous faire sauter la tête. En changeant de position, vous amplifierez les signaux et pourrez ainsi déterminer la direction d'où ils proviennent. Permettez-moi à présent de vous remettre le torque autour du cou. »

Etzwane se soumit à l'opération sans enthousiasme. « J'ai l'impression que je vais faire office d'appât », grommela-t-il.

Ifness ébaucha un sourire glacial. « Il y a de cela. Maintenant, écoutez-moi avec attention. Vous sentirez l'impulsion explosive comme une vibration contre votre nuque. L'impulsion de repérage vous parviendra comme une vibration du côté droit. Dans l'un et l'autre cas, tournez jusqu'à ce que la vibration soit à son maximum. Sa source sera alors droit devant nous. »

Etzwane hocha gravement la tête. « Et vous ?

— Je serai porteur d'un système analogue. Avec de la chance, nous devrions pouvoir faire le point sur notre sujet.

— Et si nous n'avons pas de chance ?

— A parler franc, je m'y attends plutôt. Ce serait trop espérer que d'escompter un succès facile. Il se peut que nous surprenions notre caille par ce moyen, mais il se peut aussi qu'il y ait d'autres cailles qui bougent, ce qui nous embrouillerait. Mais j'emporterai ma caméra : nous aurons au moins un reportage exact de ce qui se sera passé. »

10

Dans tous les lieux de Garwiy prévus pour l'affichage public apparurent de grands placards en brun et noir sur blanc, avec encadrement de jaune, couleurs employées pour annoncer les événements d'ordre terrible et sinistre, avec des nuances extraordinairement macabres.

LA VÉRITÉ SUR LES ROGUSKHOIS

Qui sont ces horribles sauvages qui ravagent et violent, qui dévastent notre pays ? D'où viennent-ils ? Quels sont leurs plans ?

UN AVENTURIER ANONYME, QUI REVIENT DU MASSIF DU HOUAN, RÉVÉLERA DES RÉALITÉS EFFARANTES ET DES SOUPÇONS ENCORE PLUS STUPÉFIANTS. QUI

PARTAGE LA RESPONSABILITÉ DE CETTE INVASION ? VOUS ENTENDREZ PORTER UNE ACCUSATION SAISISSANTE !

DANS L'APRÈS-MIDI DE KYALISDI
AU PAVILLON PUBLIC
DU PARC PANDAMON

Les affiches étaient collées sur une centaine de panneaux et même les habitants de Garwiy s'y intéressaient, les lisant deux et trois fois. Ifness était satisfait de l'effet produit. « L'Homme Sans Visage ne pourra pas négliger cela. Pourtant nous ne lui apportons aucune raison d'intervenir, pas plus qu'à la Corporation. »

Etzwane répondit d'un ton amer : « Je préférerais que ce soit vous l'aventurier anonyme. »

Ifness éclata de rire. « Comment ? Le talentueux Gastel Etzwane serait mal à l'aise devant un auditoire ? Comment faites-vous quand vous jouez d'un de vos instruments ?

– C'est différent.

– Possible. Mais si j'étais l'aventurier anonyme, je ne pourrais pas me servir de mon appareil photo. Vous rappelez-vous bien le texte de la conférence ?

– Aussi bien que possible, grommela Etzwane. Sincèrement, cela me déplaît d'être votre appât. Je n'ai pas du tout envie de me faire attraper par les Discriminateurs[1] et expédier dans l'Ile des Casseurs de Cailloux, pendant que vous irez dîner au Vieux Pagane.

– C'est peu probable, observa Ifness. Ce n'est pas impossible, mais c'est improbable. »

Etzwane se contenta d'un grognement. En sa qualité d'aventurier anonyme, il portait une grande cape de fourrure noire, large et carrée des

1. *Avistiois :* littéralement « Gentils Discriminateurs », autrement dit la police de la Corporation Esthétique.

épaules; une culotte couleur sable et des bottes noires : c'était le vêtement des montagnards du Canton de Shkoriy. Le médaillon de son torque était en évidence à son cou; l'appellation « musicien » n'avait rien de contradictoire avec le rôle d'« aventurier ». Mince, tendu, le visage aigu, les traits mobiles, Castel Etzwane avait grande allure dans son costume de montagnard. Peu à peu, sa démarche, ses manières, sa façon de penser en furent modifiées. Il devint effectivement l'aventurier anonyme. Ifness, vêtu d'un pantalon gris foncé, d'une large chemise blanche et d'une veste d'un gris atténué, était comme à l'ordinaire. S'il éprouvait une émotion quelconque, il n'en laissait rien voir; mais Etzwane avait du mal à dominer sa nervosité. Ils arrivèrent au Parc Pandamon.

« Encore une demi-heure avant le carillon de mi-après-midi, constata Ifness. Il y a pas mal de gens dehors. Rien que des promeneurs oisifs, à mon avis. Les gens de Garwiy ne sont jamais pressés d'assister aux événements. Ceux qui viendront pour écouter les révélations sur le scandale arriveront une minute avant le carillon.

– Et s'il n'en vient pas du tout ? demanda Etzwane, avec un espoir mélancolique dans la voix.

– Il y en aura. Y compris l'Homme Sans Visage qui ne se réjouit sûrement pas de cette occurrence. Peut-être même enverra-t-il un Discriminateur pour vous décourager de tenir la conférence. Mais je crois plutôt qu'il écoutera, puis qu'il agira en fonction des circonstances. Nous devons l'inciter à presser son bouton *Explosion.*

– Et quand il verra que je conserve ma tête ?

– Il doit bien y avoir de temps à autre des pannes de circuit dans les torques; il en déduira que tel est le cas et enverra des impulsions supplémentaires. N'oubliez pas les signaux dont je vous ai parlé.

– Bien, bien, murmura Etzwane. J'espère qu'il ne sera pas trop fâché de l'échec de son explosion et qu'il ne m'abattra pas avec une arme à feu.

– C'est un risque à courir... Il reste encore vingt minutes avant le carillon. Allons là-bas à l'ombre répéter ce qu'il faut mettre dans votre discours. »

*
**

Le carillon de mi-après-midi sonna. L'aventurier anonyme quitta l'abri des arbres. Sans regarder à droite ni à gauche, marchant d'un pas presque audacieux, il s'approcha de l'estrade. Il passa derrière, monta les degrés de verre blanc et alla se placer au pupitre. Il s'arrêta pile pour examiner le feuillet à bordure magenta posé sur la surface de verre vert.

C'était la réaction de l'Homme Sans Visage et elle se traduisait par :

Votre annonce a éveillé l'intérêt de l'ANOME en personne. Il exige la discrétion de crainte que vous ne nuisiez à certaines enquêtes très délicates. L'opinion de l'ANOME est que les Roguskhoïs sont une tribu d'êtres tarés déjà sur leur déclin. Toute personne bien informée soulignera l'aspect mineur et transitoire de la question, ou désirera peut-être même parler d'un sujet d'intérêt plus général.

Etzwane reposa le feuillet. Il examina les visages de ceux qui s'étaient rassemblés autour de l'estrade. Une centaine de personnes étaient debout, cent autres étaient assises sur les bancs. A gauche se tenait Ifness qui avait rabattu un capuchon de marchand sur ses cheveux blancs et soyeux et qui, par une curieuse altération d'attitude, semblait se confondre avec les autres. Est-ce que l'Homme

Sans Visage était parmi les individus présents? Etzwane scrutait les visages l'un après l'autre. Là, cet homme aux joues creuses, aux cheveux noirs et plats, aux yeux brûlants? Ou ce petit homme, plus loin, avec son haut front arrondi, sa bouche aux contours délicats? Ou l'élégant Esthète au manteau vert, avec un collier bien taillé de barbe noire? Ou l'homme sévère vêtu du costume de couleur prune de la Têtedieu Éclectique? Et d'autres, encore d'autres.

Etzwane attendit encore un instant, se forçant à l'immobilité. L'auditoire était à présent rassemblé. Etzwane se pencha en avant et prit la parole; toutefois, en raison de l'avertissement de l'Homme Sans Visage, il modifia son texte.

« Mes affiches vous promettaient des renseignements sensationnels. Je vais donc vous les fournir immédiatement. » Il montra à bout de bras le feuillet à bordure magenta. « L'illustre Anome en personne manifeste de l'intérêt pour ce que j'ai à dire. Écoutez son opinion! » Etzwane lut l'avertissement d'une voix volontairement solennelle; quand il releva les yeux, il constata qu'il tenait bien son auditoire; tous le regardaient avec étonnement. Etzwane remarqua également qu'Ifness examinait la foule. Il portait un appareil photo presque invisible et prenait des clichés.

Etzwane fronça les sourcils en considérant le document. « Je suis heureux que l'Anome accorde de l'importance à mes idées, d'autant plus que ses autres informateurs l'ont de toute évidence induit en erreur. Une gêne « mineure et transitoire »? L'Anome devrait enlever la tête de quiconque l'a ainsi trompé. Les Roguskhoïs sont une menace pour vous tous qui m'écoutez. Ils ne sont pas une simple tribu d'êtres tarés... comme le croit naïvement l'Anome. Ce sont des guerriers bien armés et sans pitié, en même temps que des obsédés sexuels. Connaissez-vous leurs mœurs? Ils ne s'accouplent pas de façon normale. Ils sèment dans la femme une douzaine de gnomes qui naissent pendant qu'elle dort, et jamais plus elle ne pourra avoir d'enfant humain... bien qu'elle puisse encore avoir une douzaine d'autres gnomes. On peut maintenant estimer que toute femme qui vit actuellement à Garwiy risque de donner le jour à une ou deux portées de gnomes roguskhoïs.

» Les Terres du Houan fourmillent de Roguskhoïs. Dans les cantons en bordure des Terres du Howan, c'est un fait couramment accepté que les Roguskhoïs nous viennent du Palasedra.

» N'est-ce pas là une situation exceptionnelle? Des gens de bonne réputation ont supplié l'Anome de détruire ces terrifiantes créatures. Il refuse; ou plutôt, il fait sauter la tête de ceux qui réclament. Pourquoi? Posez-vous la question. Pourquoi l'Homme Sans Visage, notre protecteur, se moque-t-il de ce danger? »

Des vibrations ébranlèrent la nuque d'Etzwane : le circuit explosif. L'Homme Sans Visage était en colère... Etzwane pivota pour amplifier les vibrations. Elles cessèrent avant qu'il ait pu en déterminer la direction. Il ferma le poing gauche : le signal pour Ifness.

Celui-ci hocha la tête et examina la foule avec un intérêt encore accru.

Etzwane reprit : « Pourquoi l'Homme Sans Visage nie-t-il un péril si évident? Pourquoi rédige-t-il un document qui m'engage à la discrétion? Mes amis, je pose la question; je n'y réponds pas. Est-ce que l'Homme Sans Visage serait... »

Les vibrations revinrent. Etzwane pivota de nouveau mais cette fois encore il ne put déterminer d'où provenaient les ondes. Il regarda droit dans les yeux froids de l'homme en vert, qui le fixa en retour, l'air grave et attentif.

L'antenne directionnelle était en échec, du moins en ce qui concernait les ondes de suppression. Il eût été ridicule de provoquer l'Homme Sans Visage au point de l'inciter à se servir d'une arme moins secrète. Etzwane changea de ton. « La question que je souhaite poser est la suivante : l'Homme Sans Visage serait-il devenu vieux ? Aurait-il perdu toute ardeur ? Ne devrait-il pas transférer ses responsabilités à un homme qui aurait plus d'énergie et de résolution ? »

Etzwane parcourut l'assistance des yeux pour voir qui répondrait à sa question. Il fut déçu; les gens regardaient également autour d'eux, plus intéressés par les réactions des autres que par les leurs. (Ils connaissaient bien leur propre opinion; quels étaient les sentiments des autres ?)

Etzwane reprit la parole d'une voix faussement modérée. Il leva le document à bordure magenta. « Par déférence pour l'Anome, je ne révélerai plus de secrets. Je puis ajouter que je ne suis pas le seul à m'inquiéter; je parle au nom d'un groupe de gens dévoués au salut du Shant. Je vais à présent leur rendre compte. Dans une semaine, je vous parlerai de nouveau, et j'espère alors pouvoir recruter de nouveaux membres pour notre groupement. »

Etzwane sauta à bas de l'estrade et, pour éviter les questions oiseuses, partit à vive allure dans la direction par où il était venu. Tout en marchant, il porta la main au commutateur de son torque pour mettre sous tension le circuit d'écho. Une fois à l'ombre des arbres, il regarda en arrière. L'Esthète en vert le suivait sans se presser. Derrière lui venait Ifness, non moins indifférent en apparence. Etzwane reprit sa marche, plus rapidement. Une vibration lui chatouilla le côté droit du cou. Quelqu'un avait envoyé une onde de recherche.

Le jeune homme se rendit directement au cottage aux tuiles bleues, au nord de Garwiy.

Comme il suivait le Chemin d'Elemyra, à l'est de la Plaza de la Corporation, son torque vibra une seconde fois puis de nouveau quand il tourna dans l'avenue des Directeurs de Thasarène, et de nouveau quand il fut sur le sentier bordé de haies. A l'intérieur du cottage, Etzwane se débarrassa de l'encombrante cape noire, déboucla son torque et le posa sur la table. Il quitta le cottage par la porte de derrière et gagna un endroit d'où il pouvait observer la route.

Une demi-heure s'écoula. Un homme arriva dans le sentier, vêtu d'un manteau vert foncé à capuchon. Il avait les yeux en alerte, portant sans cesse les regards de droite et à gauche, et de temps en temps sur un objet qu'il tenait à la main. Devant la brèche de la haie, il stoppa brusquement, l'instrument qu'il tenait en main résonnant sous l'impulsion renvoyée en écho par le torque d'Etzwane à l'intérieur du cottage.

Furtif comme un voleur, l'homme inspecta les deux bouts du sentier, puis regarda le cottage; il se glissa vivement par la brèche et s'abrita derrière un citronnier. C'était là que se tenait Etzwane qui bondit. L'homme avait une force considérable; Etzwane s'accrochait à lui des deux jambes et d'un bras, et de l'autre frappait le cou de l'homme avec le sac-à-aiguille que lui avait remis Ifness.

Presque aussitôt, les mouvements de l'homme se ralentirent; l'instant d'après, il tombait à quatre pattes.

Ifness apparut; ils emportèrent à eux deux le corps inerte dans le cottage. Ifness se mit aussitôt à l'œuvre, dépouillant l'homme de son torque. Etzwane débrancha le circuit d'écho de son propre collier.

Ifness poussa une exclamation de mécontentement en retirant du torque un tube d'explosif noir qu'il contempla avec un déplaisir évident.

L'homme avait repris connaissance, pour s'apercevoir qu'il avait pieds et poings liés. « Vous n'êtes pas l'Homme Sans Visage, lui dit Ifness.

— Je ne l'ai jamais prétendu, répondit le captif d'un ton assuré.

— Alors qui êtes-vous ?

— Je suis l'Esthète Garstang, un des directeurs de la Corporation.

— Il semble que vous soyez au service de l'Homme Sans Visage.

— Comme nous le sommes tous.

— Vous plus que les autres, à en juger par votre conduite ainsi que par ce boîtier de contrôle. » Ifness prit sur la table l'instrument qu'il avait tiré du manteau de Garstang une boîte métallique de huit centimètres de large, trois d'épaisseur et dix de long. Sur le dessus de la boîte s'alignaient des boutons, chacun d'une couleur différente. Au-dessous, les dix carrés d'un voyant montraient les couleurs du torque d'Etzwane.

Sous le voyant, il y avait d'un côté un contact jaune, le jaune de la mort. De l'autre un contact rouge, le rouge de l'invisibilité, soit dans le cas présent le rouge de la personne invisible qu'on recherchait.

Ifness posa le boîtier sur la table. « Comment expliquez-vous cet appareil ?

— Il s'explique de lui-même.

— Le bouton jaune ? fit Ifness en haussant les sourcils.

— Destruction.

— Le bouton rouge ?

— Repérage.

— Et votre situation véritable ?

— Je suis ce que vous savez déjà : un des Bénévoles de l'Homme Sans Visage.

– Quand votre compte rendu est-il attendu ?

– Dans une heure environ. » Garstang répondait avec aisance, d'une voix neutre.

« Vous rendez compte en personne ? »

Garstang laissa échapper un rire glacial. « Sûrement pas. Je fais mon rapport par téléphone électrique. Je reçois mes instructions par la poste, ou par le même téléphone.

– Combien y a-t-il de Bénévoles ?

– Un autre en dehors de moi... du moins je le crois.

– Les deux Bénévoles et l'Homme Sans Visage sont porteurs de boîtiers comme celui-ci ?

– Je ne sais pas de quoi les autres sont munis. »

Etzwane intervint : « L'Homme Sans Visage et deux Bénévoles – seulement trois personnes – pour faire la police de tout le Shant ? »

Garstang haussa les épaules avec indifférence. « L'Homme Sans Visage pourrait s'en acquitter tout seul, s'il le voulait. »

Le silence régna durant un moment. Ifness et Etzwane examinaient leur prisonnier, qui le leur rendait, les sourcils haussés en un détachement hautain. Etzwane lui demanda : « Pourquoi l'Homme Sans Visage ne veut-il rien entreprendre contre les Roguskhoïs ? »

– Je ne le sais pas mieux que vous. »

La voix d'Etzwane se fit cassante : « Pour un homme si proche de la mort, vous me paraissez fort à l'aise. »

Garstang eut l'air surpris. « Je ne vois aucune raison de craindre la mort.

– Vous avez tenté de m'ôter la vie. Pourquoi ne prendrais-je pas la vôtre ? »

Garstang lui lança un regard à la fois intrigué et dédaigneux. « Je n'ai pas cherché à vous ôter la vie. Je n'en avais pas reçu l'ordre. »

Ifness leva vivement la main pour contenir la

réplique furieuse d'Etzwane. « Et quels étaient donc vos ordres ?

— Je devais assister à la conférence au parc Pandamon; je devais prendre note du code de l'orateur et le suivre jusqu'à son lieu de résidence; j'étais là pour recueillir des renseignements.

— Mais vous n'aviez pas reçu instruction de faire sauter la tête du conférencier ? »

Garstang fut sur le point de répondre, puis il jeta rapidement un coup d'œil d'abord à Etzwane, puis à Ifness. Son visage parut subir une transformation. « Pourquoi me le demandez-vous ?

— Quelqu'un a tenté de me décapiter, déclara Etzwane. Si ce n'est pas vous, c'est l'Homme Sans Visage. »

Garstang haussa les épaules et parut se livrer à des calculs. « C'est très possible. Mais je n'ai rien à y voir.

— Peut-être pas, acquiesça poliment Ifness. Mais nous n'avons plus de temps à perdre en bavardages. Nous devons nous préparer à faire face à quiconque viendra vous chercher. Veuillez me présenter votre dos. »

Garstang se releva lentement. « Que comptez-vous faire ?

— Vous anesthésier. Si tout va bien, vous serez relâché à bref délai. »

Pour toute réponse, Garstang se jeta de côté. Il leva la jambe en un grotesque entrechat. « Attention ! s'écria Etzwane. Il a un pistolet-jambier ! »

Un coup de feu ! Un éclair ! Une explosion à travers le revers de l'élégant pantalon de Garstang : un bruit de verre brisé, puis la chute de Garstang, qui tomba mort sur le plancher. Ifness qui s'était accroupi et avait saisi et déchargé son propre pistolet de poing, regardait à présent le cadavre. Etzwane ne l'avait jamais vu si troublé. « Je me suis souillé, dit Ifness d'une voix sifflante. J'ai tué ce que j'avais juré de préserver. »

Etzwane renifla de dégoût. « Voilà que vous sanglotez sur cet assassin mort, mais en d'autres occasions, alors que vous auriez pu sauver quelqu'un, vous avez détourné la tête. »

Ifness lui lança un regard furieux, puis, au bout d'un temps, s'exprima de nouveau d'un ton calme, posé. « Le mal est fait... Qu'est-ce qui l'a poussé à agir en désespéré ? Il n'avait pas l'ombre d'une chance. » Il demeura un instant songeur. « Bien des choses restent obscures. » Il fit un geste péremptoire. « Fouillez le corps, puis traînez-le dans l'appentis, derrière. Il faut que je modifie son torque. »

Une heure après, Ifness se redressa. « Outre les circuits d'explosion et d'écho, j'ai découvert un simple signal à vibrations. J'ai installé un système d'alarme qui nous avertira quand on recherchera Garstang. Cela ne devrait pas tarder. » Il se rendit à la porte. Les soleils avaient plongé derrière l'Ushkadel. Le doux crépuscule de Garwiy, au million de teintes sombres, s'étendait sur le pays. « Nous sommes maintenant devant un problème de tactique, dit Ifness. Premièrement, où en sommes-nous ? A mon avis, nous avons bien avancé. Garstang nie avec conviction avoir tenté de vous faire sauter la tête, donc nous pouvons raisonnablement imputer ces tentatives à l'Homme Sans Visage. Ce qui nous permet d'affirmer qu'il est venu au parc Pandamon et à portée de ma caméra. Si nous y tenons, nous pouvons entreprendre d'identifier les quelque deux cents personnes présentes, et d'enquêter sur elles. Perspective assez peu réjouissante, toutefois.

Deuxièmement, que nous réserve maintenant l'Homme Sans Visage ? Il attend le compte rendu de Garstang. Étant donné l'échec qu'il a subi en essayant de décapiter l'aventurier anonyme, il sera pour le moins curieux. Privé de renseignements, il va d'abord être contrarié, puis inquiet. J'émets l'idée que le rapport de Garstang devait lui parvenir il y a une heure et que par conséquent nous pouvons nous attendre d'un instant à l'autre à percevoir un signal émanant de Garstang. Bien entendu, celui-ci ne répondra pas. L'Homme Sans Visage devra alors envoyer un deuxième Bénévole, ou sortir lui-même à la recherche de Garstang en utilisant les ondes de repérage.

» Nous nous trouvons en fait devant une situation analogue à celle de ce matin. Au lieu de l'aventurier anonyme et de sa menace de sédition, nous disposons à présent du torque de Garstang pour forcer notre caille à bouger. »

Etzwane acquiesça à regret. « Votre raisonnement me paraît se tenir assez bien. »

Le torque de Garstang émit un son ténu, mais clair, qui troubla curieusement le silence, suivi de quatre bruits aigus et bien détachés.

Ifness hocha la tête en fataliste. « Voilà ! C'est le signal qui demande de Garstang un compte rendu immédiat. Il est temps que nous partions. Le cottage ne nous confère aucun avantage. » Il plaça le torque de Garstang dans un sac noir souple, puis, après réflexion, y ajouta quelques-uns de ses outils délicats.

« Si nous ne nous hâtons pas, les Discriminateurs vont nous tomber sur le dos, grommela Etzwane.

– Oui, il faut nous presser. Débranchez le circuit d'écho de votre torque si ce n'est déjà fait.

– C'est fait depuis longtemps. »

Ils quittèrent tous les deux la maison et se dirigèrent vers l'agglomération de Garwiy. Derrière, au long de l'Ushkadel, un millier de palais scintillaient et resplendissaient. En marchant dans le noir avec Ifness, Etzwane se faisait l'effet d'un fantôme en compagnie d'un autre; ils étaient deux êtres lancés dans une entreprise fantastique, différents de tous les autres habitants du Shant. « Où allons-nous ? »

Ifness répondit d'une voix égale : « Dans un café ou une taverne, un endroit public. Nous placerons le torque de Garstang dans un coin et nous verrons bien qui vient à sa recherche. »

L'idée paraissait tout à fait acceptable à Etzwane. « L'auberge de Fontenay est là-bas, en suivant la rivière. Frolitz et la troupe y seront.

– Très bien. Vous, du moins, aurez le camouflage de votre instrument. »

11

La porte ouverte de l'auberge de Fontenay laissait échapper de la musique. Etzwane reconnut le registre bas et fluide du cor sylvestre de Frolitz, le toucher léger de Fordyce au khitan, les tons graves de la basse de Mielke; il éprouva un tel sentiment de frustration qu'il en eut les larmes aux yeux. Sa vie passée, toute d'économie et de privation, chaque florin prenant le chemin de son coffre, lui semblait bien douce à présent !

Ils entrèrent et restèrent dans l'ombre près de la porte. Ifness examinait les lieux. « Où mène cette porte ?

– A l'appartement privé de Fontenay.

– Et ce couloir, là-bas ?

– A l'escalier et à une porte de derrière.

– Et cette autre porte derrière Frolitz ?

– Elle donne sur une resserre où les musiciens rangent leurs instruments.

– C'est ce qu'il nous faut. Prenez le torque de Garstang, allez chercher votre instrument dans la resserre et accrochez le torque près de la porte. Et quand vous reviendrez... » Dans le sac noir, le torque de Garstang émit la tonalité plaintive du circuit de repérage. « Quelqu'un ne va pas tarder à arriver. Quand vous reviendrez, placez-vous près de la porte de la resserre. Je serai installé dans ce coin-ci. Si vous remarquez quoi que ce soit d'important, regardez vers moi, puis tournez l'oreille gauche vers ce que vous aurez observé. Faites-le à plusieurs reprises au cas où je ne m'en serais pas aperçu la première fois, car je vais être occupé... Redites-moi donc où est la porte de derrière ?

— Vous prenez le couloir, vous dépassez l'escalier et vous tournez à droite. » Ifness hocha la tête. « Vous voilà redevenu musicien, membre de la troupe... N'oubliez pas le torque. »

Etzwane prit le torque et le fourra dans sa poche intérieure. Il alla près de Frolitz qui l'accueillit d'un signe de tête indifférent. Etzwane se rendit compte qu'il n'avait quitté la troupe qu'une seule journée. Il lui semblait que cela faisait un mois. Il entra dans la resserre, accrocha le torque à une patère près de la porte et le recouvrit d'une vieille veste qu'il trouva là. Il récupéra son khitan, son fringolet, son beau cor sylvestre à monture d'argent et les emporta sur l'estrade de l'orchestre. Il posa sa chaise à un mètre de la porte. Ifness était toujours assis dans son coin; à voir son expression paterne, on l'aurait pris pour un employé de commerce; personne ne lui aurait accordé un second regard. Etzwane, jouant avec la troupe, se fondait encore plus complètement dans le milieu. Etzwane ébaucha un sourire amer. Ce pistage de l'Homme Sans Visage avait ses côtés comiques.

Etzwane ayant pris sa place, Fordyce mit de côté son khitan pour prendre la trompette de basse; Frolitz eut un bref hochement de tête satisfait. Etzwane n'avait guère que le quart de l'esprit à la musique. Ses facultés lui paraissaient amplifiées, hypersensibilisées. Tous les bruits de la salle parvenaient à son oreille; toutes les tonalités et les frissons de la musique, le tintement des verres, le choc des chopes, les rires et les conversations. Et, de la resserre, un sifflement presque coléreux du torque de Garstang. Etzwane lança un coup d'œil à l'autre bout de la salle; le regard d'Ifness croisa le sien. Il leva la main comme pour accorder son khitan et pointa le pouce en direction de la resserre. Ifness inclina la tête pour indiquer qu'il avait compris.

La musique cessa. Frolitz se retourna. « Nous allons jouer cette vieille composition d'Anatoly; vous, Etzwane... » Frolitz expliqua diverses variations sur le thème harmonique. Le barman leur servit des chopes de bière; les musiciens se rafraîchirent. Etzwane songea : voilà une vie qui vaut la peine, facile, détendue, sans un souci au monde. N'étaient les Roguskhoïs et l'Homme Sans Visage. Il leva sa chope et but. Frolitz donna le signal, la musique commença. Etzwane laissait ses doigts se mouvoir d'eux-mêmes tandis que son attention se portait sur toute la salle. Les affaires marchaient bien, ce soir, chez Fontenay. Toutes les tables étaient occupées. Les hublots de verre couleur de mûre, haut placés dans la paroi de verre bleu foncé, laissaient filtrer un reflet des lumières extérieures. Le bar était éclairé par deux globes opalins. Etzwane regardait de tous côtés, examinant chacun; les gens qui passaient la porte, Aljamo dont les doigts frappaient les caisses de marimbas, la jolie fille venue s'asseoir à une table proche, Frolitz qui maniait à présent un timbre, Ifness. Lequel d'entre ces gens savait maintenant qu'il était l'aventurier anonyme qui troublait tant l'Homme Sans Visage?

Etzwane songea à sa vie passée. Il avait connu bien des jours mélancoliques; son seul plaisir lui était venu de la musique. Son regard alla vers la jolie fille qu'il avait remarquée l'instant d'avant;

c'était une Esthète de l'Ushkadel, présumait-il. Elle portait des vêtements d'une élégante simplicité : une robe écarlate sombre, un bandeau d'argent avec des pendants de cristal de roche descendant au-dessous des oreilles, une curieuse ceinture incrustée de pierres de couleurs, des escarpins de satin et de verre rose. Elle avait les cheveux bruns, un visage intelligent et sérieux; jamais encore Etzwane n'avait vu personne plus captivante. Elle sentit le poids de son regard et leva à son tour les yeux vers lui. Etzwane se détourna, mais à présent c'était pour elle seule qu'il jouait, avec une concentration et une intensité nouvelles. Jamais encore il n'avait joué avec cette richesse, en phrases aussi bondissantes, avec des accords aussi poignants. Frolitz lui lança un coup d'œil en coin, à moitié moqueur, comme pour lui demander silencieusement : « Qu'est-ce qui vous prend ? » La jeune femme se pencha pour parler à son cavalier qu'Etzwane avait à peine aperçu : un homme d'âge moyen, apparemment un Esthète lui aussi. Derrière Etzwane, le torque émit une plainte ténue, le rappelant à ses préoccupations.

La jeune Esthète et son cavalier vinrent s'asseoir à une table juste devant Etzwane, le cavalier avec un visage assombri et ennuyé.

La musique cessa. La jeune femme s'adressa à Etzwane : « Vous jouez très bien.

— Oui, je crois », répondit Etzwane, en souriant modestement.

Il jeta un coup d'œil vers Ifness, et le vit froncer les sourcils, l'air désapprobateur. Ifness avait souhaité que cette table proche de la resserre reste inoccupée. Etzwane lui renouvela rapidement le signal, pouce tourné vers le torque. Ifness inclina froidement la tête.

Frolitz lança par-dessus son épaule : « Le Rigodon. » Il donna la mesure, d'une secousse de la tête; la musique jaillit sur un rythme endiablé, avec des arrêts inattendus et des pas redoublés. Etzwane n'avait à fournir que des progressions d'accords violents, insistants; cela lui laissait le temps d'observer la jeune femme... Elle gagnait à être vue de plus près. Elle dégageait un parfum subtil; sa peau avait de l'éclat en plus de la netteté; elle savait utiliser la beauté comme Etzwane savait donner un sens à la musique. Il songea soudain avec une farouche intensité : « Je la veux; il faut qu'elle soit à moi. » Il la regarda, les yeux lourds d'un désir évident. Elle haussa les sourcils et se détourna pour parler à son cavalier.

La musique prit fin; la jeune femme ne faisait plus attention à Etzwane. Elle paraissait mal à l'aise. Elle remit son bandeau en place, rajusta sa ceinture. Derrière Etzwane retentit le signal ténu du torque. « Qu'est-ce que c'est? » demanda-t-elle à Etzwane.

Il feignit de tendre l'oreille. « Je n'entends rien.

– Y a-t-il quelqu'un là-dedans pour produire ces bruits étranges?

– Peut-être un musicien qui s'exerce.

– Vous plaisantez. » Son visage s'animait de... d'un certain humour? D'une malice mise en éveil? se demanda-t-il.

« Il y a quelqu'un de malade, avança-t-elle. Vous devriez aller voir.

– Si vous consentez à venir avec moi.

– Non merci! » Elle se retourna vers son cavalier qui lança à Etzwane un coup d'œil hautain d'avertissement. Le jeune homme regarda dans la direction d'Ifness et, croisant son regard, se détourna vers Frolitz qui se trouvait à sa droite. Son oreille gauche désignait la table devant lui.

Ifness fit un signe assez indifférent, sembla-t-il à Etzwane.

Quatre hommes vêtus d'uniformes mauve et gris entrèrent dans la salle : des Discriminateurs.

L'un d'eux prit la parole, d'une voix forte : « Je réclame votre attention ! Il a été signalé des éléments de perturbation dans ce bâtiment. Au nom de la Corporation, j'ordonne que personne ne bouge. »

Etzwane perçut l'infime mouvement de la main d'Ifness. Deux éclairs, deux détonations : les globes lumineux éclatèrent. L'auberge de Fontenay ne fut plus soudain que ténèbres et confusion. Etzwane fonça. Ses mains touchèrent la jeune femme, il la souleva et l'emporta dans le couloir, en passant devant Frolitz. Elle voulut crier. Il lui plaqua sa main sur la bouche. « Pas un cri, si vous avez un peu d'intelligence ! » Elle se débattait et lui décochait des coups de pied, mais le bruit de leur lutte était noyé par les cris rauques qui s'élevaient dans la salle.

Etzwane gagna en titubant la porte de derrière; il chercha la clenche à tâtons, ouvrit le battant et emporta dans la nuit la jeune femme qui se tortillait. Il s'arrêta, la mit debout. Elle tenta de lui donner des coups de pied. Il la fit pivoter, lui maintenant les bras. « Pas de bruit, lui grogna-t-il à l'oreille.

— Qu'allez-vous me faire ? s'écria-t-elle.

— Vous protéger contre cette descente de police. Ces affaires-là sont toujours désagréables.

— Mais... c'est vous le musicien !

— Tout juste.

— Laissez-moi rentrer. Je n'ai pas peur des Discriminateurs.

— Ce serait idiot ! s'exclama-t-il. Maintenant que nous voilà débarrassés de cet homme ennuyeux qui vous accompagnait, nous pouvons aller ailleurs.

— Non, non, non ! » Il y avait davantage d'assurance dans sa voix, presque de l'amusement. « Vous êtes galant et audacieux... Mais il faut que je rentre dans l'auberge.

— Vous ne pouvez pas, dit Etzwane. Venez avec moi et, je vous en prie, ne faites pas de difficultés.

La jeune femme s'alarma de nouveau. « Où m'emmenez-vous ?

— Vous verrez bien.

— Non, non ! Je... « Quelqu'un arriva derrière eux. Etzwane se retourna, prêt à lâcher la jeune femme pour se défendre. La voix d'Ifness s'enquit : « Vous êtes ici ?

— Oui, avec une prisonnière. »

Ifness s'approcha. Dans la pénombre de l'allée, il examina la jeune femme.

« Qui avez-vous pris ?

— Je ne sais pas trop. Elle porte une ceinture curieuse. Je vous conseille de la lui enlever.

— Non ! » s'écria la jeune femme, d'un ton atterré.

Ifness déboucla la ceinture. « Nous ferons bien de nous en aller et vite. » Il s'adressa à la jeune femme : « Ne faites pas de scandale; ne criez pas, n'attirez pas l'attention, sinon il vous en cuira. Compris ?

— Oui », fit-elle, la voix rauque.

Ils prirent la jeune femme chacun par un bras et partirent par les rues de derrière pour aboutir enfin au cottage aux tuiles bleues. Ifness ouvrit la porte, ils entrèrent.

Ifness désigna un divan. « Asseyez-vous, je vous prie. »

La jeune femme obéit sans protester. Ifness examinait la ceinture. « Vraiment insolite.

— C'est ce que j'ai pensé. J'ai remarqué qu'elle touchait le cabochon rouge chaque fois que le signal retentissait.

— Vous êtes observateur, dit Ifness. Je pensais que votre intérêt pour elle était d'une autre nature. Méfiez-vous; rappelez-vous le pistolet-jambier de Garstang.

Etzwane alla se planter devant la jeune femme. « Ainsi ce n'était pas un Homme Sans Visage... mais une Femme Sans Visage. »

La jeune femme émit un bruit dédaigneux. « Vous êtes fou. »

Ifness reprit, d'une voix douce : « Voulez-vous vous retourner et vous coucher à plat ventre sur le divan ? Excusez-moi, je dois m'assurer que vous n'êtes pas armée. » Il procéda à une fouille consciencieuse. La jeune femme poussait des exclamations indignées; Etzwane regarda ailleurs. « Pas d'armes, conclut Ifness.

– Vous n'aviez qu'à me le demander, je vous l'aurais dit, fit la jeune femme.

– Vous n'êtes pas tellement franche.

– Vous ne m'avez pas posé de questions.

– Je vais le faire dans quelques minutes. » Il approcha son petit établi roulant et coinça le torque de la fille dans l'étau. « Ne bougez pas, sinon je devrai vous anesthésier. » Il s'affaira avec ses outils et ouvrit le torque. Avec ses pinces à longues branches, il extirpa un tube d'explosif. « Ni un Homme Sans Visage ni une Femme Sans Visage, dit-il à Etzwane. Vous vous êtes trompé de personne.

– C'est ce que je tentais de vous dire », cria la jeune femme d'une voix où perçait un mince espoir. « Tout cela n'est qu'une affreuse erreur. Je suis de la famille des Xhiallinen et je ne veux rien savoir de vous ni de vos intrigues. »

Ifness, sans répondre, continuait à travailler sur le torque. « Le circuit d'écho est mort. On ne peut plus à présent vous repérer. Nous pouvons nous décontracter et mettre à l'épreuve la franchise dont vous vous vantez. Vous appartenez à la famille Xhiallinen ?

– Je suis Jurjin de Xhiallinen, répondit-elle d'un ton boudeur.

– Et pourquoi portez-vous cette ceinture ?

– Pour la raison la plus simple : par coquetterie. »

Ifness alla au placard et en revint avec un petit sac qu'il pressa sur le cou de la fille : sur les côtés, sur la nuque, sur le devant. Elle le regardait avec crainte : « C'est humide... que me faites-vous ?

– Le liquide pénètre à travers votre peau et se mêle à votre sang. Dans un instant, il parviendra à votre cerveau et paralysera un certain organe. Alors, nous reparlerons. »

Le visage de Jurjin devint pensif et inquiet. Etzwane l'observait avec une fascination morbide, se demandant quelle existence elle menait. Elle portait sa robe avec élégance et aisance; elle avait les manières des patriciens de Garwiy; la teinte de sa peau était celle de la race de Garwiy. Mais ses traits trahissaient un rien de sang étranger. Les Xhiallinen, une des Quatorze Familles, était une souche ancienne et fortement marquée de consanguinité. Jurjin prit la parole : « Je vous dirai volontairement la vérité, pendant que je suis encore en état de penser. Je porte cette ceinture parce que l'Anome avait requis mes services et que je ne pouvais pas refuser.

– Quels services ?

– Agir en tant que Bénévole.

– Qui sont les autres Bénévoles ?

– Uniquement Garstang, de la famille des Allingenen.

– Ne pourrait-il y en avoir d'autres ?

– Je suis sûre que non.

– A vous trois, Garstang, l'Homme Sans Visage et vous-même, vous dirigiez tout le pays ?

– Les cantons et les villes sont gouvernés par leurs chefs locaux. Il suffit de dominer ces gens. Une seule personne y suffirait. »

Etzwane allait parler, mais il se contint. Ces mains fines avaient dû souvent presser le cabochon jaune de la ceinture; elle avait souvent dû voir sauter des têtes. Il se détourna, la gorge contractée.

« Qui est l'Homme Sans Visage ? demanda tout simplement Ifness.

— Je l'ignore. Il n'a pas plus de visage pour moi que pour vous. »

Ifness s'enquit : « Le boîtier que portait Garstang et votre propre ceinture sont-ils protégés contre tout emploi par une personne non autorisée ?

— Oui. Il faut presser le bouton gris avant de coder les couleurs.

Ifness se pencha, lui examina les yeux, fit un bref signe de tête. « Pourquoi avez-vous convoqué les Discriminateurs à l'auberge de Fontenay ?

— Je ne les ai pas appelés.

— Qui l'a fait ?

— L'Homme Sans Visage, j'imagine.

— Qui était votre cavalier ?

— Matheleno, le Second des Curnainen.

— Est-ce l'Homme Sans Visage ? »

Un éclair d'étonnement passa sur les traits de Jurjin. « Matheleno ? Comment le pourrait-il ?

— Avez-vous reçu des ordres de l'Homme Sans Visage à son sujet ?

— Non.

— Est-il votre amant ?

— L'Homme Sans Visage a décidé que je ne devais pas prendre d'amants. » La voix de Jurjin commençait à s'embrouiller; ses paupières s'alourdissaient.

L'Homme Sans Visage était-il à l'auberge de Fontenay ?

— Je n'en suis pas certaine. Je crois qu'il y était et qu'il a remarqué quelque chose qui l'a poussé à faire appel aux Discriminateurs.

— Qu'est-ce que cela pouvait être ?

— Des espions.

— Des espions d'où cela ?

– Du Palasedra. » La voix de Jurjin était lente; ses yeux étaient curieusement vides.

Ifness questionna sèchement : « Pourquoi aurait-il peur des Palasedrans ?

La voix de Jurjin devint un murmure inintelligible; ses yeux se fermèrent.

Elle dormait. Ifness la contemplait, mécontent.

Etzwane regarda alternativement la jeune femme et Ifness. « Qu'est-ce qui vous contrarie ?

– Elle a sombré bien vite dans la léthargie. Trop vite. »

Etzwane examina le visage paisible de la jeune femme. « Elle ne pourrait pas feindre cet état.

– Non. » Ifness se pencha sur le visage de Jurjin. Il lui scruta les traits un à un, lui ouvrit la bouche, en étudia l'intérieur. « Hum...

– Que voyez-vous ?

– Rien de précis, pas même un indice. »

Etzwane se détourna, l'esprit rempli de doutes, d'incertitudes. Il disposa confortablement le corps de la jeune femme sur le divan et le couvrit d'un châle. Ifness l'observait, songeur et indifférent.

« Que faisons-nous à présent ? » demanda Etzwane. Il n'éprouvait plus d'hostilité envers Ifness; ce sentiment paraissait maintenant dépourvu de sens.

Ifness se secoua comme s'il s'arrachait à un rêve. « Nous en revenons à l'étude de l'Homme Sans Visage et de son identité... bien qu'en réalité il y ait des mystères qui me semblent plus intéressants.

– D'autres mystères ? » répéta Etzwane, se rendant tristement compte qu'il devait paraître lourd et stupide.

« Il y en a plusieurs. Tout d'abord, je pourrais mentionner les cimeterres des Roguskhoïs. Ensuite Garstang, qui, sans raison apparente ou valable, tente contre nous une attaque désespérée. Et Jurjin de Xhiallinen qui sombre dans l'inconscient comme si on lui avait désactivé le cerveau. Et l'Homme Sans Visage qui résiste – non pas passivement, mais énergiquement – contre toutes démonstrations hostiles aux Roguskhoïs. Tout cela semble dicté par une politique mystérieuse qui dépasse pour le moment notre imagination.

– C'est en effet très étrange, murmura Etzwane.

– Si les Roguskhoïs étaient des humains, nous pourrions ramener tout cela à une simple trahison, mais c'est pure folie que de concevoir que Garstang et Jurjin puissent conspirer avec les Roguskhoïs.

– Pas si les Roguskhoïs sont des monstres créés par le Palasedra et envoyés pour nous détruire.

– L'argument restera matière à controverse tant que personne n'aura pris la peine d'étudier la physiologie des Roguskhoïs et leur façon de se reproduire. Alors le doute subsiste. Cependant... passons au mystère le plus accessible. Qui est l'Homme Sans Visage? Nous avons lancé deux pierres : la caille a fait deux mouvements brusques. Récapitulons : nous savons de bonne source que l'Anome n'emploie que deux Bénévoles. Jurjin n'était pas au parc Pandamon et pourtant on a tenté de vous faire sauter la tête. Nous devons imputer cet attentat à l'Homme Sans Visage. Garstang n'était pas à l'auberge de Fontenay, et cependant quelqu'un a appelé les Discriminateurs : là encore nous devons tenir l'Homme Sans Visage pour responsable. J'ai pris des photos dans les deux endroits; si nous découvrons une personne qui se soit trouvée sur place les deux fois... Eh bien, voyons donc ce que nous disent les lois de la probabilité. Je crois pouvoir donner un nombre précis de chances. Il y a en gros deux cent mille adultes dans la vicinité, dont deux cents ont écouté « l'aventurier anonyme »; ce n'est pas beaucoup : une personne sur mille. Un nombre équivalent est venu écouter la musique de Frolitz à l'auberge de Fontenay : rien qu'une centaine, soit une personne sur deux mille. Les chances que la même personne se soit trouvée par hasard aux deux endroits – à moins qu'elle n'ait eu une affaire pressante dans l'un et l'autre, comme par exemple vous-même, moi et l'Homme Sans Visage – sont donc de l'ordre d'une sur deux millions : chiffre assez faible pour que nous n'en tenions pas compte. En conséquence, voyons. »

Ifness tira de sa poche un tube de métal noir mat de trois centimètres de diamètre sur dix de long. Sur le dessus aplati du tube une succession de boutons captait la lumière et scintillait dans la main d'Ifness. Ce dernier procéda à un réglage, braqua le tube sur le mur près d'Etzwane et projeta un cône de clarté.

Etzwane n'avait encore jamais vu une photographie si détaillée. Il distingua divers aspects de la Plaza de la Corporation; puis Ifness modifia le réglage, faisant défiler rapidement un millier d'images sur le mur. L'une d'elles se figea, montrant le parc Pandamon et les gens qui étaient venus écouter « L'aventurier anonyme. »

« Examinez soigneusement ces visages, dit Ifness. Je ne peux malheureusement pas projeter ces images en même temps que celles prises à l'auberge de Fontenay. Nous sommes obligés de passer d'une série à l'autre. »

Etzwane pointa l'index. « Voici Garstang. Ici... ici... ici... » Il désignait d'autres visages. « J'ai remarqué ces hommes; je me demandais lequel pouvait bien être l'Anome.

– Étudiez-les. Il connaît sûrement des astuces pour modifier son apparence. » Ifness projeta des photos prises sous des angles différents et ils scrutèrent ensemble tous les visages discernables.

« Et maintenant passons à la salle de l'auberge de Fontenay. »

La salle était à moitié vide : les musiciens étaient assis sur l'estrade. Matheleno et Jurjin n'occupaient pas encore la table proche d'Etzwane.

Ifness eut un petit rire. « Vous aviez adopté le déguisement parfait. Vous apparaissez sous votre propre aspect ! »

Etzwane, qui ne savait comme il devait prendre l'ironie d'Ifness, eut un grognement diplomatique.

« Nous avançons dans le temps. La jeune femme et Matheleno sont à la table près de vous. Matheleno pourrait-il être l'un des hommes présents au parc Pandamon ?

– Non », dit Etzwane après avoir réfléchi. « Cependant il ressemble un peu à Garstang.

– Les Esthètes sont un groupe très particulier... une race, une race, au fond, en cours de différenciation. »

L'image changea de nouveau. « Nous sommes maintenant à quatre ou cinq minutes de l'arrivée des Discriminateurs. Je suppose que l'Homme Sans Visage est dans la salle. Il doit se tenir dans un coin d'où il peut surveiller son Bénévole. « Ifness élargit le cône lumineux, agrandissant les images, au point qu'elles mordaient en partie sur le plafond et le plancher. En déplaçant le projecteur, il amena un à un les visages sur le mur près d'Etzwane.

Etzwane tendit le doigt. « L'homme là-bas au fond, appuyé au bar. »

Ifness agrandit l'image. Ils regardèrent ce visage. C'était une physionomie tranquille, au front large, à l'œil intelligent, avec un petit menton et une petite bouche. L'homme lui-même était de petite taille, musclé, compact. Impossible de deviner son âge.

Ifness revint au parc Pandamon. Etzwane montra le petit homme à la bouche pincée, dont les yeux intelligents s'étaient détournés.

« Le voici.

– Oui, répondit Ifness, c'est lui, à moins que ma logique et que les lois mathématiques nous induisent en erreur; or, elles sont aussi infaillibles l'une que l'autre. »

Pendant un instant, ils examinèrent le visage de l'Homme Sans Visage.

– Et maintenant? questionna Etzwane.

– Maintenant... rien. Allez vous coucher, dormez. Demain nous essaierons d'identifier cet individu.

– Et elle? Etzwane désigna la jeune femme inanimée.

« Elle ne bougera plus avant douze ou quatorze heures. »

12

Les soleils virevoltèrent dans le ciel mauve de l'automne comme des chatons en train de jouer : Sassetta par-dessus Etta, derrière Zaël. Ifness sortit du cottage avec lenteur et circonspection, tel un vieux renard gris qui part en chasse. Etzwane resta assis les coudes sur les genoux, à se poser des questions sur Jurjin de Xhiallinen. Elle gisait comme Ifness l'avait laissée, respirant doucement. Etzwane songea qu'elle était fascinante, assez belle pour hypnotiser un homme. Il étudia son visage : la peau claire et nette, le profil d'innocence, les cils épais. Comment concilier l'apparence de cette Jurjin de Xhiallinen avec ses sinistres occupations? Sans doute fallait-il que le travail soit fait par quelqu'un : si les agissements illégaux restaient impunis, le Shant tomberait dans l'anarchie, comme aux temps anciens où les cantons se battaient entre eux. L'esprit d'Etzwane nageait dans la confusion, passant de la noble rationalisation au dégoût. L'Anome lui avait donné des ordres; elle n'avait eu d'autre choix que d'obéir. Mais pourquoi l'Anome lui avait-il commandé à elle, Jurji de Xhiallinen, de le servir en qualité de Bénévole? Des hommes tels que Garstang étaient certainement mieux adaptés à une tâche pareille. L'esprit de l'Anome devait être un labyrinthe avec nombre de compartiments étranges comme l'esprit de tous les hommes, le mien compris, songea amèrement Etzwane.

Il tendit la main, remit en place une boucle des cheveux sombres et soyeux de la jeune femme. Ses paupières battirent, s'ouvrirent lentement. Elle tourna la tête pour regarder Etzwane. « Vous êtes le musicien. »

Elle resta immobile, pensive. Elle remarqua que la lumière pénétrait à flots par la fenêtre et fit un mouvement brusque. « Il fait jour; je ne puis rester ici.

– Il le faut.

– Mais pourquoi? » Elle lui adressa un regard enjôleur. « Je ne vous ai fait aucun mal.

– Vous l'auriez fait si vous l'aviez pu. »

Jurjin étudia le visage durci du jeune homme. « Êtes-vous un criminel?

– Je suis « l'aventurier anonyme » que Garstang voulait supprimer.

– Vous prêchiez la sédition!

– J'ai simplement insisté pour que l'Homme Sans Visage protège le Shant contre les Roguskhoïs. Ce n'est pas de la sédition.

– Il n'y a rien à craindre des Roguskhoïs. L'Anome nous l'a dit. »

Etzwane poussa un cri de colère. « J'ai vu les conséquences de leur attaque contre Bashon. Ma mère a été tuée. »

Le visage de Jurjin devint glacé, distant. Elle murmura : « Il n'y a rien à craindre des Roguskhoïs.
– Alors comment les traiteriez-vous ? »
Jurjin reporta les yeux sur lui. « Je ne sais pas.
– Et quand ils envahiront Garwiy, que ferez-vous ? Avez-vous envie d'être violée ? Supporteriez-vous que douze gnomes vous sortent du corps pendant votre sommeil ? »
Le visage de Jurjin se contracta. Elle se mit à gémir, se contint d'un coup et redevint placide. « C'est l'affaire de l'Anome. » Elle se redressa sur le coude et, tout en observant Etzwane, fit doucement glisser ses jambes jusqu'au sol. Il la surveillait, impassible. Il lui demanda : « Avez-vous faim, ou soif ? »
Elle ne répondit pas directement. « Combien de temps comptez-vous me garder ici ?
– Jusqu'à ce que nous ayons trouvé l'Homme Sans Visage.
– Que lui voulez-vous ?
– Nous insisterons pour qu'il règle le problème des Roguskhoïs.
– Vous ne lui voulez aucun mal ?
– Pas moi, bien qu'il ait injustement tenté de me supprimer.
– Les actes de l'Anome ne peuvent être que justes. Et si vous ne le trouvez pas ?
– Alors vous resterez ici. Comment pourrait-il en être autrement ?
– Pas à votre point de vue. Pourquoi me regardez-vous ainsi ?
– Je me pose des questions sur vous. Combien d'hommes avez-vous tués ? »
Elle hurla : « Un de moins que je ne l'aurais souhaité ! » et elle bondit vers la porte. Etzwane ne bougea pas. A trois mètres du divan, elle fut brutalement arrêtée par la corde qu'Ifness lui avait attachée autour de la taille, l'autre extrémité étant

fixée au divan. Elle poussa un cri de douleur en tirant frénétiquement sur la corde. Etzwane l'observa avec indifférence, n'éprouvant aucune pitié.

Jurjin s'aperçut que le nœud était trop compliqué pour ses doigts. Elle revint lentement au divan. Etzwane n'avait plus rien à lui dire.

Deux heures s'écoulèrent ainsi. Ifness revint aussi discrètement qu'il était parti. Il portait un dossier qu'il tendit à Etzwane : il contenait six agrandissements photographiques si détaillés qu'Etzwane aurait pu compter le nombre des cils clairsemés de l'Anome. Au parc Pandamon, l'Anome avait porté un béret noir souple très enfoncé sur le front; ce qui, avec sa petite bouche aux coins tombants et son nez court, presque enfantin, conférait à son visage une certaine ressemblance avec un bouledogue. A l'auberge de Fontenay, les cheveux noirs d'une perruque avaient été tirés en arrière du front pour redescendre autour des oreilles, coiffure en vogue parmi la classe moyenne supérieure de Garwiy, qui découvrait avantageusement le front de philosophe tout en estompant l'expression pincée du nez et de la bouche. Les yeux ne regardaient jamais en face, toujours à droite ou à gauche. Dans les deux jeux de photos, l'Anome paraissait dépourvu du sens de l'humour, décidé, méditatif, sans pitié.

Etzwane examina les photos jusqu'à ce que ce visage se fût gravé dans son souvenir. Puis il rendit les photos à Ifness.

Jurjin, assise sur le divan, feignait de s'ennuyer. Ifness lui remit les photos. « Qui est cet homme ? »

Les paupières de la jeune femme clignèrent presque imperceptiblement. Ce fut d'un ton trop détaché qu'elle répondit : « Je n'en ai pas la moindre idée.

— L'avez-vous déjà rencontré ? »

Elle fronça les sourcils et s'humecta les lèvres.

« Je vois beaucoup de gens. Je ne peux pas me souvenir de tout le monde. »

Ifness lui demanda : « Si vous connaissiez l'identité de cet homme, nous le diriez-vous ?

Jurjin rit. « Bien sûr que non. »

Ifness hocha la tête et s'approcha du placard. Jurjin le suivait des yeux, la bouche ouverte de crainte. Ifness lui demanda par-dessus son épaule : « Avez-vous faim ou soif ?

– Non.

– Désirez-vous passer dans la salle de bains ?

– Non.

– Vous feriez bien de réfléchir. Il devient nécessaire que je vous applique la teinture hypnotique. Vous ne bougerez plus pendant douze heures, ce qui, ajouté aux douze heures que vous avez déjà passées sur ce divan, pourrait vous mettre dans une situation embarrassante.

– Très bien, dit Jurjin d'un ton froid. Mais ayez la bonté de me délier; j'aimerais me laver les mains et la figure.

– Naturellement. » Ifness détacha la corde; Jurjin se dirigea vers la porte qu'il lui indiquait. Puis Ifness dit à Etzwane : « Allez sous la fenêtre de la salle de bains. »

Etzwane était arrivé à son poste depuis un instant quand la fenêtre s'entrouvrit prudemment. Jurjin jeta un coup d'œil au-dehors. A la vue d'Etzwane, elle fit la grimace et referma la fenêtre.

Elle regagna à pas lents le salon. « Je n'aime pas qu'on me drogue, dit-elle à Ifness. Je fais des rêves affreux.

– Vraiment ? Et de quoi rêvez-vous ?

– Je ne me le rappelle pas. Des choses terrifiantes. Cela me rend très malade. »

Ifness ne s'attendrit pas. « Je vous administrerai une dose plus forte.

– Non, non ! Vous désirez me poser des questions sur les photos ! Je vous aiderai par tous les moyens ! » Son air de bravade l'avait quittée; son expression s'était adoucie. Elle était tendre, suppliante. Etzwane se demanda comment elle était quand elle avait le doigt sur le bouton jaune.

Ifness demanda : « Dissimulez-vous des renseignements sur ces images ?

– En admettant que je le fasse ? Vous attendriez-vous à ce que je sois déloyale ?

– Non. Je vais me servir de la drogue pour supprimer vos scrupules. Retournez sur le divan, je vous prie.

– Vous allez me rendre malade. Je vais me débattre ! Je vais donner des coups de pieds et hurler et mordre...

– Pas longtemps », dit Ifness.

La jeune femme sanglotait sur le divan. Etzwane, haletant, s'était assis sur ses jambes et lui maintenait les bras. Ifness lui appliqua la solution sur le cou. Presque immédiatement elle cessa de remuer.

Ifness demanda : « Que savez-vous de l'homme sur la photo ? »

Jurjin gisait sans connaissance.

Etzwane dit à voix basse : « Vous lui avez donné une dose trop forte.

– Non, répliqua Ifness. Une dose trop forte n'a pas cet effet.

– Alors que lui arrive-t-il ?

– Je suis surpris. Tout d'abord Garstang choisit un moyen de suicide idiot, et maintenant ceci...

– Pensez-vous qu'elle connaisse l'Homme Sans Visage ?

– Non. Mais elle connaît l'homme des photographies. Après tout, les Esthètes ne sont pas des inconnus les uns pour les autres. » Ifness examina les photos. « Bien sûr, ce pourrait être l'épicier. J'ai oublié de vous dire que la photo de « l'aventurier anonyme » est affichée sur la Plaza de la Corporation, avec une demande de renseignements émanant des Discriminateurs.

– Hum. Me voilà donc proscrit.

– Jusqu'à ce que nous ayons présenté nos remontrances à l'Homme Sans Visage.

– Il se tiendra sur ses gardes, maintenant que ses deux Bénévoles ont disparu.

– Sans doute. L'identité de ses adversaires doit l'intriguer au plus haut point.

– Jurjin a parlé d'espions palasedrans.

– L'Homme Sans Visage pourrait penser à des hypothèses du même ordre. » Ifness étudiait les photos. « Regardez son torque. Voyez les couleurs. Que signifient-elles ?

– Le vert pourpre indique Garwiy. Le double vert foncé désigne une personne sans métier ni emploi : un propriétaire terrien, un industriel, un importateur, un Esthète. »

Ifness hocha calmement la tête. « Rien de nouveau comme renseignement, le torque ne réagira sûrement pas à une onde de repérage. Bien sûr, nous pourrions nous promener dans l'Ushkadel en posant des questions, mais dans ce cas, nous ne tarderions pas à être interpellés par les Discriminateurs. »

Etzwane étudiait à son tour les photos. « Il doit bien voyager dans le pays si peu que ce soit. Les employés des chemins d'air le reconnaîtraient peut-être.

– Mais nous fourniraient-ils des renseignements ? Ou consulteraient-ils les Discriminateurs ?

– Les éditeurs de *Frivolité* pourraient certainement mettre un nom sur cette image, mais j'imagine que la même objection s'applique à eux.

– Tout juste; les questions éveillent les soupçons. Avant de renseigner deux inconnus, ils en informeraient d'abord l'intéressé. »

Etzwane montra le col de la veste de l'Homme Sans Visage. « Regardez cette broche; argent et améthyste en un dessin original. Les artisans qui font de tels bijoux habitent sur la place Néroï, à l'ouest de la Plaza de la Corporation. Le fabricant reconnaîtrait sûrement son œuvre. Si nous prétendons avoir trouvé l'objet, il nous indiquera peut-être le nom de son client.

– Parfait, dit Ifness, nous allons appliquer ce plan.

***

La place Néroï occupait le cœur de la Vieille Ville. Le pavage – des dalles d'un mètre de côté en verre de couleur lavande sombre – était usé et irrégulier. La fontaine qui occupait le centre datait du règne du premier Caspar Pandamon. Des arcades de verre noir translucide hautes de deux étages entouraient la place, et chacune des colonnes portait l'emblème d'une famille de marchands éteinte depuis deux mille ans. Les anciens bureaux avaient été transformés en échoppes pour les bijoutiers et les artisans en métal de Garwiy. Chacun d'eux travaillait seul, jalousement, n'ayant pour apprentis que des fils ou des neveux, et daignait à peine admettre l'existence de ses collègues. La production de chacun des ateliers reflétait le tempérament du patron; certains étaient connus pour leurs opales, leurs agathes, leurs pierres-de-lune; certains ciselaient la tourmaline ou le béryl; d'autres créaient des miniatures à l'aide d'éclats microscopiques de cinabre, de lapis-lazuli, de turquoise, de jade. Ce n'est qu'à regret qu'ils sacrifiaient aux modes et aux fantaisies; les commandes particulières étaient acceptées sans enthousiasme. Aucune pièce ne portait de signature ni de symbole; tout artisan estimait que ses œuvres étaient reconnaissables au premier coup d'œil.

La boutique de Zafonce Agabil était alors en vogue; on trouvait ses dessins originaux et séduisants. Dans la boutique de Zafonce Agabil pénétrèrent donc Ifness et Etzwane. Sur le comptoir, Ifness jeta un fragment découpé dans la photo de l'Homme Sans Visage.

« Quelqu'un a perdu cette broche chez moi. Est-ce vous qui l'avez faite ? Dans ce cas, pouvez-vous m'indiquer le nom de son propriétaire, afin que je la lui restitue ? »

L'employé, l'un des quatre fils d'Agabil, examina la photo avec une moue de mépris.

« Cela ne vient pas de notre atelier.

– De quel atelier alors ?

– Je ne saurais vous le dire. »

Chez Lucinetto, Ifness obtint une réponse identique, mais en plus :

« C'est un travail assez ancien et il pourrait s'agir d'un bijou de famille. Regardez : le cabochon est trop plat comme on le fait pour un grenat. Cela ne vient pas de notre atelier. Jamais, au grand jamais, nous ne pourrions ainsi maltraiter une pierre. »

Ifness et Etzwane visitèrent les échoppes l'une après l'autre.

Chez Meretrice, le dernier rejeton de la lignée examina la photographie :

« Oui, c'est une de nos pièces, dans le style de la dynastie Siume. Avez-vous remarqué la vitalité du cabochon ? Elle provient d'une taille secrète, que nous sommes seuls à connaître. Le bijou a été perdu ? Dommage. Je ne me souviens pas de l'acheteur; il y a plus de cinq ans que nous avons ciselé cet objet.

– Je crois connaître le propriétaire, dit Ifness. Il était venu en qualité d'ami d'un de mes invités et je ne me rappelle pas son nom. » Il montra la photo de l'Homme Sans Visage.

Mérétrice y jeta un coup d'œil. « Oui ! C'est Sajarano, du palais Sershan. Il vit un peu en reclus. Je m'étonne qu'il soit allé à votre banquet. »

13

Le palais Sershan, un assemblage compliqué de verre blanc et de verre coloré, faisait face au sud, de l'autre côté de Garwiy. Ifness et Etzwane l'examinèrent à bonne distance. Ils n'observèrent aucun mouvement dans la loggia ni dans la partie du jardin qu'ils pouvaient voir. Le Bureau des Archives n'avait donné que des renseignements sans importance. La lignée des Sershan remontait à la moyenne antiquité. Le prince Varo Sershan d'Églantine avait été l'un des partisans de Viana Paizafiume; un certain Almank Sershan avait dirigé une expédition sur la côte sud du Caraz et de sa razzia avait rapporté une immense fortune en effigies funéraires d'argent. Sajarano était le dernier descendant en ligne directe. Il y avait vingt ans que son épouse était morte sans lui avoir donné d'enfant; il ne s'était jamais remarié. Il possédait toujours les domaines héréditaires d'Églantine et s'intéressait vivement à l'agriculture. L'héritier présomptif était un cousin, Cambarise de Sershan.

— « Une des tactiques possibles consisterait à se présenter à la porte en demandant à parler à Son Excellence Sajarano », dit Ifness. « Cette façon de procéder est assez à recommander, parce qu'elle a la vertu de la simplicité. » Il réfléchit un instant et ajouta : « Dommage que mon esprit imagine toujours des risques et des accidents imprévus. Et si Sajarano nous attendait ? Ce n'est nullement impossible. Mérétrice nourrit peut-être des soupçons. L'employé des Archives m'a paru trop empressé.

– Je pense qu'il appellera les Discriminateurs dès que nous apparaîtrons, convint Etzwane. A la place de Sajarano, je ne serais pas tranquille. »

Ifness reprit : « Dans la même veine, à la place de Sajarano, je ne resterais pas dans mon palais. Je m'habillerais de façon très simple pour me promener par la ville. Nous sommes en train de perdre notre temps ici. Nous devrions aller là où l'Homme Sans Visage se rendra probablement. »

⁂

A la fin de l'après-midi, les cafés de la Plaza de la Corporation s'emplirent de gens qui avaient des rendez-vous; Ifness et Etzwane s'assirent dans le plus grand de ces établissements et commandèrent du vin et des biscuits.

Les habitants de Garwiy allaient et venaient, tous plus ou moins animés et volubiles, comme tous les gens de cette ville.

Ils ne virent pas Sajarano.

Les soleils roulèrent derrière l'Ushkadel; les ombres envahirent la plaza. « Il est temps de rentrer », constata Ifness. « Jurjin va se réveiller; il faut que nous soyons là. »

⁂

Jurjin avait déjà repris connaissance. Elle avait frénétiquement mis en œuvre tous les moyens dont elle disposait pour tenter de se libérer de la corde qui la reliait par la taille au divan. Sa robe était toute froissée car elle avait essayé de faire glisser la boucle sur ses hanches. Le bois du meuble était éraillé là où elle avait cherché à user la corde. Les nœuds, formés selon une technique secrète d'Ifness, l'absorbaient maintenant au point qu'elle ne remarqua même pas l'arrivée des deux hommes. Elle releva soudain la tête, avec l'expression d'un animal pris au piège. « Combien de temps encore allez-vous me garder ici ? Je suis si malheureuse ! Quel droit avez-vous de me maltraiter ainsi ? »

Ifness eut un geste d'ennui. Il dénoua la corde du divan, lui rendant la liberté de ses mouvements.

Etzwane prépara un repas de soupe, de pain et de viande séchée qu'elle repoussa d'abord avec hauteur puis mangea cependant de bon appétit.

Elle reprit un peu d'entrain. « Vous êtes les deux hommes les plus étranges de Durdane ! Regardez-vous ! Sombres comme des râles ! Bien sûr ! Vous avez honte des actes que vous avez commis sur ma personne ! »

Ifness n'y fit pas attention. Etzwane se contenta d'émettre un petit rire amer.

« Quels sont vos projets ? insista-t-elle. Dois-je rester ici à jamais ? »

– Peut-être, dit Ifness. Je m'attends toutefois à un changement de circonstances dans un jour ou deux.

– Et en attendant ? Et mes amis ? Ils sont terriblement inquiets, j'en suis certaine. Et dois-je porter cette même robe jour après jour ? Vous me traitez comme une bête !

– Patience, murmura Ifness. Je vais bientôt vous administrer un produit qui vous fera dormir.

– Je ne veux pas dormir. Je vous considère comme la quintessence de la goujaterie. Quant à vous... (Elle se tourna vers Etzwane) n'avez-vous pas une ombre de galanterie ? Vous êtes assis là à sourire la bouche fendue comme un chien de mer. Pourquoi ne forcez-vous pas ce vieux bonhomme à me libérer ?

– Pour que vous puissiez nous signaler à l'Homme Sans Visage ?

– Ce serait mon devoir. Dois-je donc être punie de ce fait ?

– Il ne fallait pas accepter de devenir une Bénévole si vous ne vouliez pas en courir les risques.

– Mais je n'avais pas le choix ! Un beau jour on m'a dit mon destin, et, dès ce moment, ma vie ne m'a plus appartenu.

– Vous auriez pu refuser de servir. Est-ce que cela vous amuse de décapiter les gens ?

– Bah ! fit-elle. Vous vous refusez à voir les choses sous un angle rationnel... Que se passe-t-il ? « La question s'adressait à Ifness, qui, après avoir sursauté sur sa chaise, restait l'oreille tendue.

Etzwane écouta de son mieux, mais la nuit était silencieuse. « Qu'entendez-vous ? » demanda-t-il.

Ifness se leva d'un bond. Il alla à la porte pour scruter les ténèbres. Etzwane se dressa également. Il n'entendait toujours rien. Ifness s'exprima dans une langue incompréhensible, puis tendit de nouveau l'oreille.

Jurjin profita de cette diversion pour enrouler la corde dans sa main. Elle plongea sur Ifness, espérant le pousser de côté et prendre le large. Etzwane, qui s'attendait à cette tentative, la rattrapa et la porta, battant des pieds et hurlant, sur le divan. Ifness vint avec sa drogue; la jeune femme s'immobilisa. Ifness rattacha la corde au divan et cette fois découvrit à Etzwane le secret du nœud. « Le nœud en soi n'est qu'une série banale de boucles et de tours... » Il parlait rapidement. « Venez ici, près de la table. Il faut que je vous enseigne ce que je sais des torques. Vite, maintenant, vite !

– Qu'y a-t-il ?

Ifness se tourna vers la porte. Il déclara d'une voix morne : « On me rappelle. Je suis en disgrâce. Je serai pour le moins chassé de l'Institut.

– Comment pouvez-vous savoir tout cela ? demanda Etzwane.

– Un message m'est parvenu. Mon séjour sur Durdane est terminé. »

Etzwane le regardait, bouche bée. « Et l'Homme Sans Visage ? Qu'est-ce que je vais faire ?

– Vous ferez de votre mieux. C'est une tragédie, que je doive m'en aller. Écoutez-moi. Je vais vous laisser mes outils, mes armes, mes drogues. Il faut m'écouter avec attention car je n'aurai pas le temps de répéter. Tout d'abord, les torques. Regardez comment on peut les ouvrir sans danger. » Il fit une démonstration sur un torque qu'il avait rapporté de la Prairie de Gargamet. « Et voici comment on le reboucle. Attention ! Je vais réactiver le torque de la jeune femme. Le desax se glisse ici; voici le détonateur. Le circuit d'écho est coupé; voyez cette connexion dessoudée... Faites-moi une démonstration de ce que je vous ai enseigné... Bon... Ceci est ma seule arme; elle lance un mince faisceau d'énergie. Quant à la caméra, je dois la garder. »

Etzwane écoutait, rempli de pressentiments. Il n'avait pas compris jusqu'alors dans quelle mesure il dépendait du détestable Ifness. « Pourquoi faut-il que vous partiez ?

– Parce qu'il le faut ! Méfiez-vous de l'Homme Sans Visage et de cette Bénévole. Leur conduite est aberrante, à un degré presque inimaginable.

Un bruit assourdi parvint aux oreilles d'Etzwane. Ifness le perçut aussi et tourna la tête mais ne broncha pas.

On frappa poliment à la porte. Ifness traversa la pièce et ouvrit. Deux ombres se tenaient dans la nuit. La première s'avança un peu; Etzwane vit un homme de taille moyenne, au teint pâle, aux yeux et aux sourcils du noir le plus intense. Il semblait sourire, d'un sourire placide mais sans joie; ses yeux étincelaient à la lumière. Le second restait une forme vague dans l'obscurité.

Ifness parla dans une langue inconnue d'Etzwane; l'homme aux cheveux noirs répondit sèchement. Ifness reprit la parole : comme la première fois, l'inconnu répliqua en quelques syllabes tranchantes.

Ifness rentra dans le cottage. Il prit son sac noir en peau souple; sans un regard, un mot, un geste à l'adresse d'Etzwane, il sortit dans la nuit. Le battant se referma.

Une minute après, Etzwane perçut de nouveau le bruit sourd, qui se fondit en un soupir et s'éteignit.

Etzwane se servit un verre de vin et s'assit à la table. Jurjin était toujours inanimée sur le divan.

Le jeune homme se releva et explora la maison. Il trouva dans le placard un portefeuille renfermant plusieurs milliers de florins. Il y avait des vêtements dans la garde-robe. Etzwane pourrait s'en servir en cas de besoin.

Il retourna s'asseoir à la table. Il songeait à Frolitz, aux jours anciens qui, à la réflexion, lui paraissaient si exempts de souci. Plus jamais, jamais. Maintenant, on avait dû identifier Gastel Etzwane comme l'aventurier anonyme.

Il décida qu'il n'avait pas envie de s'attarder plus longtemps dans le cottage. Il prit la cape grise d'Ifness et un chapeau gris. Il mit dans sa poche le pistolet à faisceau et le boîtier de Garstang. Après un instant de réflexion, il y ajouta la drogue stupéfiante dont Ifness lui avait fait la démonstration : à supposer qu'il rencontre Sajarano de Sershan ce même soir d'automne?

Il éteignit les lumières. Le cottage fut plongé dans l'ombre, à part le reflet coloré des lumières de Garwiy filtrant par la fenêtre. Jurjin était toujours immobile; il ne l'entendait même pas respirer. Il sortit de la maison à pas de loup.

Il erra durant des heures au long des avenues de la ville, s'arrêtant parfois devant les cafés pour examiner les clients, entrant dans les tavernes et scrutant les visages. Il n'osait pas approcher de l'auberge de Fontenay. Vers minuit, il mangea un pâté en croûte et une tarte au fromage dans un restaurant ouvert tardivement.

Un brouillard montait de l'Océan Vert. Ses écharpes et ses filaments s'infiltraient entre les tours, tamisant les lumières colorées, imprégnant l'air d'une odeur d'humidité. Il n'y avait que peu de gens dehors. Serrant autour de lui les plis de la cape, Etzwane regagna le cottage.

Il s'arrêta à la grille. La maison sombre paraissait l'attendre. Derrière, dans l'appentis, le corps de Garstang commençait à se putréfier.

Etzwane tendit l'oreille. Silence et ténèbres. Il traversa le jardin et s'immobilisa près de la porte. Un son léger ? Il concentra son attention. Un autre bruit; un frottement sec. Il ouvrit la porte d'un seul coup et entra furtivement, le pistolet en main. Il fit de la lumière. Rien n'avait changé en apparence. La porte de derrière grinça. Etzwane ressortit par celle de devant et fit le tour du cottage. Il ne vit rien. La porte de l'appentis paraissait entrouverte. Etzwane se figea, les cheveux hérissés sur la nuque. Il avança lentement, puis d'un saut, il fut sur la porte qu'il claqua. Il mit le loquet. Alors il pivota et s'écarta d'un bond, inquiet au cas où cette porte ouverte aurait été un moyen de distraire son attention.

Plus de bruit. Etzwane n'arrivait pas à trouver le courage d'explorer l'appentis. Il rentra dans la maison. Jurjin était toujours dans un état semi-comateux. Elle avait bougé ou on l'avait déplacée : un de ses bras pendait jusqu'au sol.

Etzwane boucla les portes et baissa les stores. On avait touché à la corde qui reliait Jurjin au divan. Le bois du meuble portait des marques. Etzwane se pencha sur la jeune femme et l'examina avec soin. Il lui souleva une paupière; l'œil était révulsé dans l'orbite. Etzwane sursauta et regarda derrière lui.

La pièce était vide, hantée seulement par les fantômes des conversations passées.

Etzwane se prépara du thé et se rassit dans un fauteuil. Le temps passait. Les constellations montaient et redescendaient dans le ciel. Etzwane s'endormit. Il s'éveilla, saisi de froid, pour constater que les lueurs de l'aube filtraient au bord des stores.

Le cottage était silencieux et triste. Etzwane se cuisina un repas et fit ses plans pour la journée. Tout d'abord, il devrait inspecter l'appentis.

Jurjin s'éveilla, sans rien trouver à dire. Il la nourrit et lui permit de se rendre dans la salle de bains. Elle en revint, l'humeur sombre, découragée; disparus, le défi et la vivacité. Elle resta debout au centre de la pièce, à fléchir ses bras sans doute engourdis. Puis elle demanda : « Où est passé le vieil homme?

– Parti s'occuper de ses affaires.

– Des affaires de quelle nature?

– Vous le saurez en temps opportun.

– Vous faites une drôle de paire!

– Je vous trouve bien plus étrange que je ne le suis. Par comparaison, je suis d'une simplicité évangélique.

– Néanmoins vous encouragez la sédition.

– Nullement. Les Roguskhoïs ont tué ma mère et également ma sœur. Je dis qu'il faut détruire ces sauvages pour protéger tout le pays de Shant. Ce n'est pas de la sédition. C'est de la simple raison.

– Vous devriez laisser à l'Anome le soin de prendre de telles décisions.

– Il se refuse à agir. En conséquence, il faut bien que je l'y force.

– La mère du vieil homme a-t-elle aussi été tuée?

– Je ne le crois pas.

– Alors pourquoi met-il tant d'ardeur à violer les lois ?

– Par pure philanthropie.

– Quoi ? Cet homme-là ? Il est froid comme le vent de Nimmir !

– Oui, il est bizarre par certains côtés. Bon. Maintenant, il faut que je vous remette sous l'effet de la drogue. »

Jurjin fit un geste dégagé. « Pas la peine. Je m'engage à ne pas quitter la maison. »

Etzwane lâcha un rire cynique. « Veuillez avoir la bonté de vous allonger sur le divan. »

Jurjin s'approcha de lui en souriant. « Soyons plutôt amis. Embrassez-moi.

– Hum. A cette heure de la matinée ?

– Cela vous plairait ? »

Etzwane secoua froidement la tête. « Non.

– Suis-je si laide ? Vieille et ridée ?

– Non. Mais si vous aviez la possibilité de presser le bouton jaune et de m'enlever la tête, vous en profiteriez. Cette idée ne m'incite pas à la tendresse. Dépêchez-vous, je vous prie. »

Elle alla songeusement s'allonger sur le divan. Elle resta immobile tandis qu'Etzwane lui appliquait le produit. Bientôt elle s'endormit. Il noua la corde à une saillie ornementale du plafond.

Il sortit pour inspecter l'appentis. La porte en était fermée comme il l'avait laissée. Il en fit le tour. Rien de plus gros qu'un rat n'aurait pu en sortir ou y entrer.

Etzwane ouvrit le battant en grand; la clarté du jour lui révéla des outils de jardin, des ustensiles ménagers, le corps de Garstang tel qu'il l'y avait traîné. Son visage et sa poitrine étaient affreusement échiquetés. Etzwane restait sur le seuil, cherchant des yeux la créature qui avait pu causer de tels dommages. Il n'osait pas entrer de peur que le rat – si c'en était un – ne lui saute au visage et ne le morde. Il referma la porte et assujettit le loquet.

Vêtu de la cape grise, Etzwane alla tristement dans Garwiy. Il se rendit en premier lieu à la Plaza de la Corporation. L'Homme Sans Visage arpentait peut-être les salles du palais Sershan. Ou bien il se reposait dans la solitude sur ses terres d'Églantine. Ou encore il était parti au fin fond du Shant pour punir des malfaiteurs. Etzwane ne le pensait cependant pas. A la place de l'Homme Sans Visage, il serait resté à Garwiy, en rapport avec les Discriminateurs; et tôt ou tard, il devrait bien traverser la Plaza.

Etzwane resta un moment debout sous la vieille Porte des Horlogers. Par ce matin brumeux et froid, les soleils s'éclipsaient l'un l'autre au long de leur course dans le ciel. Etzwane entra dans un café voisin où il choisit une table peu en vue. Il commanda du bouillon et le dégusta lentement.

Les gens de Garwiy passaient sur la Plaza. Près du Bureau des Pétitions, trois Discriminateurs survinrent et se mirent à discuter entre eux. Il les observait avec attention. Et s'ils venaient sur lui tous les trois? Il ne pourrait jamais les tuer tous avec le boîtier de métal, il n'en aurait pas le temps. L'Homme Sans Visage doit être porteur d'une arme différente, songea Etzwane, un engin capable de faire sauter un torque rien qu'en le braquant dessus. Un homme en costume gris et violet entra dans le café. Il avait le front large et pâle; son petit nez et sa bouche pincée aux coins tombants n'avaient rien de remarquable; mais les yeux qui regardaient de côté étaient lumineux et pensifs. Il fit signe au garçon de lui servir un bouillon, d'un geste poli mais péremptoire, bien dans la manière des Esthètes.

Quand il fut servi, il lança un regard en coin vers Etzwane, qui prit soin de dissimuler son visage derrière son bol; mais durant un instant déconcertant il croisa le regard de l'Homme Sans Visage.

Celui-ci fronça un peu les sourcils, puis se détourna, comme s'il eût été contrarié qu'un étranger le regardât.

La nervosité d'Etzwane l'empêchait de réfléchir comme il fallait. Il crispa la main sur son bol et, forçant ses pensées à s'ordonner, étudia les divers aspects de la situation.

Il portait un pistolet. Il pouvait s'avancer, appliquer l'arme contre le dos de l'Anome et lui murmurer les instructions appropriées. Ce plan ne présentait qu'un inconvénient majeur : il était très risqué. Si on remarquait l'agression – et c'était certain – on appellerait les Discriminateurs.

Il pouvait attendre que l'Anome s'en aille, et le suivre, mais dans son présent état soupçonneux, l'Anome s'en apercevrait peut-être et l'entraînerait alors dans un piège. Etzwane se dit qu'il ne devait pas perdre l'initiative.

S'il reconnaissait « l'aventurier anonyme », l'Anome pourrait se laisser persuader de suivre Etzwane; plus vraisemblablement, il convoquerait ses Discriminateurs.

Le jeune homme poussa un lourd soupir. Il fouilla dans la poche de sa cape et y prit un des instruments que lui avait laissés Ifness. Il fit tinter un florin sur la table, en paiement du bouillon. Il repoussa bruyamment sa chaise et se mit debout; puis, poussant une exclamation, il partit en avant en feignant de tomber et plaqua la main sur le cou de l'Homme Sans Visage. « Toutes mes excuses, monsieur ! » dit Etzwane. « Quel dommage ! Voilà que je vous ai mouillé le cou avec cette serviette humide !

– Cela n'est rien, cela n'est rien.

– Permettez-moi de vous essuyer. »

L'Anome s'écarta brusquement. « Vous êtes vraiment maladroit. Qu'est-ce que cela signifie, de me tapoter le cou de cette façon ?

– Encore toutes mes excuses ! Je remplacerai votre vêtement si je l'ai taché.

– Non, non, non. Contentez-vous de vous en aller, je suis assez grand pour m'en occuper moi-même.

– Très bien, monsieur, comme vous voudrez. Il faut pourtant que je vous explique que mon pied s'est pris dans cette fichue chaise et que je suis tombé en avant. Je suis sûr que cela vous a causé un choc !

– Certainement. Mais l'incident est clos; ne dites rien de plus, je vous prie.

– Je réclame votre indulgence un instant encore; il faut que je rattache ma chaussure. Puis-je m'asseoir ici, rien qu'un bref instant ?

– Comme il vous plaira. » L'Anome se détourna sur sa chaise. Etzwane, feignant d'arranger sa chaussure, l'observait attentivement.

Un moment s'écoula. L'Anome jeta un coup d'œil de côté. « Vous êtes encore ici ?

– Oui. Comment vous appelez-vous ?

L'Anome cligna les paupières. « Je suis Sajarano de Sershan.

– Me connaissez-vous ?

– Non.

– Regardez-moi bien ! »

Sajarano tourna la tête. Il avait le visage calme et détendu.

« Levez-vous et suivez-moi », dit Etzwane.

Le visage de Sajarano ne trahit pas la moindre émotion. Etzwane l'entraîna hors du café.

« Marchez plus vite », commanda Etzwane. Ils passèrent sous la Porte des Grenades et prirent la voie de Serven Airo. Etzwane tenait maintenant Sajarano par le bras. Sajarano cligna les paupières. « Je suis fatigué.

– Vous n'allez pas tarder à vous reposer. Qui est « l'aventurier anonyme » ?

– Il vient de l'est; il est l'inspirateur d'une cabale séditieuse.

– Qui sont les autres membres de cette cabale ?

– Je ne sais pas.

– Pourquoi n'envoyez-vous pas des forces armées contre les Roguskhoïs ? »

Dix secondes passèrent avant que Sajarano réponde. Puis il marmonna : « Je ne sais pas. » Sa voix commençait à s'épaissir; il avançait d'un pas mal assuré. Etzwane le soutint et l'entraîna le plus vite possible, mais près de la Porte des Saisons l'Homme Sans Visage fut dans l'incapacité d'avancer.

Etzwane le conduisit à un banc et attendit que passe un fiacre, qu'il arrêta. « Mon ami a bu un petit coup de trop; il faut le ramener chez lui avant que sa femme s'en aperçoive.

– Cela peut arriver au meilleur d'entre nous. Montez derrière avec lui. Pouvez-vous vous débrouiller ?

– Très bien. Prenez l'avenue des Directeurs de Thasarène. »

14

Etzwane déshabilla l'Homme Sans Visage, ne lui laissant que ses sous-vêtements, puis il l'étendit sur le divan, en face de celui où reposait Jurjin. Physiquement, l'Homme Sans Visage n'avait rien d'impressionnant. De ses vêtements, Etzwane retira un boîtier de mise sous tension analogue à celui dont Garstang était muni, un pistolet à énergie au mécanisme complexe, une petite boîte qu'Etzwane présuma être un émetteur-récepteur radio, un tube de métal d'usage inconnu; Etzwane songea que c'était peut-être le destructeur de torques qu'il avait imaginé.

Il prit les outils d'Ifness et les aligna avec soin. Avec une intense concentration, il ôta le torque de Sajarano comme il l'avait vu faire à Ifness. A son extrême surprise, il y trouva un desax au complet. Les circuits de repérage étaient apparemment sous tension. Etzwane les contempla avec stupeur. Quelle pouvait être la raison de cet état de choses ? Une idée terrifiante lui vint : s'était-il trompé d'homme ?

Sinon, pourquoi l'Homme Sans Visage aurait-il porté un torque prêt à exploser ?

La solution lui vint à l'esprit, si simple et si réconfortante qu'il éclata de rire. Comme tout le monde, Sajarano avait pris le torque à l'âge de la puberté. Quand, par suite de circonstances mystérieuses et secrètes, il était devenu l'Anome, il n'avait pas connu le moyen de remédier à la situation, sinon en modifiant son code de couleurs, à titre de protection contre ses propres Bénévoles.

Etzwane ôta son propre torque. Il remit l'explosif dans son logement et rebrancha les circuits. Il plaça ensuite le collier autour du cou de Sajarano et le fixa.

Maintenant, une tâche désagréable l'attendait. Il alla à l'appentis et en ouvrit la porte. Le rat – si c'en était un – fila sous un tas de sacs. Etzwane constata que l'animal s'était encore nourri des restes de Garstang. Horrifié, il s'arma du pistolet d'Ifness et envoya un trait de feu pâle sur les sacs. Ceux-ci disparurent dans un nuage de fumée puante, en même temps que la créature qui s'était réfugiée dessous.

Etzwane s'arma ensuite d'une pelle, creusa une tombe rudimentaire et y ensevelit Garstang.

Quand il rentra dans la maison, rien n'avait

bougé. Il se baigna, changea de vêtements, puis s'assit pour attendre, dans une humeur où se mêlaient curieusement l'exaltation et le sentiment de sa solitude.

Jurjin fut la première à s'éveiller. Elle paraissait fatiguée; les traits de son visage étaient affaissés et son teint avait quelque chose de malsain. Elle s'assit sur le divan et lança sur Etzwane un regard d'amertume non déguisée.

« Combien de temps allez-vous encore me garder ici ?

– Plus bien longtemps, à présent. »

Elle porta les yeux de l'autre côté de la pièce. « Qui est cet homme ?

– Le connaissez-vous ? »

Jurjin haussa les épaules, essayant courageusement d'adopter un air de défi détaché.

« Il s'appelle Sajarano de Sershan », reprit Etzwane. « C'est lui l'Homme Sans Visage.

– Pourquoi est-il ici ?

– Vous verrez... Avez-vous faim ?

– Non. »

Le jeune homme réfléchit un moment. Puis il dénoua la corde qui la retenait. Elle se leva, libre de ses liens. Etzwane lui fit face.

« Ne quittez pas la maison. Sinon, je vous fais sauter la tête. L'Anome est ici et ne peut vous venir en aide. Vous devez désormais m'obéir comme vous obéissiez à l'Anome. Vous ne devez en aucun cas lui obéir. Vous comprenez ?

– Je comprends bien. Mais je suis déconcertée. Qui êtes-vous ?

– Gastel Etzwane, un musicien. C'est ce que j'étais jusqu'à présent, et j'espère le redevenir. »

Les heures s'écoulaient. Jurjin allait et venait dans la maison, regardant Etzwane avec étonnement, défi et dépit féminin.

Vers le soir, Sajarano se réveilla. Il se reprit

rapidement et se dressa sur le divan. Durant une demi-minute, il jaugea Jurjin et Etzwane. Ce fut du ton le plus froid qu'il demanda : « Si vous m'expliquiez pourquoi vous m'avez amené ici ?

– Parce qu'il faut attaquer les Roguskhoïs; parce que vous refusiez d'agir.

– C'est un choix politique grave et délibéré, répondit Sajarano. Je suis homme de paix; je me refuse à faire supporter au pays les horreurs de la guerre.

– Ne vous tourmentez plus à ce sujet. Les Roguskhoïs s'en sont chargés eux-mêmes. »

Etzwane désigna l'ancien torque de Sajarano. « Vous portez à présent un torque en activité. Il contient tout ce qu'il faut de desax. Je suis en possession du détonateur. Il faut maintenant répondre à mes questions, de même que votre Bénévole. »

Jurjin, debout à l'autre bout de la pièce, alla s'asseoir sur le divan. « J'obéis à l'Anome. »

Sajarano demanda : « Qu'est devenu Garstang ?

– Il est mort. »

Sajanaro porta la main à son nouveau torque, du geste familier à tous les habitants du Shant. « Que comptez-vous faire ?

– Il faut détruire les Roguskhoïs. »

Sajarano déclara d'un ton calme : « Vous ne savez pas ce que vous dites. Nous jouissons du Shant de la paix et d'un sort heureux; il faut maintenir cette situation. Pourquoi risquer le chaos et le militarisme à cause de quelques barbares ?

– La paix et un sort heureux ne sont pas les dons gratuits de la nature, dit Etzwane. Si vous le croyez, je vous enverrai au Caraz, où vous verrez ce qu'il en est.

– Mais vous ne pouvez pas souhaiter apporter le désordre au pays ! s'écria Sajarano d'une voix soudain claironnante.

– Je souhaite seulement écarter un danger

immédiat et bien déterminé. Voulez-vous obéir à mes ordres ? Si vous refusez, je vous tue sur-le-champ. »

Sajarano se laissa retomber sur le divan. Il semblait devenu apathique et surveillait Etzwane du coin de l'œil; dans cette attitude, son petit nez et sa bouche mince paraissaient étrangement infantiles. « J'obéirai. »

Jurjin s'agitait; son visage se convulsait, lui imposant des grimaces qui en toute autre circonstance auraient pu être amusantes et même attendrissantes. Elle se leva et s'approcha de la table.

Etzwane s'enquit : « Les Discriminateurs sont-ils en train de rechercher l'aventurier anonyme ?

– Oui.

– Ils ont ordre de le tuer ?

– Si nécessaire. »

Etzwane lui passa l'appareil radio. « Comment cela fonctionne-t-il ? »

Jurjin s'avança, comme si elle eût été intéressée. Elle tira soudain de derrière son dos un poignard de verre. Etzwane, qui l'observait du coin de l'œil, lui décocha un coup qui l'envoya s'écrouler sur le divan. Sajarano se redressa, donna un coup de pied à Etzwane et le saisit par le cou. Etzwane se dégagea. La corde nouée autour de la taille de Sajarano se tendit brusquement, le ramenant en arrière, battant des bras.

« Il semble que vos promesses n'aient pas grande signification, observa Etzwane. J'espérais pouvoir vous faire confiance à tous les deux.

– Pourquoi ne nous battrions-nous pas pour ce en quoi nous croyons ? protesta Jurjin.

– J'ai promis de vous obéir, dit Sajarano. Je n'ai pas dit que je n'essaierais pas de vous supprimer à la première occasion. »

Etzwane ébaucha un sourire dur, sardonique. « Dans ce cas, je vous ordonne de ne pas tenter de me tuer ni de me faire aucun mal. Obéirez-vous ? »

Sajarano poussa un soupir qui exprimait un profond malaise. « Oui... Que pourrais-je dire d'autre ? »

Etzwane se tourna vers Jurjin. « Et vous ?

– Je ne vous promets rien », fit-elle dédaigneuse.

Il la prit par le bras et l'entraîna vers la porte.

« Où allez-vous ? Que faites-vous ? s'écria-t-elle.

– Je vous emmène dans le jardin pour vous tuer, répondit-il.

– Non, non, non ! hurla-t-elle. Non, je vous en prie... Je promets de vous obéir !

– Et chercherez-vous à me faire du mal ?

– Non ! »

Etzwane la lâcha, elle courut se rasseoir sur le divan.

Etzwane revint à Sajarano. « Expliquez-moi le fonctionnement de cet appareil.

– Je presse le bouton blanc, dit tranquillement Sajarano. Le poste émet à l'adresse des relais que j'indique sur ce tableau. Je parle; les ordres sont diffusés à partir de la station de relais.

– Appelez les Discriminateurs et commandez-leur de ne plus s'attaquer à « l'aventurier anonyme ». Spécifiez qu'ils doivent accorder à Gastel Etzwane tout leur respect et leur obéissance immédiate, tout comme s'il s'agissait de vous-même. »

Sajarano s'en acquitta d'une voix morne. Puis il leva les yeux sur Etzwane. « Que voulez-vous encore de moi ? »

Etzwane, debout à l'extrémité de la pièce, promenait son regard d'un visage à l'autre, de Jurjin de Xhiallinen à l'Homme Sans Visage. Il savait que tous les deux trahiraient leur parole à la première occasion. Morts, ils ne constitueraient plus une menace pour lui. Les pupilles de Jurjin se dilatèrent comme si elle avait deviné sa pensée. Ce serait peut-être le mieux. Pourtant, s'il tuait l'Homme Sans Visage, qui gouvernerait le Shant ? Qui organiserait l'expédition militaire indispensable pour arriver à ses fins ? Il fallait que l'Homme Sans Visage continue à vivre. Auquel cas Etzwane ne voyait aucune raison de supprimer Jurjin de Xhiallinen.

Ils le regardaient tous les deux fixement, s'efforçant de deviner le cours de sa pensée. Etzwane déclara d'une voix menaçante : « Vous êtes libres. Ne quittez pas l'Ushkadel. »

Il dénoua la corde fixée à la taille de Sajarano.

« A titre d'avertissement, si on me tue, si je disparais, mes associés vous décapiteront tous les deux. »

Sans cérémonie et sans trop de dignité, le couple quitta le cottage. A la grille, Jurjin lança un regard en arrière; dans le noir, Etzwane ne vit que la faible lueur de son visage. Mal à l'aise, il avait le sentiment qu'Ifness aurait pris la situation de façon différente, qu'à un point essentiel son raisonnement avait été fautif.

Il mit dans le sac noir d'Ifness les armes et les instruments qu'il n'osait pas abandonner et s'en alla à son cottage.

Il dîna au Vieux Pagane, mangeant ce que l'auberge avait de meilleur à offrir, amusé lui-même de ses coupables et instinctives tendances à l'économie. L'argent était devenu le cadet de ses soucis.

Il suivit ensuite le bord de la rivière jusqu'à l'auberge de Fontenay où il trouva Frolitz et la troupe buvant de la bière.

Frolitz l'accueillit par des reproches coléreux mêlés de soulagement.

« Qu'est-ce que vous fabriquiez ? Les Discriminateurs nous ont persécutés ! Ils prétendent que vous avez pris une Esthète.

— Tout cela est idiot », affirma Etzwane. « C'est une erreur ridicule. Je préfère n'en pas parler.

– Il est clair que vous ne tenez pas à nous mettre au courant, constata Frolitz. Eh bien, tant pis ! Au travail ! J'ai la lèvre enflée; ce soir, je prendrai le khitan, Etzwane jouera du cor sylvestre. Nous allons commencer par cette fantaisie de la Côte Matinale, *Les oiseaux sur la mer...* »

Presses Pocket
8 rue Garancière
75006 Paris
tél. 329 12 80

« Composition réalisée en ordinateur par IOTA »

IMPRIMÉ EN FRANCE PAR BRODARD ET TAUPIN
7, bd Romain-Rolland - Montrouge.
Usine de La Flèche, le 05-11-1980.
6491-5 - N° d'Editeur 1681, 4e trimestre 1980.